노조위원장 점희 씨

노조위원장 점희 씨

초판 1쇄 발행 2020년 12월 15일

지은이 이점희

펴낸이 김제구
펴낸곳 리즈앤북
편집디자인 디자인 마레
인쇄 · 제본 한영문화사

출판등록 제2002-000447호
주소 04029 서울시 마포구 잔다리로 77 대창빌딩 402호
전화 02) 332-4037
팩스 02) 332-4031
이메일 ries0730@naver.com

이점희 지음

노조위원장 이점희 씨

40년의 공직 생활과 14년의 노조 활동

리즈앤북
ries & book

바보는 늘 생각만 한다

40여 년 뜨겁다면 누구보다도 더 뜨거웠을 교육 현장과 노조 사무실을 벗어나, 코로나로 시끄러운 세상을 등지고 제주도 북쪽에 위치한 고성리 동네에 왔습니다. 이곳에는 남편이 퇴직 후 살겠다고 3년 전에 마련한 집 한 채가 있습니다. 무언가를 정리하기에는 어찌 보면 최적의 장소라 할 만합니다.

이곳에서 뜨거웠던 시절을 돌아보고, 고마웠던 사람들과 잊지 못할 사건들, 그리운 날들, 아쉬운 마음 등을 하나둘 꺼내 보는 시간을 가져 봅니다. 그 많은 다양한 시간 속에서 지난 10여 년의 노조위원장으로의 삶들이 여러 빛깔의 희로애락으로 스쳐 지나갑니다. 지금의 이 공로연수 기간이 휴식과 힐링, 그리고 무언가를 정리하기에 안성맞춤의 시간으로 다가옵니다. 마치 고생했다, 수고했다며 어머니가 등을 토닥토닥 두드려 주듯이 애월 바다에 스며드는 노을의 따스함이 포근함으로 저를 감싸줍니다.

이 따스함 속에서도 전장에 전우를 두고 홀로 전역한 말년 병장 같은 기분이 한쪽에서 저를 긴장하게 합니다. 저의 그간의 삶들이 아직도 잔상으로 계속되고 있는 까닭이겠죠.

올해 6월 말 서면으로 대신한 퇴임사에서 퇴임 행사 대신 하반기에 북콘서트로 대미를 장식하겠노라 호기롭게 말씀드렸지요. 고즈넉한 제주에서 책을 내기 위한 고심의 시간을 이어 갔습니다. 머리에서 거미줄처럼 엮어 내는 생각들이 쉽사리 글로 만들어지지 않음은 당연합니다. 그도 그럴 것이 기한이 있는 작업이기 때문입니다. 일주일이 지나자 슬슬 걱정되기 시작했습니다. 그렇게 완성된 졸저(拙著)의 민낯을 공개하면서 부끄럽기 짝이 없습니다.

이 책은 크게 두 가지 면에 초점을 맞췄습니다.

먼저 제 공직의 대부분을 차지한 행정실장 시절의 소회를 밝히면서 노하우와 시행착오를 후배들과 공유함으로써 성공적인 임무 수행의 이정표를 세워 드리겠다는 점, 다음은 후일 「서일노 백서(白書)」 같은 참고서 용도로써 역할을 제공하겠다는 점입니다.

〈서일노〉 창립 후 줄곧 제가 이끎이 역할을 해왔기에 노조 활동 전반을 정리한다는 개념으로, 그동안 노조 활동 중 도움 주신 분들의 노고를 세상에 알린다는 사명감으로 시작했습니다.

노조의 주인은 조합원입니다. 노조 집행부는 교육 현장의 열악한 환경을 개선하고 우리 스스로의 권익을 보호하겠다는 목표로 활동 방향에 대해서 이런저런 고민을 합니다. 조합원 입장에서는 그 고뇌의 시간이 잘 보이지 않는 게 당연하지요. 이 책은 그런 점에서 노조 활동의 과정에 대해 조합원들이 더 넓은 시야를 가지실 수 있도록 구체적으로 적었습니다.

이제 40년 공직생활과 14년 노조 활동의 기차에서 내릴 시간이 되었습니다. 커다란 성취감에 젖던 순간들, 투쟁의 갈피를 잡지 못해 허둥대던 순간들, 허탈의 바위에 눌려 힘들었던 순간들, 무서운 추진력으로 큰 산 같았던 난제들을 돌파해 갔던 순간들을 종착역에서 회상해 봅니다.

'바보는 늘 생각만 한다.'

S초등학교 복도 구석진 벽면의 액자 속에 있던 빛바랜 문구가 어느 날 갑자기 제 가슴에 날카로운 비수가 되어 꽂혔습니다. 조합원 3천 명을 넘겨 보려고 애쓰던 시기였는데, 여러 사안들이 폭발적으로 발생하던 때였습니다. 100번 생각한들 한 번 행동으로 옮기지 못한다면, 그저 땅속에 묻혀 있는 한낱 돌멩이에 불과하단 생각이 머리를 쳤습니다.

그해 겨울은 참으로 추웠습니다. 당시 서울시교육청의 조직 개편이 회오리바람을 일으켜 일반직 공무원들을 집어삼키려 했을 때니까요. 돌이켜보니 그 문구가 마치 저에게 '행동하라!'는 강력한 메시지를 준 셈입니다. 하루가 멀다 하고 링거를 맞아 가며 마이크를 잡았던 그때, 우린 멋지게 우리의 힘을 증명해 보였습니다. 7천 일반직 공무원들은 결코 앉아서 당하는, 단결할 줄 모르는 바보가 아니었던 것입니다.

저는 〈서일노〉 조합원들이 늘 고맙고 자랑스럽습니다. 언제부터인지 〈서일노〉 집행부가 "떨쳐 일어나 갑시다!" 하면 그 동참의 행렬이 끝이 보이지 않을 정도가 되었습니다. 〈학습휴가 2일을 4일로 늘리자〉는 조례 개정에 2,500명이 서명하였고, 음주 감사관 탄핵정국에서는 900명의 동참으로 감사원에 공익감사를 청구, 서울시교육청의 '공직 기강 바로 세우기'란 모멘텀을 마련하였습니다. 병설유치원 소송단에는 182명의 인원이 증빙자료를 작성하고 편철하여 노조에 힘을 실은 결과, 겸임수당 쟁취로 이어졌습니다. 심지어 학교환경위생관리자 지정과 관련하여 교육부 공문을 사칭하여 행정실장을 우롱한 '보건교사 공문서 사칭' 국민감사 청구 시, 전국적인 서명지를 받았을 땐 4천여 명에 이르는 단결력으로 기염을 토했지요.

하지만 노조 내부의 여러 단체를 지켜보면서 '나라를 통일시키는 일이 정말 어렵겠구나!'라고 생각했습니다. 우리의 성과가 거듭될수록 박수 대신 돌팔매를 던지는 분들도 상당수 생겨났기 때문입니다. 사측에 속하는 정부, 교육부, 교육감은 우리가 똘똘 뭉쳐도 힘이 드는데 자중지란이 일어나다니….

교육계는 지금 엄청난 지각 변동 중입니다. 전국 17개 시·도교육청 교육감 중 전교조 간부 출신이 10명이나 선출되었습니다. 장점이 있겠지만 힘의 논리로만, 탁상공론으로만 풀 수 없는 사안들이 부지기수임을 간과하는 듯한 현실에 개탄을 금할 수 없습니다. 게다가 1년에 3, 400명씩 임용되는 서울시교육청 새내기 지방공무원들의 학력은, 교원들과 엇비슷한 수준이 되었습니다. 능력 있는 인재들에겐 그에 걸맞은 대우를 해줘야 그들이 더욱 사명감을 가지고 일할 수 있는 환경이 될 것입니다.

이제는 서울시교육청 공무원, 더 나아가 교육청에 근무하는 전국의 일반직 공무원들이 '생각만 하는 바보'는 아니라고 생각합니다. 조직이 그만큼 커졌고, 생각을 행동으로 옮기는 실질적인 조직력도 갖췄습니다. 우리 조직이 불이익을 받거나 차별적인 처우를 받는다고 생각하면, 언제든지 '행동'으로 나설 것이라고 자부합니다.

"퇴직하시면 뭘 하시겠어요?"

정말 많은 분들이 제게 던진 질문입니다. 그에 대한 저의 답변을 이렇게 정리해 보았습니다.

첫째, 교육행정에 보탬이 되는 사업과 제 도움을 필요로 하는 분들을 위해 남은 생을 봉사하며 살겠습니다. 그 하나는 '교육서비스'를 제공하는 일일 것이고, 또 하나는 사각지대에 놓인 취약계층과 장애를 겪고 있는 분들을 돕는 사회적 기업의 운영입니다. 교육서비스와 관련된 예를 들자면, 우리 노조가 4년 동안 이어온 '5급 사무관 역량연수반'이 중단된 후, 퇴직 전에 연수반을 개설하겠노라는 약속을 했으나 아직까지 지키지 못한 것이 가슴에 응어리로 남아 있는데, 연수반 중단을 안타까워하는 분들을 위해서라도 그 사업을 다시 진행하여 살리고 싶습니다.

둘째, 학교 현장의 행정실장들을 도울 수 있는 사업을 펼쳐 보고 싶습니다. 공무원 생활의 반 이상을 행정실장으로 근무했던 제가 그들을 위해 무엇을 해줄 수 있을까 고민해 보기로 했습니다. 예를 들어, 학교 운영위원회는 연간 8회 이상 개최하도록 의무사항으로 규정되어 있습니다. 요즘은 개최 횟수가 학교마다 10회 이상 매년 늘어나고 있는데, 회의 내용을 모두 문서로 남겨야 하는 행정실의 고충이 어떠할지 짐작이 갑니다. 직원들의 애로사항을 해결해 주는 방법을 제시하는 일에 일익을 담당하고 싶습니다.

셋째, 행정실 직원 결원 시 지원할 '행정실 맞춤형 인력풀'을 운영해 보고 싶습니다. 아시다시피 서울시교육청 소속의 지방공무원 중 여성 공무원이 70%를 차지하고 있습니다. 신규 공무원의 경우, 출산과 육아휴직이 많다 보니 학교마다 특별휴가와 휴직을 신청하는 경우가 많고, 요즘은 학교 업무가 어렵다 보니 일상적인 휴직자도 상당히 늘어나고 있습니다. 남아 있는 직원들이 덤터기를 쓸 수밖에 없는 구조임이 분명하지요. 기간제 직원을 구하려 해도 에듀파인 등 학교회계 업무를 제대로 다룰 줄 아는 사람은 많지 않습니다. 남아 있는 직원과 휴직자 모두 스트레스를 받고 있는 게 매우 안타깝습니다.

넷째, 개인적으로 중단된 학업을 마치고 싶습니다. 노조 활동에 몰입했던 것처럼 못 다한 학업에 치중하여 마무리할 것입니다. 10년쯤 지나 두 번째 책을 낼 즈음엔 힘들게 졸업한 이야기가 한 꼭지 들어가리라 예견해 봅니다.

다섯째, 전국 일반직 공무원들이 볼 수 있는 인터넷 소식지를 만들어 초대 편집장을 맡고 싶습니다. 노조 활동 분야뿐 아니라 전국적 상황을 한꺼번에 알 수 있는 소식지입니다. 조합원과 비조합원을 가리지 않고, 전국 6만3천 명의 의견을 모으고, 시·도 교육청 간 각종 정보를 주고받으며 교류할 수 있는 종합적인 언론 매체를 만들어, 우리 조직이 안고 있는 문제점과 해결 방안 등을 실시간으로 공유한다면, 적어도 영향력 있는 언론 매체가 될 수도 있지 않을까요? 상상만 해도 신나는 일입니다.

마지막으로, 교육 관련 비영리법인을 만들어서 운영해 보고 싶습니다. 노조 단체가 할 수 없는 사업을 법인이 맡고, 그래도 어려운 일이라면 사회적 기업과 연계하여 실제 도움이 되는 단체로 키우고자 합니다. 우리 조직이 지금은 노조 단체 등을 통해 소통하기도 하고, 불합리한 분야는 개선해 나가는 기능을 갖춰 가고 있으나, 구심점이 되는 역할까지 맡기에는 한계가 있는 것 같습니다. '혼자 꾸는 꿈은 그냥 꿈으로 끝나지만, 함께 꾸는 꿈은 현실이 된다'고 하지요?

간단하게 굵직한 것들만 소개해 드렸는데, 살아온 삶처럼 퇴직 후에도 알찬 인생을 살고자 합니다. 가을 햇살에 영글어 가는 열매들처럼 자아를 실현하고 후배들에게도 도움을 줄 수 있는 삶을 지향하고, 온전함과 거리가 멀었던 부분들을 개선해 나간다면 매일매일 행복이란 샘물이 춤추듯 뿜어져 나오지 않을까요?

이 책은 다양한 분야에서 일하시는 분들에게 아주 작은 밀알이 되었으면 하는 마음입니다. 출간되기까지 수고해 주신 분들에게 진심으로 감사드립니다. 하시는 일마다 건승하시길 기원합니다.

2020년 겨울 이점희 드림

세상을 바꾸는 힘을 가진 특별한 존재

여린 듯했으나 강단이 있고, 가을 국화 같은 향기와 결기를 지녔다는 생각을 했다. 서울시교육청일반직공무원노조(이하 '서일노'라 칭함) 이점 희 위원장을 몇 번 만나 대화를 나눈 후 느낌이다.

단위 노조위원장인 그녀는 뚝심도 있었다. 특히, 조합원들을 위한 애정은 이제까지 숱하게 봐왔던 그 어떤 노조위원장도 넘어서지 못할 정도로 대단했다. 10년이 채 안 되는 기간임에도 100여 명으로 시작했던 조합원 숫자가 이젠 한국노총에 조합원 3천 명분의 상급단체비를 납부하고 있는 것만 보더라도 그렇다. 추진력이 뛰어났다.

2년 전 한국노총위원장 재직 시, 교육연맹 소속으로 한국노총 위원장 상을 수여한 적이 있었는데, 이 위원장이 걸어온 오랜 공직 생활과 노조 활동 전반에 대한 공적 조서를 읽은 적이 있다. 노조위원장으로서의 활동 은 익히 알고 있었으나 초·중학교 행정실장으로 근무한 이력은 또 다른 모습이었는데, 훈장을 줘도 모자랄 정도로 모범공무원으로서 평생을 근무해 왔음을 알 수 있었다. 그런 마음으로 노조위원장 생활을 10년 했다니, 소속 조합원들이 얼마나 행복했을까? 〈서일노〉가 성공할 수밖에 없는 이유가 거기에 있었다.

그러던 어느 날 이점희 위원장이 이끄는 〈서일노〉가 한국노총 9층에, 그것도 내가 공공노련 연맹위원장으로 활동했던 그 사무실에 입주해 왔다. 보통 인연이 아니었다. 노조사무실 개보수 후 서울시교육감도 참석하는 개소식에서 축사를 했는데, 사무실을 둘러보고 깜짝 놀랐다. 그동안 내가 알고 있었던 노조사무실 공간 구성이 아니었기 때문이다. 철저하게 조합원과 노조 간부 들을 위한 사무실이 아주 품격 있게 만들어져 있던 것이다. 〈서일노〉의 노조사무실로 인해 우리 한국노총 내부에도 임원들의 사무실을 조금씩 축소하여 사무총국 직원들을 위한 휴게실을 만들게 되었다.

이 위원장은 세상을 바꾸는 힘을 가진 특별한 자질을 갖춘 것 같다. 교육연맹 소속이어서 교육부 방문 시 간담회에서 함께하기도 했는데, 조합원 처우 개선을 위해 물불을 가리지 않고 자기주장을 강하게 관철시키는 모습을 보면서 숙연해지기도 했다. '노조위원장이라면 저 정도는 되어야 리더라고 할 수 있겠구나'라는 생각이 들었다.

내게 추천사를 부탁한다며 본인의 글이 졸작이라고 여간 부끄러워하지 않았지만, 막상 읽어 보니 부끄러워하기보다는 오히려 자랑스러워해야 할 정도였다. 이 위원장은 생각을 실천으로 옮기려 애썼고, 그 순간마다의 생각들을 담담하면서도 유려한 문장으로 표현하고 있어 나를 놀라게 하였다. 행정실장으로서 그리고 노조위원장으로서 매사에 최선을 다했던 마음들이 녹아 있는 책갈피마다 인간 이점희의 진면목을 볼 수 있어서 읽는 내내 재미와 감동이 있었다.

후배들을 위한 배려와 애정, 그리고 공무원노조를 하고자 하는 리더들에게도 따끔한 일침을 놓고 있는 것은, 어쩌면 이점희라는 한 인간이 살아온 무게가 온전히 이 책에 실려 있기 때문이 아닐까 싶다. 〈서일노〉가 앞으로 한국노총뿐만 아니라 노동계에 미칠 영향이 클 것이라는 기대도 크다.

이점희 위원장은 이제 정년을 앞두고 공직과 노조위원장직을 내려놓겠지만, 이 위원장을 10년 동안 지켜본 후배들은 그의 뒤를 이어 대한민국의 교육 현장을 더 나은 방향으로 이끌어 갈 것이라 믿는다.

책 말미에서 많은 후배들이 10년 동안 노조위원장을 신뢰하고 응원했었다는 글을 보면서, 뛰어난 리더로서의 자질과 품성이 느껴져 추천사를 쓰면서 흐뭇했다. 앞으로 〈서일노〉가 대한민국 공무원노조의 맨앞에서 끌고 갈 것 같다는 예감이 든다.

다시 한 번 이 책의 출간을 진심으로 축하드린다.

김주영

前 한국노총 위원장
現 더불어 민주당 김포시갑 국회의원

앞으로가 더 기대되는 영원한 현역

이점희 위원장은 노동조합과 조합원 일이라면 정말이지 똑소리가 났다. "한국노총 중앙법률원에 '병설유치원 겸임수당' 소송을 맡기고 싶습니다." 2018년 3월 어느 날, 당시 한국노총 중앙법률원을 맡고 있던 나는 이점희 위원장을 처음 만났다. 이 위원장은 왜 소송을 해야 하는지 목적과 이유를 분명한 목소리로 설명했다. 말뿐만이 아니었다. 꼼꼼하게 준비해 온 자료를 보고는 입이 벌어질 정도였다.

2019년 상반기 시행된 겸임 수당 신설은 그 이전 누구도 하지 못한, 이 위원장의 이러한 당찬 결단에서 시작되었다. 소송 기간 내내 법정을 빠짐없이 지키는 모습에서 조합원들을 위한 진심 어린 열의를 느꼈다.

이 위원장은 일반직 공무원들을 진정 힘 있는 노동조합으로 조직화해 낸 인물로 노동조합사에 기록될 것이다. 2006년도에 공무원의 노동조합 설립이 합법화되었지만, 사실 그 성과는 크지 않았다. 교육행정직 공무원들도 크게 다르지 않았다. 하지만 이점희 위원장은 달랐다. 이 위원장의 재임 기간(2011~2020) 동안 서울시교육청 일반직 공무원들은 하나가 되었다. 직장협의회 수준이 아니라 일반직 공무원들의 진정한 권익 신장의 틀을 마련했으며, 100여 명에 불과하던 조합원이 3천여 명에 이르는 거대한 조직으로 성장한 것이다.

이 위원장의 첫인상은 매우 고왔던 것으로 기억한다. 도무지 3천 조직의 위원장의 모습은 아니었다. 편견이랄까. "진짜요? 이점희 위원장 맞아요?" 위원장을 처음 만난 날 자연스레 나온 말이다. 조합원들을 위한 세심한 배려에 또 한 번 놀랐다. 한국노총 9층으로 이사 오던 날, 노동조합 사무실을 방문한 이들 모두가 "여기가 노동조합 사무실 맞아?"라며 놀라워들 했다.

읽고 싶은 책이 꽂혀 있는 서가와 따뜻한 차 한잔을 즐길 수 있는 곳, 마음 놓고 휴식을 취할 수 있는 조합원들을 위한 정감 어린 공간으로 꾸며져 있었기 때문이다. 변화하는 조합원들의 마음을 먼저 읽어 내고 앞서 이끌어 가는 '생활형 지도자'로서 손색 없는 모습이었다.

9층 노동조합 사무실에 수시로 들렀다. 위원장이 있든 없든 아주 편하게. 그래서 위원장에 대한 꽤나 작고 다양한 기억들이 많다. 상대방이 누구든 유난히 이야기하기를 좋아하는 위원장이다. 다정다감함이랄까.

"은퇴합니다."

"벌써요?"

굳이 연세를 물을 일도 아니지만, 그렇게 보이지 않는 모습이라 '은퇴'라는 말씀에 농담조로 물었다. "진짭니다"라는 대답에 진짜 놀라지 않을 수 없었다. 놀란 이유를 곰곰이 생각했다. 나이의 문제는 아니었다. 내가 보아온 이점희 위원장이 조합원들을 위한 애정을 쉬 두고 떠날 수 있을까… 그런 생각 때문이었다.

"책을 내려고 합니다."

이 위원장의 말에 '역시 대단하다'라고 생각했다. 교육행정직 공무원을 천직으로 받아들인 지 꼭 40년, 노동조합에서 조합원들과 함께한 지난 14년(위원장 재임 10년), 몇 번을 되쓰고도 남을 여정이었으리라.

"60세부터 80세가 제일 좋았어요."

'102세 철학자' 김형석 교수의 말씀이다. 교수님의 말씀처럼 가장 좋은 시절을 맞이하는 위원장님에게 이렇게 말씀드리고 싶다. "겨우 60, 가장 좋은 때를 맞아 다시 출발하는 위원장님 진심으로 축하합니다"라고. 은퇴가 아닌 또 다른 새로운 시작이다. 그것도 전도가 아주 양양한.

"필연처럼 만나 인연으로 연결되니 정말로 감사합니다, 위원장님. 감히 말씀드리면, 앞으로가 더 기대됩니다."

이 위원장의 노동조합과 조합원들에 대한 열정과 사랑은 정말 대단하다. 은퇴를 결심한 후 후임인 전형준 위원장이 취임한 어느 날, 이제는 전 위원장이 된 그녀가 국회를 방문했다.

"조합원들의 처우가 지금보다 더 나아지도록 도와주시면 고맙겠습니다."

이점희 위원장은 여전한 현역이다.

김형동

前 한국노총 대표변호사
現 국민의 힘 경북 안동시·예천군 국회의원

추천사

'상생과 화합'을 실천한 노조위원장

이 위원장을 처음 만나던 때가 기억납니다. 전국일반직공무원노동조합연맹 간부들과 행정자치부 지방인사제도과 사무실에서 면담하던 때입니다. 교육청에 근무하는 행정공무원들의 애로사항과 문제점을 이야기하면서, 제도 개선을 요구하는 상황이었습니다. 차분하면서도 조리 있게 설명하는 모습이 인상적이었습니다.

제가 바로 책 내용에 나오는 Y과장입니다. 그 당시에 타 공무원들에 비해 상대적으로 열악한 교육행정직 공무원들의 근무 여건이 노사협의회 등 여러 경로를 통해 제기되고 있었고, 이와 같은 면담을 통해 제가 실상을 바로 아는 계기가 되었습니다.

교육행정 공무원들은 학부모의 민원을 처리하고 있으니, 민원실에 근무하는 다른 공무원처럼 민원 수당에 버금가는 수당을 받는 것이 합리적이라 생각했고, 초등학교에 병설된 유치원의 행정은 공무원을 따로 채용해서 근무토록 해야 함에도 사정상 초등학교 행정공무원을 겸임시키는 경우에는 당연히 겸임수당을 지급해야 하는데, 이러한 부분이 미흡하여 제도 개선을 하게 되었습니다. 당연히 지방 인사제도를 담당했던 저의 소임이며, 누구라도 해야 할 일을 제가 했을 뿐인데, 이 위원장이 지면으로 너무나 과찬의 말씀을 남겨 주어서 민망하기도 합니다.

이 위원장의 글을 읽으면서 이 위원장은 개인적으로도 삶을 충실하게 살려고 노력했고, 가정적으로도 모범적인 분이라고 생각했습니다. 그리고 무엇보다 행정실장이라는 교육행정의 주체로서 자부심과 소명감을 가지고 학교행정 발전에 많은 업적을 남긴 본받을 만한 분이라 생각하였습니다.

특히, 10년이라는 긴 시간 동안 노조위원장을 하면서도 학교행정 발전의 소임을 잃지 않았고, 교육행정 공무원들의 고통과 애환, 소망을 앞장서서 해결해 주고자 노력하였던 모습이 역력하게 보입니다. 이 위원장이 퇴직 후에 하고자 하는 사회공헌사업도 공직자로서 부끄럼 없는 자세이며, 후배 공무원에게 당부하는 말씀 하나하나가 저에게도 귀감이 됩니다.

앞으로 함께 힘을 모아 이 위원장이 강조한 '상생과 화합'을 실천하여 교육행정 공무원, 교원, 학생, 학부모, 국민 모두가 만족하는 100년 대계 교육 발전을 위해 한마음으로 매진하기를 저 역시 기대해 봅니다.

양홍주
前 행정안전부 지방인사제도과장

후배들에게 용기와 힘을 주는 멘토

안녕하십니까?
서울특별시의회 교육위원장 최기찬입니다.

이점희 전 서울시교육청 일반직 공무원 노조위원장의 회고록 출간을 진심으로 축하드립니다.

이점희 전 노조위원장은 지난 40여 년간 젊은 시절을 교육청의 행정 실장과 노조위원장으로 활동하면서 서울시 교육 발전에 이바지해 오셨습니다.

행정실장으로 재직하면서 일선 학교 학부모회, 학부모운영위원회 등으로부터 감사패 및 공로패를 수차례 수상한 바 있으며, 이들 학부모로부터 업무 능력을 인정받은 우수한 공무원이십니다.

또한 노조위원장으로 활동하면서 교육청 일반직 공무원들의 근무 여

건 개선 등에도 일조하시어 후배 공무원들로부터 귀감이 되고 있는 것으로 알고 있습니다. 오늘날 우리에게 없어서는 안 될 인간미가 넘치는 분이며, 본인의 자리에서 묵묵히 소명을 다한 공무원이라고 믿어 의심치 않습니다.

앞으로도 이점희 전 노조위원장이 전국 교육청의 일반직 공무원들에게 용기와 힘을 줄 수 있는 멘토로서 늘 함께 하시기를 바라며 아낌없는 응원의 박수를 보냅니다.

다시 한 번 이점희 전 노조위원장의 회고록 출간을 축하드리며, 위원장의 앞날에 행복함이 충만하길 기원드립니다.

감사합니다.

최기찬
서울특별시의회 교육위원장

차 례

제4부 후배들에게 남기고 싶은 이야기

제5부 내가 만난 아름다운 인연

부록

제1부

아침마다
믹서기 네 번 돌리는
노조위원장

검무산을 사랑한 아이

영국 여왕이 다녀가서 유명해진 안동 하회마을. 초등학교 시절 지겹도록 소풍을 다녔던 장소가 하회마을 앞 부용대 절벽 맞은편에 있는 넓은 솔밭이다. 안동 시내에서 30여 분 거리. 하회마을 초입의 삼거리가 나오는데, 그곳에서 오른쪽으로 고개를 돌려보면 우뚝 솟은 산 하나가 눈에 들어온다. 청와대 뒷산인 인왕산과 비슷하게 생겼다고 많은 이들이 이야기하는 '검무산(劍舞山)'이다. 마을 사람들은 부르기 쉽게 '거무산'으로 부른다.

검무산(劍舞山)을 우리말로 풀어 보면 '칼이 춤을 추는 형상의 산'이다. 그래서인지 집안 친척 중에 별을 단 장성들이 많이 배출되었다. 연안 이씨 집성촌이었던 우리 마을은 독립운동가였던 '우헌 이현섭' 할아버지가 살았던 동네이기도 하다. 어릴 때 집안 어른들께 윗대 어르신들 얘기를 많이 들었다. 1910년 한일합방이 되던 해에 어르신 중 한 분이 나라 잃은 설움에 울분을 못 이겨 곡기를 끊고 돌아가신 적이 있는데, 그 후 일

검무산의 겨울 풍경

본 순사들은 겁을 집어먹고 우리 동네에 얼씬도 하지 않았다고 한다. 나
는 자랑스럽게도 독립운동가 집안에서 태어난 것이다.

열 살이 조금 넘을 무렵부터 나는 한겨울 추위에도 아랑곳 않고 검무
산을 혼자서 자주 올랐다. 산 중턱의 바위에 앉아 산 아래를 내려다보면
병산서원 쪽으로 흘러나가는 낙동강이 한눈에 들어오고, 산 아래 옹기종
기 모인 정겨운 동네가 공깃돌을 모아 놓은 것처럼 여기저기 조금씩 흩
어져 있는 풍경이 펼쳐졌다.

초등학교 동창들을 만나면, 우리집 네 자매 중 셋째 딸인 내가 어머니
를 가장 많이 닮았다고 하면서 안부를 묻곤 한다. 우리 어머니는 바느질
솜씨가 좋으셨다. 어렸을 땐 내 머리를 항상 단발머리로 잘라주셨고, 딸
넷 중 셋째인 나의 옷은 유독 남자 양복을 지어 입히셨다. 내가 하는 행동
들이 늘 남자애 같아서 그러셨다는 것이다. 친척분들도 나만 보면 "점희

는 나중에 커서 사장이 될 끼다"라고 하셨단다.

초등학교 시절에는 싸움도 잘했단다. 경북교육청에서 시행한 교육행정직 공무원 첫 발령지를 시골 중학교로 받았는데, 모교로 임지가 배정되었다. 어느 날 일요일 당직을 하고 있는데 초등학교 남자 동창생으로부터 전화가 걸려왔다. 내가 아랫마을에 살았던 누구누구인데 점희 너가 우리 모교에 근무하고 있다고 해서 전화했단다. 대뜸 하는 말이 "니가 초등학교 2학년 때 나랑 싸우다가 나를 번쩍 들고 땅바닥에 패대기를 친 적이 있는데, 기억하냐?"였다. 얼굴이 화끈거렸다. 기억이 날 리 만무했다.

괄괄했던 성격은 사춘기를 지나며 성격이 내성적으로 변하여 말수도 줄고 부끄럼을 많이 타게 됐다. 그래서 나는 말보다 글로 표현하는 것이 더 편했다. 아마도 그건 아버지로부터 물려받았는지도 모른다.

선친께서는 내방가사 문학 수집에 많은 관심을 가지셨는데, 안동 지방과 경북 북부지역에 내려오는 내방가사를 종가집 등을 출입하시며 모으셨다. 또한, 두루마리 내방가사를 정리한 후 편저하여 한양가, 팔도유람가 등 낭송가사집을 다섯 권 정도 출판까지 하셨다.

아버지께서는 후대에도 맥이 이어가길 바라셨는데, 그 방법이 무엇인지 고민을 많이 하시기도 했다. 다행스럽게도 그 책들은 세상에 빛을 볼 수 있게 되었다. 최근 지인의 도움으로 국립중앙도서관에 납본하여 디지털 도서로 제작, 온라인 서비스가 가능하게 된 것이다.

아버지는 재능을 인정받아 연세가 들어서까지 지역 방송국에도 몇 번 출연하셨고, 제1회 안동문화상을 받기도 하셨다. 내방가사 일부를 창(唱)으로 옮겨 음반을 내셨는데, 그 당시에 카세트테이프와 '낭송가사집' 등

내방가사 사랑이 지극하셨던
아버지의 테이프와 낭송가사집

을 함께 판매해서 어느 정도의 수입도 올리시곤 했다. 그러나 수십 년간
모아 왔던 고문서들을 2007년 어느 봄날에 도둑들에게 몽땅 털리고 말았
다. 도둑 세 명이 아랫동네로 찾아다니며 아버지 함자(銜字)와 우리집 위
치를 물어 아버지가 애써 모아둔 고문서를 모두 훔쳐가 버린 것이다. 아
버지께선 그 충격으로 이듬해 봄이 되던 해 돌아가시고 말았다.

　고문서를 도둑맞기 전 해에 건강검진을 받으신 아버지는 '몸 상태가
30대 청년 수준의 건강한 몸'이라고 엄청 흐뭇해 하셨는데, 참으로 슬프
고도 애닯은 일이다. 병이 깊어 돌아가실 때쯤엔, 도둑맞은 원고를 찾으
러 가야 한다고 하셨던 아버지를 생각하면 지금도 내 가슴에 아픈 기억
으로 남아 있다. 오죽하면 하나뿐인 우리 아들이 어느 날 "나중에 돈을
많이 벌면 외할아버지의 도둑맞은 원고를 꼭 찾아내어 묘소 앞에 바치겠
다"라고 했겠는가. 아버지 손주 녀석인 우리 아들은 여섯 살이 되도록 외
가에서 자라 외할머니와 외할아버지의 사랑을 받았던 터라 외가에 대한
애정이 각별했는데, 손주 보기에도 안타까움과 분노의 감정을 추스르기
어려웠던 것이리라.

　초등학교 때, 학교를 마치면 학교 도서실에서 책을 읽다가 늦게 귀가

할 때가 많았다. 그 당시엔 초등학생도 방과 후엔 즉시 집으로 가서 밭일을 거들어야 했는데, 도서실에서 시간 가는 줄도 모른 채 책을 읽다가 늦게 귀가해서 어머니께 야단맞은 적이 여러 번이었다. 시간이 날 때마다 대학생이 있는 이웃집에 놀러 가 골방에 박혀 문학책들을 많이 섭렵했다. 특히, 중학교 때 읽었던 마가렛 미첼의 『바람과 함께 사라지다』에 대한 감동은 생생하게 남아 있을 정도다. 지금도 나는 활자 중독증이 있을 정도로 TV 시청보다 책 읽는 것을 더 좋아한다.

할머니께서도 "점희는 학자라여, 학자"라시며, 내가 어릴 때부터 찢어진 신문 조각이라도 보일라치면 꼭 읽는 습관이 있었다고 말씀하셨다.

시골 P 중학교 1학년 영어 시간이었다.

당시 선생님께서 뜬금없이 "이점희가 누구니?" 하셨다. 무슨 일인가 해서 손을 들고 일어섰더니 맨 뒤에 서 계셨던 선생님께서 교실 환경정리 게시판에 게시된 글짓기 내용이 참 감동적이라고 칭찬하시며 쉬는 시간에 교무실로 오라고 하셨다. 쉬는 시간에 교무실로 가니, 국어 선생님께 나의 글솜씨를 칭찬하시며 지도해 주실 것을 부탁하셨다.

환경게시판에 붙어 있던 원고는 초등학교 5학년 글짓기 시간에 썼던 '검정 고무신'이라는 제목이었는데, 과제물로 제출했던 원고다.

그날 이후 나는 특활반에서 문예반장을 맡게 되었고, 생활기록부에도 기재되었다. 그 이후로 생활기록부란의 나의 장래 희망은 '작가'로 기록되기 시작했다.

20대, 비구니가 되기로 결심하다

결혼 초년 시기, 대구 효목시장에서 장보기를 끝내고 집으로 가는 길, 맞은편에서 걸어오던 40대 초반쯤 되어 보이는 젊은 아주머니가 내게 가까이 다가왔다. "새댁은 불줄(불심, 佛心)이 참 세 보이네요!"라는 뜻밖의 말을 건네더니 가던 길을 그대로 가는 것이다.

나의 청춘 시절, 먼 길을 나설 때면 내 키보다 더 높이 올라간 배낭에는 늘 책 한두 권과 공책이 있었다. 여름에는 양산과 모자, 겨울에는 아이젠과 두꺼운 점퍼와 함께 말이다. 찰랑거리는 단발머리에 무거운 배낭을 짊어진 채 걷고 또 걸으며, 마음의 빚을 없애고 밝은 빛으로 채우려 했던 나의 20대….

나의 20대 청춘을 지배한 것은 인생무상이었다.

부모 형제 중 일찍 세상을 떠난 분도 없는데, 왜 그렇게 인생이 덧없다는 생각에 집착했는지… 세월이 흐른 지금도 의문이다. 가끔 지인들에게도 "난 어쩌면 전생에 티베트 승려가 아니었을까 싶은 생각이 들 때가 있어"라며 얘기하곤 한다.

20대 대부분 나는 토요일 오후와 공휴일에 어김없이 혼자 길을 떠나곤 했다. 계곡 깊숙이 들어앉아 있는 암자를 찾거나, 배낭을 둘러메고 지리산과 설악산 산장에서 자며 며칠씩 밤낮없이 산을 올랐고 무념무상의 길을 걸었다. 그물에 걸리지 않는 바람 같은 홀가분함, 아무것에도 구애받지 않는 자유로움… 혼자 떠나는 여행이 너무나 행복한 시간들이었다.

경상도 지방에는 유명 사찰이 많다. 따라서 오랫동안 수행을 해오신 훌륭한 스님들이 상주해 계신 큰 절이 많아 어느 사찰을 가더라도 믿고 의지할 데가 많았다. 역사가 오래된 사찰은 계절마다 바뀌는 자연 그대로의 주변 풍광이 매우 아름답고 처연하다. 사찰 풍경이 마음을 온통 흔들어 놓곤 해서 자연에 동화되는 것이 연애하는 것보다 더 큰 감동으로 다가왔다. 이런 내가 비정상인가 고민도 더러 했었지만, 나의 20대는 자연과 종교와 내가 하나되는 황홀한 시간의 연속이었다.

직장 생활을 하면서 주변 동료들에게 내가 비구니가 되려고 한 적이 있다고 하면, 농담으로 듣거나 호기심 어린 눈으로 본다. 지레짐작으로 여러 생각들을 하는 것 같았다. 나 또한 영화처럼 혼자 떠난 여행길에서 호감이 가는 남자를 만나기도 했지만, 깊이 있는 사이로 이어지지는 못했다. 화장도 하지 않은 맨 얼굴에 계절별로 몇 벌 안 되는 수수한 옷차림으로 지냈으니, 내게 어떤 매력을 기대할 수 있었을까.

스물여섯 살 되던 해 여름 무렵, 나는 비구니가 되고자 했다. 이 사찰 저 사찰을 떠돌며 인생의 좌표를 찾고 온전히 마음을 맡길 곳을 찾았다.

소백산 아래 초암사 비구니 노스님은, 내가 상좌로 오면 당신이 떠나시고 난 후 내가 후임을 맡아주기를 원하셨다. 그 후 경북 영주의 시골 고등학교에 근무할 때, 여름방학이면 학생들을 데리고 초암사로 하계연수를 다니기도 했고, 한동안 노스님을 모시고 바깥 구경도 시켜드리곤 했었으나, 그 이상은 나아가질 못했다. 출가를 포기한 결정적인 이유는 친정어머니 때문이었다. 셋째 딸이 비구니가 되겠다고 하자 어머니가 자리에 드러누우셨던 것이다.

당시 의성 고운사에 계셨던 큰스님께 "머리를 깎고 싶습니다"라고 말씀드렸더니, 내 얼굴을 찬찬히 살펴보시고는 "정이 너무 많아 스님은 못 되겠네, 스님은 되지 말고 재가(在家) 신도로 남거라" 하고 말씀하셨다. 스님의 말씀도 내가 비구니의 꿈을 접는 데 한몫한 것 같다. 아버지의 광산사업 실패로 인해 집안 형편이 어려워, 동생들의 대학 생활에 들어가는 경제적인 부분을 공무원 생활로 내가 떠안다 보니 출가(出家)가 쉽지 않았다.

암자로 가는 길은 언제나 고행길이었다. 한여름 뙤약볕에 두세 시간 걸리는 산길을 혼자 타박타박 걸으면서 반야심경도 외우고, 자연과 함께 하면서 자신을 치유하며 많이 정화시키려 애썼다. 눈 내리는 겨울 암자와 겨울 산을 겁도 없이 홀로 몇 시간씩 올랐던 기억들, 생과 사의 길이 따로 없다고 생각했던 시절이었다.

내겐 암자나 산사를 찾아가는 길이 나의 인생을 완성하는 구도자의 길이었던 것 같다. 내 청춘 시절은 자연과 하나되고 종교와 하나되는 물아일치의 경지를 자주 접하면서, 내 삶의 이정표를 세워 나가며 인생의 참

의미를 체득해 나갔던 것 같다.

　노조 활동 중 많은 어려움을 겪으면서 상처받지 않고 꿋꿋하게 이겨 낼 수 있었던 이면에는, 그 방황하고 고뇌하던 젊은 날의 내면에 축적된 강인한 삶이 영향을 주었던 것이 아닌가 생각한다.

　내게는 한국인 특유의 인문학적 감성과, 자연과 하나되는 DNA가 다른 사람들보다 조금 더 많았던 것이 아닌가 싶다. 하늘과 땅 사이에서 나를 자연에 온전히 맡긴 채 사유하고자 했던 진지함과 그것들을 이겨 내고자 했던 의지가 있었기에, 소위 '세상 겁날 것이 없는 노조위원장'의 모습으로서 노조 활동을 했던 것은 아닌가 싶다.

　나의 이메일 별칭은 수십 년째 '무소유'다.

　결혼 전, 법정 스님의 수필집을 한 권도 빠짐없이 사서 읽을 만큼 심취했던 까닭도 한몫했다. 아마도 집안 내력이 불교를 믿어서가 아니었을까.

　불가에서의 정(情)은 또 다른 단어인 자비와도 뜻을 같이한다고 생각한다. 노조 활동을 하면서 새내기 공무원들이 겪는 부당한 처우가 있으면 어떻게든 해결하려고 애쓸 때마다, 노조 간부들조차 나의 그러한 행동에 의아하다는 반응을 보였다. 누가 뭐래도 나는, 공무원으로 일하고 공무원 노조 활동을 하면서 내가 가진 삶의 기준과 가치관을 그대로 지켜 나가려고 노력하였다. 아마도 흔히들 얘기하는 '공감 능력' 분야에는 남다른 면이 있지 않았을까 생각해 본다.

면서기에서 행정실 직원으로

'면서기'.

80년대 대한민국 최말단 공무원 8, 9급을 이렇게들 불렀다. 당시엔 대학 갈 형편이 안 되는 고3 학생들이 너도나도 교복을 입고 공무원시험을 치르던 시기였다. 나 또한 교복을 입은 채 9급 공무원시험을 치렀다. 고3 담임선생님은 우리 반 아이들이 공무원시험을 준비한다는 소문을 듣고 야단을 많이 치셨다. 일단 대학시험 붙고 나서 공무원시험을 쳐도 늦지 않다시면서…. 대학을 가고 싶지 않은 학생이 어디 있으랴? 그것도 주변에서 알아주는 명문 학교에서 말이다.

담임선생님 모르게 시험을 보았다. 그해 졸업식이 1월 8일이었고, 한 달 뒤 2월 11일부터 '면서기' 생활이 시작되었다. 고등학교까지 다닌 것만도 복에 겨운 시절이었다. 중학교 친구들은 반 이상이 고등학교를 진학하지 못했는데, 가정형편 탓이었다. 그나마 나는 초등학교부터 공부를 제법 한다는 소릴 들었고, 시골 중학교를 나와 안동 시내의 명문 A여고에 들어갔다. 그래도 대학교는 꿈도 못 꾸고 공무원시험을 봐야 했다.

당시 최하위 공무원 공채 정식 명칭은 '5급 을류 공무원'이다. 고향에서 가까운 곳도 아니고, 집에서 버스를 서너 번 갈아타야 갈 수 있는 지역을 택해 시험을 쳤다. 지도를 놓고 보니 대구 시내가 가까워서 야간대학이라도 갈 수 있을 것 같았기 때문에 내린 결정이었다.

2월 11일 새벽.

집을 나서 대구 시내를 거쳐 경북 제일 남쪽에 위치한 C군청 읍사무소에 도착하니 6시간이 훌쩍 지나 있었다. 발령장을 받아들고 다시 버스를 타고 1시간 정도 비포장길을 달려가니 비로소 K면사무소가 보였다.

서툴렀지만 설레던 나의 첫 공무원 생활은 그렇게 시작되었다. 대구가 가까울 거라고 생각했던 면사무소 위치는, 대구 시내를 가려면 족히 2시간을 가야 되는 거리여서 야간대학의 꿈은 진작 날아가 버렸다. 당시 최하위직 공무원 초봉은 7만 원 정도였는데, 물가가 워낙 낮아 외벌이 가정이어도 생계는 유지가 되었다. 나는 나의 수입이 가정 경제에 큰 도움이 된다는 사실로 위안을 삼기로 했다.

'면서기'의 생활은 녹록하지 않았다. 당시 통일벼 심기를 권장하던 시기였는데, 거의 매일 담당 구역 마을로 출장을 나가 통일벼를 심으라고 홍보했다. 만약 농민들이 협조하지 않으면 내가 직접 다락에 올라가서 강제로 통일벼를 물에 담그기까지 했다. 낮 근무시간에 사무실에 앉아 있으면 부면장이 호통을 쳤다. 현장에 안 나가고 왜 자리를 지키고 앉아 있느냐면서….

면서기 발령 후, 첫 번째 일요일을 맞아 느긋하게 시간을 보내고 있었다. 주인 할머니께서 면사무소에서 전화가 왔으니 받아보라고 했다. 당시엔 삐삐나 휴대폰이 없던 시절이라 주인집 전화가 비상 연락망이었다.

동료였던 김 주사가 지금 부면장이 나를 찾는다고 했다. "아니 일요일인데 왜 찾아요?"라고 했더니 일단 사무실로 나오라는 것이다. 면사무소에 도착했더니 부면장이 "오늘 왜 출근을 안 했어!"라고 했다. "일요일인데 왜 출근을 합니까?" 했더니 "면서기가 일요일이 어디 있어!"라면서 출장을 가든지, 밀린 일을 하든지 하라는 것 아닌가! 그러고 보니 직원들이 반 이상은 출근해서 자리에 앉아 있었다. 속으로는 울컥 했지만 내 처지에서 할 수 있는 일은 없었다. 이런 업무적인 것을 제외하곤, 그나마 시골이라 부면장을 비롯해 상사들이나 동료들은 어린 나이에 고향 떠나서 고생한다고 많이 도와주었다.

그러나 '면서기' 생활이 길어질수록 일상생활이 여간 불편한 게 아니었다. 재래식 화장실과 연탄불에 밥해 먹는 것도 힘들었고, 고향엘 가려면 편도 7시간이 걸렸고, 토요일과 일요일이 없는 시간이 지속되니 '내 시간'이라는 게 없었다. 고교를 갓 졸업한 스무 살 아가씨가 마을 주민들을 상대로 농업 행정을 펼친다는 게 어디 쉬운 일인가!

주변에선 여러모로 내게 신경을 써주었지만, 마음 붙일 곳이 없으니 떠날 궁리만 했다. 부모님께 폐를 끼치는 못난이가 되기 싫어 사표를 낸다는 건 상상도 할 수 없었다. 하늘이 도왔는지, 어느 날 아침 화장실에 앉아 있는데 바닥에 있던 신문지 한 귀퉁이에 실린 경북교육청에서 교육행정직 공무원 20명을 공개채용 한다는 기사가 눈에 들어왔다.

주변에는 일체 시험 본다는 얘길 하지 않고, 비포장길의 신작로를 걸어다니는 출장길에 노트를 펼쳐 들고, 또는 출장 업무를 끝낸 시각에 마을회관에 들어앉아 시험공부를 했다. 시험공부라고 해봐야 고등학교 수업시간에 배운 게 전부였고 상식 분야만 책을 사서 봤다.

면접시험에서 최종 합격자 발표가 난 후, 나는 면사무소에 사정을 얘기하고 사표를 제출했다. 총무계장은 화를 많이 냈다. 면사무소에 신규 발령자만 데려다 놓으면 다들 사표를 쓴다면서…. 나와 같이 발령을 받았던 남자 두 분 중 한 분이 얼마 전에 일반 회사에 취직해 가버렸기 때문이다.

1980년 12월 1일.

대구시 산격동에 있는 경북교육청에서 안동시교육청을 거쳐 도착한 곳은, 내가 3년 동안 비바람을 맞아 가면서 다녔던 나의 모교 P중학교 행정실이었다. '면서기'에서 '중학교 행정실 주무관'으로, 완전히 다른 방식의 공직생활이 시작된 것이다.

어쩌면 이런 직장이 다 있을까 싶었다. 업무 대상자가 학생과 교원, 학부모인 것이 너무 좋았다. 당시 시골 중학교 교원들은 대부분 국립인 K사대 출신들이라 실력도 출중했고, 인성 면에서도 모범 교사들이 대부분이었다. 직장 생활이 너무 고급지고 신이 났다. 출퇴근 길은 여전히 중학교 다닐 때처럼 왕복 30리 길을 걸어서 다녔지만 심심하진 않았다. 막내인 남동생이 당시 중학생이어서 함께 다녔기 때문이다.

최근에 안 일이지만, 얼마 전 막냇동생과 장거리 이동을 할 기회가 있어서 이런저런 얘기를 주고받았는데, 자기 인생 최고의 멘토가 누나였다고 해서 깜짝 놀랐다. 내가 너에게 무슨 영향을 주었냐고 했더니, 출퇴근 길에 내가 읽었던 책 내용에 대해서도 많은 얘기를 해주었고, 나름 세상사를 얘기하면서 때론 분노하기도 하며 조리 있게 상황을 잘 이해시켜 주더라는 것이다.

왕복 30리 길을 오가면서 서쪽 하늘을 물들이는 해질녘의 황혼에 대한 느낌에 대해, 때로는 길가에 핀 야생화나 풀 한 포기, 나무 한 그루에 대한 애정을 지니고 예찬론을 폈나 보다. 주저리주저리 주고받았던 언어와 감성이 알게 모르게 사춘기 중학생인 자기에게 무엇이 옳고 그른지를 판단하는 생각의 기준이 되기도 했단다. 또한, 작은 것에도 감동할 줄 아는 착한 심성을 기르는 데 큰 도움이 되었노라고 했다.

나는 정작 기억에도 없는데, 남동생 녀석은 그 시절의 감정을 다 들춰내는 것이었다. 듣는 내내 겸연쩍었다. 20대 초반 아가씨가 중학생 아이에게 심오한 생각의 깊이를 전달한들, 그게 얼마만큼 도움이 되었는지는 모르겠다.

막냇동생은 노래도 수준급이고(교내 대학가요제에서 1등을 해 상품으로 기타를 받은 적도 있다), 청년기에 책을 많이 읽어서 글도 잘 쓰고, 상대를 설득하는 힘이 매우 뛰어나다. 내가 노조 활동하면서 판단이 잘 서지 않을 때는 나의 멘토가 되어주기도 했다. 이젠 거꾸로 막냇동생이 누나의 멘토가 된 것이다. 아마도 오랜 기간에 걸쳐 수련해서인지 노조 활동을 했던 나보다 정신연령이 높아진 것만은 확실하다.

모교 중학교에서의 공무원 생활은 정말 만족스러웠다. 순박한 학생들, 친절한 상사와 행정실 직원…. 당시의 중학교엔 행정실 현원이 평균 다섯 명이었다. 요즘처럼 업무도 폭주하지 않았고, 인원도 두 명이나 더 배치되었던 때라 나에게 주어진 일만 처리하면 되었다.

일요일 당직이 돌아오면 책을 서너 권 쌓아놓고 책 읽기에 바빴다. 당시엔 학교 급식이 도입되기 전이고, 학사 업무도 그리 많지 않았던 시기라 교사나 행정실 직원 모두 여유가 있어서 가족 같은 분위기가 유지될 수 있었다. 지금 생각하면 '신이 내린 직장'이었다.

지금은 작고하셨으나, 당시 행정실장은 주판을 사서 건네주며 "회계 업무를 주로 맡게 되므로 반드시 주판을 사용해야 한다"며 주판 사용법을 알려주기도 했다. 예·결산 편성 방법 등, 업무 전반에 걸쳐 상세하게 업무를 가르쳐주시던 그분 모습이 지금도 눈에 선하다.

7급 승진 후, 영주 부석사 아랫마을 중·고등학교에 배치를 받게 되었다. 그 학교는 전형적인 산골 학교였다. 학생들이 얼마나 순수한지 행정실 직원인 나와 매우 친하게 지냈다. 부석사 오가는 들녘길이 맘에 들어 시간이 나면 자주 부석사엘 다녔는데, 자연스럽게 20여 명 남짓되는 부석사 불교 학생반을 맡게 되었다. 토요일 오후 수업을 마친 후 학생들과 함께 부석사에서 법회도 보고, 초파일엔 연등을 함께 만들며 즐거운 시절을 보냈다.

그로부터 30년이란 세월이 흐른 뒤인 2016년도 늦가을, 당시 불교 학생반 대여섯 명이 선물을 사 들고 서울에 살고 있는 나를 찾아왔다. 동창들끼리 모이면 내 얘기를 많이 했다는 것이다. 얼마나 반가웠는지 모른다. 다들 결혼해서 잘살고 있었는데, 옛날 얘기를 하며 즐거운 시간들을 보냈다. 요즘도 가끔 안부를 전하며 지낸다.

아침마다 믹서기 네 번 돌리는 노조위원장

"이번에 책 내는 데 '아침마다 믹서기 네 번 돌리는 노조위원장'이라는 제목으로 얘기를 써볼까?"

기아와 삼성이 점수를 주고받는 야구 중계방송에 하염없이 눈길을 주고 있는 남편에게 식탁 의자에 앉은 채 말을 건넸다. 수온주가 영상 36도를 오르내리고, 코로나 19로 날마다 확진자 숫자가 불어나고 있던 8월 중순 어느 저녁 무렵이었다.

"…."

한 번 더 같은 질문을 던졌다. 조금 더 크게 목소리를 높였다. 남편은 내 얼굴을 한 번 쳐다보더니, 아무 말 없이 다시 TV로 고개를 돌렸다.

우리 부부는 영·호남 커플이다. 그것도 80년대 말에 만났으니 '집안 반대가 있을 법도 했겠구나' 짐작할 수도 있겠으나, 전혀 아니다. 결혼 당시 내 나이 서른이었으니, 만혼(晚婚)이었다. 지금 생각하면 서른이 무슨 만혼인가 싶겠지만, 내 또래 친구들은 스물너덧이면 결혼을 하던 때였다.

시집도 안 가고 버티던 딸이 시집을 간다는데 지역 색깔이 문제 될 리 만무했다. 더구나 공기업에 다닌다는 유능한 청년, 그것도 동갑내기하고 결혼한다는데 반대할 하등의 까닭이 없었다. "우리 사위가 최고여!"가 친정부모님의 입장이었을 것이다.

남편과는 소개받은 지 넉 달 만에 결혼식을 올렸다. 남편은 지방 소도시에서의 1년간 자취생활에서 탈출하고 싶어 했고, 나는 부모님께 효도할 수 있는 마지막 기회일 수도 있다 싶었다. 지극히 서로에게 조건이 딱 맞아떨어진 '만남'이었으니, 모든 게 일사천리로 순조롭게 진행되었다.

당시 나는 안동 시내 초등학교 행정실장으로 근무하고 있었고, 영주에 살던 남편은 내 퇴근시간에 맞춰 찾아와 주었다. 남편과의 첫 만남은 안동댐 근처에 있는 '삼보 해물탕'이라는 식당에서 시작되었다. 매운탕이 어찌나 맛있던지 밥 한 그릇을 추가로 시켜 반반씩 나눠 먹었다.

30년이 지난 지금도 그때 일이 어제 일처럼 선명하다. 식당 이름조차 잊어버리지 않은 걸 보면 인연이긴 한가 보다. 둘 다 여행 다니는 것을 좋아하는 성격이다 보니 얘기도 잘 통했다.

나는 상대방과 대화할 때 맞장구를 잘 쳐주는 편인데, 술 좋아하는 남편에게는 술맛이 나게 하는 상대가 되었던 것이다. 기분 좋게 술을 마신 탓인지, 좀 과하다 싶을 정도의 상태였던 남편을 시외버스정류소로 안내해 안동에서 영주로 가는 버스표를 손에 쥐어주었다. 저녁 9시에 떠나는 막차였다.

그는 첫 번째 만남에서 스스럼없는 나의 행동에 마음이 편했던 모양이다. 당시 남편은 몰랐을 것이다. 내가 맞선 본 남자 모두에게 버스표를 끊어주었다는 사실을 말이다.

처녀 시절의 나는 결혼 생각이 없었기 때문에 맞선 본 남자에게 깍듯이 예의를 지키려고 했다. 그래야 할 것 같았다. 버스표 한 장에 감동할 남자가 이 세상 어디에 있었을까만, 남편에겐 그게 인상 깊었던 모양이다.

시아버님은 당시 수도권에 있는 학교 교감선생님이셨는데, 당신 아들에게 여교사들을 서너 번 소개시켜 주셨다고 한다. 남편은 당시 소개받은 교사들과 데이트하면서 취미를 물어보면, 수영 배우러 다니고 영어 학원도 다닌다고 하니 '어이쿠, 결혼하면 비싼 학원비 보태야겠네…'라는 걱정이 들더란다. 한술 더 떠서 데이트 후엔 집 앞에까지 택시로 바래다 주기까지 해야 했으니, 아주 기본적인 데이트의 정석을 싫어했던 남편의 '맞선 보기'가 길게 이어질 리 만무했던 것이다.

그러던 차에 시골뜨기 아가씨는 버스표도 끊어주고, 안동과 영주 주변에 널려 있는 유명한 유적지도 구경시켜 주고, 둘이 만나면 가끔 밥값·술값도 내고 했으니, 도시 여성들과 얼마나 비교가 되었겠는가?

남편에겐 당시 넉 달의 연애 기간도 길게 느껴졌단다. 그렇다고 모두가 반긴 것은 아니었다. 결혼하겠다고 결정을 내린 뒤 남편과 함께 시댁에 인사를 드리러 갔는데, 내가 다녀간 후 시어머님께서 한 말씀 하셨다고 한다. "○○아, 그 많은 선본 아가씨 중에 제일 못한 아가씨를 데리고 오면 어떡하냐? 니가 좋다고 하니 나도 반대는 안 한다만…."이라고 하시며 영 마땅찮아 하셨다고 한다. 아버님은 나를 좋게 보셨다는데 말이다.

그러나 나에 대한 첫인상이 탐탁지 않으셨던 시어머니께서도 결혼 후엔 되려 180도로 달라지셨다. 남편이 바쁜 일정이 있어 나 혼자 시댁에서 일주일간 머무르다 내려왔는데, 이튿날 저녁 "서울 가서 무슨 일 있었어?"라고 내게 묻는 게 아닌가? "아무 일도 없었는데, 왜요?" 했더니, 어머님께서 남편한테 전화로 "○○아, 니 장가 진짜 잘 갔다, 색시 참 잘 얻었다"라고 하시더란다.

나는 어릴 적부터 새벽잠이 없었다. 아침 기상시간이 빨랐던 것이다. 낮잠 자는 것을 싫어한 데다 가만히 있질 못하는 성격이었으니 당연히 부지런했다. 아침 일찍 일어나 아침상도 뚝딱 차려 내고, 틈만 나면 집안 구석구석을 청소하고, 꿍한 성격도 아니었다. 시어머니 앞에서 조잘조잘 얘기도 잘 하고, 장단도 잘 맞춰드리면서 심심하지 않게 해드린 것뿐이었는데, 며느리가 짐작했던 것보다 '시집살이'를 잘해 내는 면면을 보신 것이다. 아마도 직장 다니느라 아무것도 할 줄 모를 거라고 지레짐작하셨는데, 전업주부보다 살림살이를 잘하는 것을 보고 흡족하신 듯했다.

안동의 친정 동네에는 같은 성씨들이 집성촌을 이루고 대소가가 모여 살았다. 그러한 친정 집안의 풍경에서 자라다 보니, 나는 시댁이 부담된다거나 시댁 어른들이 어렵다는 생각이 들지 않았다. 초등학교 고학년 때에는 부잣집 친척 할머니 댁을 방문해 옛날 책을 읽어드린 적도 있다. 맛있는 것도 주시고 책 잘 읽는다고 칭찬도 해주시니 그러하지 않았을까 싶다. 대소가 집집이 층층시하였으니 어른들에 대한 부담감이 있을 리 만무했다.

특히, 안동 지방은 보수적이라서 집집이 제사도 많았다. 설날과 추석 명절이면 새벽부터 시작해 오후 서너 시가 되어야 제사 지내는 게 끝났다. 제관들이 이 집 저 집 몰려다니면서 제사를 지냈기 때문이다. 그래서인지 내가 둘째며느리임에도 시어머니께서 연세가 드신 후에는 몇 년간 제사 음식 준비와 제사상을 직접 혼자서 차리기도 했다. '안동'이라는 지역, 친족이 한 마을을 이루며 살아온 환경이 내게 미친 영향은 실로 대단했던 것 같다.

그런데 이런 나의 모습은 그저 보통에 속한다. 친정의 딸 넷 모두 시댁 얘기를 들어보면 효부상을 줘야 할 정도다. 특히 큰언니의 시댁에 대한 충성도는 '대단하다'는 표현밖에 안 나온다. 얼마 전 늦여름 날 시어머니 제삿날에 7, 80이 넘은 연세의 손위 시누이 다섯 분이 오셨는데, 언니는 그분들을 일주일간 머물게 하며 아침저녁으로 열다섯 명의 밥상을 차린 적도 있었다고 한다.

남편은 나랑 결혼하면 무척 편한 결혼 생활이 될 거라고 예상했다는데, 바로 적중한 것 같다. 지금까지 결혼 생활이 이어지고 있으니 말이다. 요즘에도 나는 아침마다 믹서기를 네 번씩 돌린다. 층간 소음이 있을까봐 수건을 두껍게 바닥에 깔고서 말이다.

첫 번째 믹서기엔 야쿠르트와 안동 생마를 한 컵이 되도록 갈아서 남편에게 건넨다. 두 번째 믹서기엔 복분자, 키위, 블루베리, 바나나를 넣고 한 컵이 되도록 가는데, 이건 내 몫이다. 산부인과에서 여성호르몬 약을 먹을 수 없으니 식품으로만 섭취하라고 해서 50대 초반부터 먹고 있다. 그래서인지는 몰라도 이제까지 갱년기 증세가 없는 걸 보면 효과는 있는 것 같다. 세 번째 믹서기엔 불려서 살짝 익힌 서리태콩 한 주먹, 소주 한 컵 분량의 살짝 볶은 검정깨, 아몬드와 잣, 호두 등을 조금씩 넣어 갈아 두 컵을 만든다. 이 컵은 남편 몫으로 아침과 저녁에 먹을 분량이다. 마지막 네번째 믹서기엔 제철 과일인 토마토와 사과, 귤 등이 들어가는데, 두 컵이 되도록 하여 남편과 아들에게 건넨다. 그리고 나서 아침식사를 준비한다.

결혼 후 아침상에 국그릇이 한 번도 안 올라간 적이 없었으니, 나름 주부로서 최선을 다하는 셈이라 할 수 있을 것이다. 결혼 30년 차가 넘었는데 식구들 아침밥을 굶겨본 적이 없으니, 돌아가신 시어머님께서 아들에게 "너 장가 잘 갔다" 하신 말씀이 빈말이 아님을 증명한 셈이다.

지난 6월 하순, 내부 메일로 위원장을 내려놓는다는 퇴임사를 내보냈다. 그 후 1백여 통에 이르는 감사의 답장을 받았다. 그런데 답장 내용에 그동안 가족들과 못다 했던 일들을 앞으로는 가족과 함께 즐거이 보내라는 격려와 덕담이 많았다. 역시, 인생이든 공직이든 마지막에 남는 것은 '가족'뿐이라는 것을 새삼 확인하는 계기가 되었다.

가족의 희생이 없었더라면 나의 노조위원장 10년도 없었을 것이다. 이 말은 친정 식구들이 이구동성으로 말한다.

"너는 전서방 아니었으면 서일노 위원장? 언감생심 절대로 못 했데이. 누가 너 같은 가정주부를 이해했겠노? 전서방한테 늘 고마워해야 한데이."

정말 맞는 말이다. 이 지면을 빌어 남편과 아들에게 감사의 마음을 전한다. 긴 세월 동안 남편의 옆자리엔 '아내 자리'가 없었고, 아들에겐 '어머니 자리'가 많이 부족했을 것이다. 그 긴 시간을 허허롭고 외롭게 보냈을 가족에게 어쩌면 이 책이 필요했을지 모른다. 한 번도 두 사람에게 직접 '미안하다', '고맙다'라는 말을 해본 적이 없었으니 말이다. 가족의 희생을 무릅쓰고 공무원 노동조합을 우선 생각했던 아내를, 엄마를 이해해 준 두 사람에게 진정으로 감사와 또 감사의 마음을 전한다.

특히, 어린 나이에 엄마하고 떨어져 살아야 했던 아들과, 외손주를 키워주신 친정어머니께는 늘 미안하고 죄송했다. 친정어머니는 농사 지으랴, 10여 년 병석에 누워 계셨던 할머니 병 수발 드시랴, 몸이 아픈 셋째 딸 외손주 봐주랴 얼마나 바쁘셨을까를 생각하면 눈시울이 붉어진다.

친정어머니만 생각하면 금세 마음이 먹먹해져 온다. 다행히 친정어머니는 올해 연세가 여든아홉인데, 허리와 무릎 아픈 것 빼곤 잔병도 없으시고 아주 건강하시다. 치매 예방하신다고 체스를 두시는데, 영문과 나온 막내 딸과 내기를 해도 이기신다고 하니 보통 할머니는 아닌 것 같다. 가끔 재봉틀도 돌리시고, 안경도 쓰지 않고 책을 읽으시니, 이 또한 나의 복이라고 생각한다. 늘 나를 위해 기도해 주신 친정어머니 덕분에 공무원 정년을 눈앞에 두고 있으니 참으로 감사할 일이다.

공직 생활 40년 정년퇴직은 가족들이 내게 보낸 크나큰 선물이다.

동안의 비결? 나는 오늘도 선사 주거지를 걷는다

내 나이 예순을 맞았다.

사람들은 내가 공무원 생활 정년을 맞았다고 하면 다들 깜짝 놀란다. 나름 '동안(童顔)'의 의미로 해석해 본다.

굳이 젊음의 비결을 이야기해 보자면, 강동구 암사동에 위치한 선사주거지에 그 비밀이 숨겨져 있다. 나는 거의 매일 이른 아침에 국민체조로 시작해서 선사주거지 산책길을 경보(競步)로 서너 바퀴를 돌고 난 후에 다시 국민체조로 마무리를 한다. 그래서일까? 지금까지 오십견도 없을 뿐만 아니라, 어느 해인가 새내기 공무원 연수 지원을 갔다가 밤늦은 시각에 계단에서 넘어져 다친 허리까지도 이곳 선사주거지에서의 아침운동을 통해 나았다. 그러니 선사주거지는 나에게 보배와 같은 장소다.

나는 헬스장에서 운동하는 것을 별로 좋아하지 않는다. 바쁜 일정 탓에 헬스장 이용 시간을 제대로 활용하지 못하는 원인도 있겠으나, 땀 냄새가 밴 공간에서 운동하는 것 자체가 나와 맞지 않는 것 같아서다.

조지 윈스턴의 경쾌한 피아노 '캐논 변주곡'에 맞춰 맑은 공기와 함께 신나는 발걸음을 내딛는 선사주거지 숲길에서의 운동과 감흥이 땀 냄새 나는 헬스장에 비할 것인가!

우선, 선사주거지는 맑은 공기와 새소리가 함께해서 좋다. 봄이면 하얀 조릿대 꽃무리가 피었다가 지고 연녹색 새순이 돋는 것을 보는 희열과, 이른 봄 피어나는 노란 민들레꽃과 보라색 제비꽃 밭도 운치가 넘친다. 4월이면 이곳저곳에서 분홍색과 흰색 철쭉꽃이 피고 지며 봄날의 향연이 펼쳐지고, 여름이 깊어 갈 무렵에 소나무숲 아래 펼쳐진 보라색 맥문동 꽃밭이 주는 아름다움 또한 지나치지 못한다.

청설모가 소나무를 타고 오르내리며 재주를 부리다가 도토리를 안고 도망가는 모습엔 웃음을 머금게 되고, 늦가을엔 화려한 참나무 단풍과 넓은 정원을 뒤덮고 있는 낙엽 속에 발목을 묻으면서 걷게 될 때 선사주거지는 나의 멋진 헬스장이 되는 것이다.

몇 년 전 늦여름, 운동하는 산책로에 잡초가 무성해 바짓가랑이를 적시길래 낫을 빌려 두 시간 가량 산책길 주변 잡초를 베었다. 잡초의 풀독 때문인지 발목과 손목이 벌겋게 부어올라 병원을 들락거린 일도 있다. 잡초도 자기의 목숨을 지키기 위해 독을 내뿜는다는 것을 그때 새삼 깨닫기도 했다. 풀

독으로 인해 빨갛게 된 종아리가 보기 흉해 치마 대신 바지를 한동안 입고 다니면서 가려움증으로 인해 한동안 고생했던 기억이 있다.

요즘은 새로 조성된 '암사역사공원'에서 잡초 뽑아내는 데 하루 중 한 시간 이상을 투입한다. 우리집 부엌에서 설거지할 때 내려다보는 공원 풍경이 그지없이 좋을 뿐더러 내겐 보석 같은 존재로 다가오는 소중한 나의 공원이자 헬스장이기 때문이다.

선사주거지는 내게 그냥 운동만 하는 공간이 아니다. 사유(思惟)의 장소이기도 하고, 반성(反省)의 장소이기도 하다. 선사주거지를 걸으면서 하루일과를 시작하고, 생각을 가다듬으며 행동을 반추하기도 한다. 걸을 때는 늘 주머니에 메모지를 넣고 다니면서 아이디어가 떠오르면 즉시 메모하기도 한다.

10여 년이 넘는 노동조합 활동을 하면서 어려움에 부닥칠 때가 많았다. 당연히 많은 고민이 있을 때는 주변의 멘토들을 통해 조언과 협조를 얻게 된다. 그러나 궁극적으로는 노조위원장인 내가 종합하고 판단하여 최종 결정을 내려야 할 때가 많다. 정책 결정이 내려진 뒤의 파장을 생각하면 어깨를 짓누르는 무거운 마음의 짐은 상상을 초월한다. 노조위원장의 역할과 책임이 그만큼 큰 것이다.

나는 술을 못한다. 500cc 맥주 한 컵 들이켜면 땅바닥이 오르락내리락 하는 탓에 술과는 아예 담을 쌓고 살았다. 술 대신 선택한 것이 화초 키우기다. 고향집 화단에는 꽃을 좋아하셨던 아버지의 영향으로 봄이면 상사화가 제일 먼저 연두색 목을 길게 빼고 올라왔다. 4월엔 목련과 작약, 앵

두꽃이 피고, 여름이면 진분홍색 채송화가, 가을이면 키 큰 코스모스가 집 주변을 수놓곤 했었다.

10여 년에 이르는 노조위원장직을 맡아오면서 쌓인 불안과 초조, 이해 관계로 오는 갈등 등 켜켜이 쌓여 가는 무수한 스트레스를 화초 키우기로 풀었던 것이다. 결혼 후 이제까지 우리집 거실과 베란다에는 살림살이 그릇 대신 크고 작은 나무와 화분이 90여 개나 된다. 어쩌면 내가 장기간 동안 노조위원장 생활을 견디며 극복해 나갈 수 있었던 것은 우리집 정원 가꾸기와 선사주거지 산책의 힘이 아닐까 싶다.

산책로를 걸을 때면 자신을 향해 최면을 거는 주문을 외곤 한다.
'내가 걷는 이 길이 6천 년 전 신석기시대 움막을 짓고 살았던 곳이니 이 땅의 기운이 내게로 전해지리니… 나는 지금 그 기운을 받으며 걷고 있는 거야. 세상 그 어떤 어려움도 6천 년 전부터 면면히 이어진 이 땅의

온전한 기운을 아침마다 받는 나를 이길 순 없으리니, 넘어설 수 없으리니, 당해낼 수 없으리니… 그래서 나는 강한 자가 되어야 한다!'라는 주문 말이다.

선사주거지 숲과 수년간에 걸쳐 교감을 하다 보니 사계절이 사람과 닮았다는 생각이 든다. 봄의 숲이 따스한 봄볕과 함께 어린 새싹들이 고개를 내밀면 이제 마악 걸음마를 시작하는 어린애와 같고, 여름 숲의 짙은 녹음과 강렬한 햇빛과 요란한 매미 소리는 혈기 왕성한 청춘이며, 낙엽이 화려한 가을 숲은 중후한 멋을 지닌 익을 대로 익은 중장년층이고, 눈이 내린 하얀 겨울 숲과 잎이 진 황량한 줄기만 남은 나무는 말 그대로 노년기와 같다.

몇 년 전 대의원 행사에서였을 것이다. 마이크를 잡고 노동조합의 단결에 대해 외칠 때가 있었다.

"오늘 아침 운동하러 갔던 선사주거지 숲에 개망초 꽃이 피어 있었습니다. 군락을 지어 핀 개망초가 안개꽃처럼 너무 이뻐서 순간 생각해 봤습니다. '저 꽃이 나 홀로 피어 있으면 잡초에 불과하지만, 무리 지어 군

락을 지어 피고 있으면 운치 있는 꽃밭이 되는구나'라고 말입니다. 우리
모두 한마음으로 뭉쳐야 합니다. 우리는 잡초가 되어서는 안 됩니다. 뭉
치고 또 뭉쳐서 아름다운 꽃밭을 만들어야 우리의 권익을 지켜낼 수 있
습니다. 우리가 잡초가 아닌 꽃이 되어야 하는 이유입니다."

나는 오늘도 귀에 이어폰을 꽂고 '캐논 변주곡' 음악에 맞춰 신나게 발
걸음을 내딛으며 하루 일과를 설계한다. 솔 향기 그윽한 선사주거지에서
의 아침이 내겐 늘 새롭다. 그래서 나는 오늘도 활기찬 하루를 시작하게
되는 것이다.

제2부

행정실장이라는 이름으로

행정실장이란?

'행정실장'이라는 단어를 하루에도 수십 번 사용하는 것 같다. 공직생활 40년을 한마디로 표현해 보라고 한다면, 아마도 제일 먼저 '행정실장'이라는 단어일 듯하다. 평생 직장이었던 공무원 생활 중 행정실장 직책으로 근무해 온 세월이 반 이상을 차지하고 있으니 과언이 아니다.

2년 전 〈서일노〉 위원장직을 내려놓고 '행정실장'으로 정년퇴직하기 위해 학교로 돌아갈까 깊이 고민한 적이 있다. 행정실장으로 퇴직하고 싶었기 때문이다. 결국 이런저런 사유로 포기하고 말았는데, 퇴직을 몇 달 앞둔 지금도 여전히 아쉽다. '행정실장'으로서 근무했던 많은 세월들, 오래오래 묻어 두었던 얘기들을 펼쳐 보고자 한다.

'행정실장'이라는 용어는 유·초·중·고등학교 행정실에서 근무하는 '교육행정직의 최상위 직급'을 말한다. 시대가 변화하면서 교육행정 시스템이 세분화하고 다양해지며 광범위해짐에 따라, 교육에 대한 국민의 관심과 요구가 많아지고 체계적인 교육 행정의 필요성이 높아지면서 학교 행정을 규율하는 각종 법규가 만들어졌다. 이에 유 · 초 · 중 · 고등학교에 교육행정을 관리 감독할 중간 관리자로서의 실질적인 명칭 부여가 필요했는데, 그것이 바로 '행정실장'이라는 직위였다.

그러나 학교 현장에서 근무하는 행정실장에겐 공무원으로서의 '의무'보다 '책임'이 더 큰 비중을 차지하고 있어서 그들이 받는 스트레스가 이만저만이 아니다. 학생 안전, 시설 안전 관리에 따른 책임을 묻는 법률(령)이 속속 도입되면서 자칫 잘못하다가는 법률 위배로 처벌을 받을 수도 있기 때문이다.

나 또한 서울에 있는 T초등학교와 C초등학교에서 근무하는 동안 화재를 두 번이나 크게 겪었다. T초등학교에서는 5학년 학생이 1학년 교실에 들어가 화장지에 불을 붙여 교실 한 칸을 완전히 전소시킨 사건이었고, C초등학교에서는 중학생이 학교에 침입해 과학실 외부 벽면에 설치된 우유 냉장고에 불을 질러 대형 폭발 사고로 이어질 뻔한 사건이었다.

화재를 진압한 뒤 과학실에 들어간 나는 '하늘이 도왔구나'라는 생각을 했다. 인화성 물질인 신나 두 통이 큰 통에 담긴 채 화재가 발생한 쪽의 벽면에 놓여 있었기 때문이다. 깨진 유리창 안으로 화마가 덮쳤더라면 큰 화재로 이어졌을 것이어서 지금 생각해도 아찔하다. 학교 행정실장은 이렇게 막중한 책임과 의무를 지고 있음에도 불구하고 수당은커녕, 초 · 중등교육법에 정식 명칭조차 명시되어 있지 않았다.

행정실장은 방화 관리에 대한 책임뿐만 아니라 어린이 놀이시설, 승강기 안전 사고 등 각종 법령에 위배되지 않도록 관리해야 한다. 따라서 장마나 태풍 혹은 폭설이 내리면, 학교 안전 시설에 대한 신경이 곤두서게 된다. 2010년 서울 지역을 관통한 태풍 '곤파스'가 지나간 날도 그랬다. 새벽 5시가 넘자마자 학교로 달려간 나는 현장을 보자 망연자실해 이리 뛰고 저리 뛰다가 손목을 삐어서 한동안 병원까지 다녀야 했다.

당시 인근 학교의 행정실장들도 새벽에 출근한 분들이 제법 많았다. 새벽에 일찍 나가야 하는 이유는, 학생들이 등교하기 전에 학교 주변 환경이 태풍 오기 전의 모습으로 되어 있어야 하기 때문이다. 행여 시설물이 쓰러지거나 대형 화분이 깨져 있으면 학생들이 다칠 수도 있고, 흉하게 망가진 시설을 보면 학생들이 놀랄 수 있기 때문이다.

이처럼 행정실장의 책무가 막중해지고 있는데, 학교 현실은 열악하기만 하고 학교 행정실 업무에 대한 인식은 낮기만 했다. 이에 노조에서는 변화무쌍하게 변해 가는 시대의 흐름을 반영하고, 학교 현장을 제대로 관리 감독할 수 있도록 교육감에게 '행정실장'이라는 정식 명칭과 그에 맞는 보직을 부여해 줄 것을 요구하였다. 따라서 정식으로 '행정실장'이라는 명칭을 사용하게 된 지는 얼마 되지 않았다.

전국 17개 시 · 도교육청 중 부산, 광주, 전남 교육청에서 먼저 '행정실장'의 직위 사용이 시행되고, 서울시교육청에서는 2013년 7월 1일 훈령으로 제정하여 사용하였다. 전남교육청의 경우에는, 고등학교 5급 사무관들에게만 명칭을 부여하고, 초 · 중학교 6급의 경우에는 적용하지 않았다. 이처럼 전국 17개 시도 교육청에서 학교 '행정실장'의 명칭을 모두 사용하는 데에는 시간이 꽤 걸렸다.

'행정실장' 명칭 변경에 대한 훈령 제정은 〈서일노〉에서 서울시교육청 총무과에 강력하게 요청해서 이루어진 것이다. 〈서일노〉의 조합 구성원은 일반직인 교육행정직 공무원이 90% 이상 차지하고 있었고, 학교 행정실장은 일반직 공무원이었던 교육행정직렬 6급, 7급 중 최상위 직급 자에게만 부여되고 있었다.

공교롭게도 당시 정부에서 '기능직'이라는 명칭을 없애고 '일반직'으로 전환하는 직종 통합을 추진하게 되었고, 교육행정직에게만 부여되는 행정실장의 지시 사항을 시설관리직군 등 타 직렬의 6급, 7급 직원들이 거부하기 시작했다. 행정실장 지시 사항을 거부한 주된 이유는, 기능직에서 일반직 공무원으로 전환되었으니 동일 직급이라 행정실장의 지시를 받을 이유가 없다는 것이었다. 뿐만 아니라 법적으로도 '행정실장'이라는 정식 명칭이 없었고, 초 · 중등교육법에는 '행정실장'이라는 보직에 대한 명확한 법적인 기준 없이 '행정실에 행정직원을 둔다'라는 조항만 있었기 때문에 일어난 일이었다.

결국, 학교 현장에서 〈서일노〉 집행부에 행정실장 직무 수행의 어려움에 대한 민원이 쏟아지기 시작했다. 〈서일노〉에서는 교육청에 학교 '행정실장' 명칭 부여와 직위 발령에 대해 강력히 요구하였고, 교육청에서도 '행정실장' 직위가 법령으로 정착되어야 한다는 데 공감하였다. 이렇게 해서 2013년 7월 1일부터 '행정실장'이라는 직위가 드디어 인사 발령 공문에 명시되기 시작했다.

당연히 노조로 접수되던 민원도 없어졌다. 노조에서는 민원을 잠재운 성과에 대한 홍보와 "행정실장에게 보직이 부여되었으니, 그 직에 걸맞는 책임과 의무를 다하라"라는 소식지를 내보냈다. 모든 일이 순조롭게 진행된다고 생각할 즈음, 교원 단체의 반대 움직임이 일어났다. 반대하는 사유가 "행정실장 보직을 부여하게 되면 행정실에 힘이 실리게 된다"는 명분이었다. 교원 단체는 행정실장의 힘을 견제하기 위함이었는지, "교감을 부교장제로 해야 한다"라는 보도자료를 배포하여 지방공무원들을 아연실색하게 만들었다.

교육 환경이 변화하면서 행정실의 업무가 과중되었고, 그에 따라 행정실장에게 부과되는 업무 중책과 직종 통합에 따른 학교 행정실 인사 관리를 위해 만든 제도에 대해, 힘의 논리로 해석하는 교원 단체의 속내에 혀를 내두를 수밖에 없었다. 초·중등교육법도 아니고, 서울시교육청의 훈령을 통해 '행정실장 보직 발령'을 개정한 것인데 말이다.

학교장이 학교 행정실 직원에 대한 근무 평정 권한을 50%나 갖고 있는데, '행정실장'을 보직화한다고 해서 힘이 실린들 얼마나 실리겠는가? 하여튼 나는 근무처를 옮길 때마다 호칭이 바뀌었다. '서무주임'이었다가, 때로는 '서무과장'이기도 했고, 결국에는 '행정실장'으로 귀결되었다. 40년의 교육행정 공무원 생활 동안 행정실장으로 지내 왔으니 만감이 교차한다.

행정실장은 하늘이 내게 준 선물이었다

　나는 '행정실장'이란 직책을 천직으로 여겼다.

　이 직을 너무나 사랑했고, 그 직을 수행하는 일이 늘 즐거웠다. 학생들이 이쁘고 귀엽고 사랑스러웠다. 그러니 학교에 출근하는 일이 행복했다. 평생 학교를 우리집처럼 생각하며 근무했다. 어느 학교에서 근무하든지 늘 '주인의식'을 가지고 행정실장직을 수행하려 애썼고, 학교 민원인이 방문하면 우리집을 찾아온 손님이라 생각했다.

　그래서일까. 지방에서도 서울에서도 학부모 단체, 학교운영위원회, 학교체육회 단체 등을 통해 감사패와 공로패를 여러 번 받았다. 시·도교육청 행정실장들 중에서 학교운영위원회나 학부모 단체로부터 감사패와 공로패를 받은 행정실장은 그리 많지 않았나 보다. 다른 행정실장들도 받은 적이 있겠거니 하고 주변에 얘기했는데, 다들 그런 일도 있냐며 놀랐기 때문이다.

행정실장으로 근무하면서 있었던 에피소드가 있어 몇 가지 사례를 함께 공유해 보고자 한다.

지방에 있는 모 초등학교 행정실장으로 근무했을 때의 일이다.

어느 토요일 오후, 남편과 함께 맛집으로 알려진 식당에 갔다. 주인 내외분과는 평소에 친분이 있어서 농담도 하곤 했는데, 그날 자리에 앉자마자 주인아주머니가 웃으면서 농담을 했다.

어제 ○○초등학교 학부모회 임원 열댓 명이 자기 식당에 와서 회식을 했는데, 방안에 모여 이 실장님 칭찬을 늘어놓더란다. 이 실장님이 우리 학교에 오고 나서 학교 환경이 정말 많이 바뀌었다면서, 정말 대단한 분이라고 이구동성으로 얘기를 하더라는 것이다. 주인아주머니는 내가 근무하는 학교 이름을 알고 있던 터라 마냥 신이 나서 나와 남편에게 엊저녁 일을 소상하게 이야기해 줬다. 남편은 소리 없는 미소를 지었고, 입꼬리가 귀에 걸렸다.

그 당시 ○○초등학교 주변에는 큰 대기업이 있었고, 큰 군부대까지 상주해 있어 53학급에 학생 수가 1천 명이 넘는 큰 학교였다. 당시 나는 토요일과 일요일에도 공사 감독을 하러 학교를 오가곤 했다. 교내 정원이 넓어 야생화 단지도 만들었는데, 야생화를 구하려고 물어물어 먼 거리에 있는 화원을 찾아다녔다. 외부 담장 도색부터 시작하여 손을 안 댄 곳이 없을 정도로 내 집처럼 학교를 가꾸었다.

학부모들에게 그런 행정실장의 모습이 멋지게 보였던 모양이다. 당시 교육청으로부터 본 예산보다 목적 예산을 더 많이 받아 집행하였으니, 학부모들도 눈에 띄게 달라지는 학교가 보기 좋았던 것 같다.

학부모회나 학교운영위원들이 학교를 방문하면 편안하게 대하려고 노력했다. 학교에 좋은 일이 있으면 홍보도 하고, 어려움이 있으면 학부모 입장에서 학교를 도울 수 있는 방법이 있는지 함께 고민하기도 하고, 학교장님이 좋으신 분이라고 칭찬도 했다. 그래야 학부모들도 학교에 대한 애정을 가질 뿐더러 자녀들이 '정말 좋은 학교에 다니는구나'라는 자부심을 가질 수 있기 때문이다.

학부모들은 교장선생님과 교감선생님께는 부담을 느껴 마음을 잘 열지 않지만, 행정실장이 친절하면 이런저런 속내를 많이 내보인다. 따라서 학부모들과 행정실장이 거리를 좁힐수록 학부모의 생각을 알 수 있기 때문에 학교를 위해서도, 학생을 위해서도 좋은 점이 많다. 상대방이 원하는 것이 무엇인지 알아야 그들이 원하는 것에 부응할 수가 있다. 그것이 학생을 위한 것이라면 더욱 그러하지 않겠는가!

화재가 발생했던 T초등학교와의 인연 또한 특별했다. 교장선생님과는 15년이 지난 요즘에도 교류를 한다. 교장선생님은 외모도 아주 기품이 있고 우아해서 함께 길을 걸으면 내가 대접받는 기분이 들 정도였다. 나에 대한 신뢰가 아주 깊어서 자매처럼 지냈다.

서울 올라와서 처음으로 맡았던 행정실장이었으니, 그 학교에 쏟아부은 애정은 대단했다. 당시 나는 학교 행정실장으로서 학교 환경을 정비하는 일에 모든 역량을 집중했다. 학교에 출근하는 일이 그저 신이 났다. 아이들이 좋은 환경에서 뛰어놀 수 있는 공간이 되도록 학교를 예쁘게 꾸미고 싶었다.

녹슨 화단 울타리는 흰색 페인트가 칠해진 울타리로 바꾸고, 진입로는 색상을 맞춰 보도블럭을 깔았다. 교실 5칸을 허물어 학교 식당을 새로 개축했는데, 식당도 예쁘게 꾸미고 식탁 의자도 아이들이 좋아하는 것으로 색상을 맞췄다. 지저분했던 쓰레기장을 블록 담장으로 분리한 후, 칸막이 앞에 대형 화분 서너 개를 두었더니 여간 예쁜 것이 아니었다.

후문 쪽으로 아파트가 있어서 아이들이 통학로로 많이 이용했는데, 안전사고의 위험율이 높았다. 후문 출입문 쪽에 차량 두 대의 주차 공간이 있었는데, 차량을 주차하면 키 작은 아이들에게는 담장 밖이 잘 보이지 않았기 때문이다.

주차장 공간을 꽃밭으로 만든 후, 꽃은 심지 않고 잔디만 파랗게 깔았다. 철제 담장엔 빨강과 초록이 조화로운 포인세티아 화분을 서너 개 매달았더니 파란 잔디와 어울려 여간 운치 있는 게 아니었다. 밖을 오가는 차량도 쉽게 눈에 띄어 안전사고도 예방할 수 있었으니 일석이조의 효과를 거두었다. 학부모들이 더 좋아했다.

교장선생님도 나도 임기 만료가 되어 그 학교를 떠난 후, 어느 날 볼일이 있어서 그 학교를 다시 방문했더니, 그 자리엔 아스팔트가 깔려 교장·교감 전용 주차장으로 표시가 되어 있었다.

행정구역이 S구청에 속해 있던 그 학교에서 혼자 구청 총무과장을 면담하고 특별 예산을 지원받아 운동장에 마사토를 깔아 정비 작업도 하였다. 학교 운동장은 몇 년마다 정기적으로 모래를 깔아주지 않으면 먼지가 많이 일어난다. 특히 그 학교는 한강과 가까워서 겨울이면 강바람이 불어와 모래 먼지가 무척 심한 탓에 운동장 관리에 더욱 신경을 많이 쓸 수밖에 없었다.

새로 조성한 식당에서 학부모들과 함께 고사 지내던 일, 불에 탄 교실을 정상화시키기 위해 동분서주했던 일, 꽃밭 조성과 시설물 정비를 위해 몰두했던 일 등 정말 행복하고 즐거운 시간이었다. 식당을 개축하며 함께 고생했던 영양교사는 성실했고, 서울 시내에서 최고라 할 정도로 음식 솜씨가 뛰어나서 모든 교직원들이 아낌없는 찬사를 보내곤 했다.

예쁘게 조성된 꽃밭과 맛있는 점심이 기다리고 있으니, 학생들도 학교 가는 일이 즐겁지 않았겠는가? T초등학교를 떠나올 때 학교운영위원회 학부모들은 내게 '감사패'를 주었고, 나는 기쁜 마음으로 받았다. 내겐 모범 공무원상보다 더 의미가 있는 큰 상이었다.

서울에서 네 곳의 초등학교를 거쳤는데, 일복이 많은 탓이었는지 근무한 학교마다 급식 조리실이 노후되어 있거나 교실 배식을 하고 있어서, 조리실 및 학생식당 개축 업무를 담당하게 되었다.

조리실은 안전사고의 위험이 제일 많이 도사리고 있는 장소라서 신경이 많이 쓰인다. 1천여 명에 가까운 학교 식구들의 점심을 챙겨주는 일이기도 해서 여간 신경 쓰이는 게 아니다. 행정실장들이 모이면 "우리가 밥 먹여주는 일 때문에 출근하는 건지 헷갈릴 때가 있다"고 얘기하는 걸 봐도 알 수 있듯이 급식 업무가 차지하는 비중은 상당히 크다.

조리실과 식당을 증·개축하게 되면, 조리실 동선을 줄이는 설계부터 꼼꼼하게 챙겨야 함은 물론, 공사 감독은 기본이고, 급식 기기 온비드 폐기 처분, 관리 전환 등 무수한 일이 발생한다. 덕분에 업무는 많이 배우게 되지만, 그만큼 초과 근무 또한 많이 하게 된다.

나는 급식 업무와 인연이 많았는지, 지방에 있는 학교에선 급식실 개축과 학생식당 환경을 획기적으로 개선하여 상까지 받은 적이 있다. 그런 걸 보면 나는 먹는 일과 무슨 인연이 있긴 한가 보다.

급식 환경 개선에도 힘을 쏟았지만, 영양교사와 조리 종사자들과도 소통을 자주 했다. 급식실에서 요구하는 사항은 1순위에 넣어 개선해 주었다. 안전사고가 일어날 확률이 제일 높은 곳이기 때문이기도 했고, 힘들게 일하는 걸 잘 알고 있기 때문이기도 했다. 조리 작업할 때 조리실을 들어가 보면, 큰 국솥과 튀김 솥 앞에서 팥죽 같은 땀을 흘려 가면서 정말 고생들이 많다.

조리 종사원 휴게실을 가보면 목과 어깨에 파스 너댓 장이 붙어 있는 분들을 많이 보게 된다. 조리실에서 요구하는 사항을 1순위에 넣지 않을 수 없는 이유다. 그분들의 수고로움을 덜어주고자 애를 많이 썼었는데, 그 기억이 지금도 새롭다.

'행정실장'이란 직책은 내가 이 세상을 살아갈 수 있도록 힘이 되어준 하늘이 내린 직업인 것 같다. 흔히들 얘기하는 '천직' 말이다.

S초등학교 근무 시, 교사 외부 도색과 함께 교장실, 행정실, 교직원 휴게실, 교직원 식당, 소회의실 등을 쉼 없이 환경 개선 공사를 하여 새로운 공간들을 이쁘게 만들어 냈다. 교사들도 놀랄 정도였으니, 나는 어쩌면 '행정실장'이라는 직책에 최적화된 사람이 아니었나 싶다.

특히, 행정실을 여의도 증권회사처럼 고급스러운 환경으로 만들고, 별도의 공간에 '민원인 쉼터'를 만든 일은 꽤나 긍정적인 반응을 얻었다. 민원인들이 제증명을 발급하러 오거나 전출입으로 행정실을 찾는 학부모가 방문하면, 새로 만든 공간인 '민원인 쉼터'에서 잠시 쉬어 갈 수 있도록 했다. 그랬더니 "이 학교는 개교한 지 얼마 안 되었나 봐요?" 물어보는 민원인도 있었다.

　나의 작은 배려가 나름 학교 이미지 개선에는 한몫한 것 같다.

　'행복한 행정실장'으로 공직 생활을 마무리하지 못하고 평생학습관 팀장에서 공무원 생활을 마감하게 되어 못내 아쉽다. 그러나 보람과 환희였던 나의 40년 공직 생활을 버티게 해준 힘의 원천은 '행정실장'이라는 역할이 있었기에 가능했다고 본다. 노조위원장의 소임을 다하고 퇴임하지만 영원한 행정실장으로 남을 것이다.

　'행정실장'은 하늘이 내게 준 선물이었다.

학생이 행복해야 학교 구성원 모두가 행복하다

'학생이 행복해야 학교 구성원 모두가 행복해진다.'

행정실장으로 근무하는 동안 좌우명처럼 생각했던 문구다. 그런 환경을 만드는 게 행정실장의 역할이라고 생각했다.

K구에 속한 S초등학교 주변은 단독주택으로 둘러싸인 지역이다. 맞벌이 부부가 많아 아침 일찍 등교하는 아이들이 많았다. S초등학교의 냉난방 시스템은 행정실에 컨트롤 부스가 설치되어 있어서 영하 7, 8도로 수온주가 떨어지는 날 아침엔 7시를 전후해 학교 당직실로 전화해 교실에 히터를 가동시켜 달라고 부탁하곤 했다.

일찍 등교한 아이들 서너 명이 교실에 모여 오들오들 떤다고 생각해 보라. 부모 입장에선 아무도 등교하지 않을 시각에 학교에 자식을 일찍 데려다 놓는 것도 마음 아픈 일인데, 추위에 떨기까지 한다면 얼마나 가슴이 아프겠는가?

겨울 날씨가 다음날 영하로 떨어진다는 일기예보가 나오면 나는 학교에 신경이 쓰였다. 혹자는 아이들 서너 명과 전기 사용료를 두고 경제적인 효율성을 거론할 수 있겠으나, 학교는 교육적인 측면에서 접근해야 한다고 생각한다. 전교생이 몇 명 되지 않는 시골 학교를 폐교하느냐 마느냐를 두고 고민하듯이 말이다.

추위에 떨면서 책을 읽은들 머리에 들어올 리 만무할 것이고, 다른 집과 비교하다 보면 부모님에 대한 원망으로 이어질 수도 있지 않을까? 그런 불만들이 쌓이면, 인격 형성에도 영향을 미칠 수 있다. 그런 생각을 하면 '전기료 낭비'라는 발언 따위는 하지 않게 될 것이다. 사회적 비용이 발생할 수 있는 것을 미연에 방지한다고 생각하면, 학교 측의 학생에 대한 작은 배려는 일종의 나비효과로 돌아 올 수 있는 것이다.

학교에 근무하면서 나는 기꺼이 새로운 정책을 시도해 보곤 했다. 불편함을 보면 어떻게든 개선해 보려고 애썼다. 특히 학생들이 불편을 느끼는 사항이 있으면 모든 것을 동원하여 해결해 주려고 노력했다. 그러기 위해 〈전교 어린이 회의〉가 열리고 나면, 학생들의 건의사항이 무엇인지 6학년 부장교사에게 물어보거나 회의록을 읽어 보곤 했다.

80년도엔 학생들의 수업료와 수학 여행비 등을 행정실에서 현금으로 수납했다. 초등학교의 경우, 저학년은 담임교사가 학생들에게 직접 수납하여 한꺼번에 모아 행정실로 넘겨주었고, 초등학교 고학년과 중·고등학교는 학급 반장이 한꺼번에 모아서 행정실에 납부하는 경우가 많았다.

80년대 후반, 지방교육청에 있었을 때의 일이다.

7급 승진을 하여 시골에 있는 병설 중·고등학교로 발령을 받아 세입 업무를 맡았다. 그 당시 시골 가정에서는 자녀들에게 용돈을 주기 어려웠다. 그러다 보니 수업료나 급식비 납부 시기가 되면 학생들의 '배달 사고'가 잦았다. 미납자가 발생하니 당연히 학부모에게 연락이 갔고, 학부모 대부분은 쌀을 팔았거나 고추 판 돈으로 "수업료와 급식비를 납부했다"고 답변했다. 어려운 형편에 자녀 교육시키겠다고 어렵게 마련한 것인데, 부모 마음을 몰라주고 용돈으로 사용한 학생들도 딱해 보였다. 그런 일이 계속되니 행정실 업무 담당자인 나도 마음이 편치 않았다.

그 당시 은행에 '통장 자동이체' 제도가 생겼는데, 그 시스템을 적용해 보면 어떨까 하는 생각이 들었다. 바로 본청 재정과에 '공과금 자동이체 납부 학교'가 있는지 벤치마킹 해보겠다고 했더니, 처음 듣는다는 것이다. 행정실장의 허락을 얻어 버스로 한 시간을 달려야 갈 수 있는 N은행의 지점장실을 방문했다. K교육청 최초로 '스쿨 뱅킹'을 적용해 보기로 한 것이다.

시골 학교여서 중·고등학생 전교생이라고 해봐야 200명 조금 넘는 인원이라 크게 힘들 것 같지는 않았다. 모계좌를 중앙은행으로 하고, 학부모들 통장 개설은 면 소재지에 있는 은행을 통해 만들도록 했는데, 당시만 해도 '스쿨 뱅킹'에 대한 개념이 없었던지라 학부모들을 설득시키는 데 힘이 들었다. '자동이체'라는 단어를 듣고, 혹시 통장에서 본인 모르게 인출되는 것 아니냐는 질문이 제일 많았기 때문이다.

이런저런 시행착오를 거친 후 '스쿨 뱅킹'이 도입되었는데 반응이 매우 좋았다. 분기별 또는 매달 수업료와 급식비를 내야 했던 학생들도 좋아했고, 학부모들도 나중에는 학교 측에 대한 신뢰가 쌓였다. 행정실은 업무가 경감되어 일석삼조 이상의 효과를 거두었다. 이후 이 업무를 벤치마킹하는 학교가 하나둘 늘어났음은 두말할 나위도 없다.

10년이 지난 90년대 중반에도 이와 같은 일이 반복되었다. 이번에는 학생 수가 1천 명이 넘는 초등학교에 행정실장으로 있으면서 '스쿨 뱅킹'을 도입한 것이다. 특히 저학년 담임교사들이 정말 좋아했다. 급식비를 거둬 들이면서 계산 착오로 본인이 물어내는 일들이 있었는데, 현금을 직접 다루는 업무가 줄어들었으니 얼마나 편했겠는가? 두고두고 고맙다는 인사를 많이 받아서 어깨가 으쓱해지기도 했었다.

학교 근무에 대한 원칙과 기준은 늘 학생이 먼저였고, 또한 학생을 교육시키는 교사들의 입장을 배려하려고 노력했다. 교사들은 회계 업무에 대해 잘 모르기 때문에, 업무 처리 시 감사에서 지적 받지 않을까 걱정을 많이 한다. 가끔 규정에 어긋나는 업무와 마주치게 되기도 하는데, 감사가 나오면 내가 상황을 설명할 테니 일이 합리적으로 돌아가도록 하라며 교사들의 의견에 힘을 실어준 적이 많다.

학생을 위해 추진하는 일 중에 어쩌다 원칙을 약간 비껴가는 일이 있어도, 학생들에게 도움이 된다면 나는 주저 없이 실행에 옮겼다. 자연스럽게 교원들과의 사이가 좋아질 수밖에 없다. 근무하는 학교마다 교사들과 사이가 정말 좋았다. 시간이 흘러도 여전히 연락하고 지내는 교사들이 있다. 옛날얘기 하면서 말이다. 이 책을 내는 데 많은 도움을 주신 분 또한 15년 전 나와 함께 근무했던 초등학교의 부장교사이기도 하다.

교사들뿐 아니라 당직 용역 기사와도 잘 지냈다. 저녁 늦게까지 행정실에서 일하다 보면 자연스럽게 당직 용역 근무자들과 대화를 이어 갈 때가 많다. 그래서인지 서울 올라와서 5년이 지났는데, 지방의 모 초등학교 당직 기사님이 근무처를 옮겼다며 "명절이 다가오니 이 실장님 생각이 나서요. 잘 계시지요?" 하고 안부 전화를 하신 적도 있었다. 그분은 그 후에도 한동안 명절이 돌아오면 안부 전화를 하곤 했다. 서울에 와서도 다른 학교로 옮긴 지 5년이 지났음에도 명절이 되면 연락을 주시는 당직 기사님이 두 분이나 계신다. 행정실장이 건네는 따뜻한 말 한마디가 그분들에게 큰 위로가 되었던 것 같다.

나의 공무원 근무 생활신조는 처음도 끝도 '즐거운 학교 생활'이다.

직원들에게도 스트레스를 주지 않으려 했고, 화를 내어 본 적이 별로 없다. 나는 실무형 행정실장이라서 세입과 지출, 예산, 급여, 물품, 재산 업무 등 행정실의 모든 업무를 안 해본 것 없이 다 해봤기 때문에 공직 생활 하는 동안 별다른 어려움을 겪지 않았다.

H초등학교 근무 시, 정기 전보인사 시기에 총무팀장 전화를 받은 적이 있다. 대뜸 "이 실장님 학교엔 꿀통이 있나, 주무관들이 너도나도 이 실장님 학교로 전보내신서를 내어 애를 먹고 있다"고 하신 적이 있었다. 직원들을 직장 부하라기보다 가족이라 생각하고 대했기 때문이 아니었을까.

행정실은 학교의 얼굴이다. 제증명 발급이나 전출입 업무로 학교를 방문할 때 등 대부분의 민원인은 제일 먼저 행정실 문을 두드린다. 첫인상이 얼마나 중요한지는 사람뿐만 아니라 건물에도 적용된다는 것을 우리 모두 공감할 것이다. 가슴 설레는 여행지를 방문할 때에도 언제 어느 시각에 찾았느냐에 따라 그 기억은 평생을 간다. 하물며 내가 근무하고 있는 직장 분위기가 민원인들에게 좋게 비친다면 신나는 일 아닌가! 행정직원들의 사기를 올려주면 얼마나 좋을까마는, 아직까지도 서울시교육 청은 학생 수가 급격히 줄어들어 교실이 남아도, 정규 교실 반 칸 면적에 행정직원 서너 명이 앉아서 근무하고 있는 실정이다.

가끔 민원이 접수되어 행정실을 방문하다 보면 안타까움을 넘어서 분 노가 치밀 때도 있다. 행정실 환경이 3, 40년 전 모습 그대로 머물러 있기 때문이다. 21세기에 살고 있는데 20세기 사무실에서 근무하는 행정직원 들을 보게 되니 충격이 클 수밖에 없다. 천장에 닿을 정도의 서류함 캐비 닛이 직원들 머리 위로 쏟아질 듯하고, 책상 사이를 겨우 오갈 수 있는 비 좁은 공간임에도 불구하고 개선해 줄 생각이 없는 듯하다.

학교의 얼굴이 근사해야 학교 이미지도 높아지고, 서울교육청 이미지 도 좋아질 텐데 말이다. 행정실 직원들 또한 쾌적한 환경에서 근무하다 보면 내가 학생들을 위해 무엇을 해줄 것인지, 서울 교육을 위해 무엇을 할까를 고민하게 될 것이다.

S초등학교 근무 시 행정실을 획기적으로 개선하였다. 직원들 등뒤로 높이 솟은 서류 캐비닛 대신 흑장미 색상과 회색을 섞은 색상의 서류함 을 파티션 높이로 맞춰 구획 정리용으로 배치하였더니, 행정실도 넓어 보 이고 여간 고급진 게 아니었다. 다들 대기업 사무실 같다고 하였다. 하루 는 전학 온 학부모가 "이 학교는 개설된 지 얼마 안 되었나 봐요?" 하고 물어본 적도 있다. S초등학교는 80년대 후반에 개교한, 30년이 족히 넘은 학교였다.

행정실을 확충·개선하면서 '민원인 쉼터'를 만들어 제증명 발급이나 전학 온 학부모들이 대기할 수 있는 공간도 배치했다. 큰 그림도 벽면에 걸고 초록색 화분을 배치하여 편안한 '민원실'을 만들었다. 행정실이 비

개선한 행정실 전경.
민원인들의 편의
위한 쉼터 마련.

좁으면, 민원인들은 대부분 서류 발급 시까지 복도에서 서성거리며 기다려야 한다. 한여름과 한겨울에 행정실을 방문하는 민원인들은 불편을 겪을 수밖에 없다. 교육청에서 출장 나온 공무원이나 계약 체결 및 공사 집행과 관련하여 면담하러 온 외부인들을 위해 면담 공간을 배치하여 행정실로서의 위상도 갖추도록 했다.

모든 행정이 다 그렇겠지만, 교육 환경 개선 또한 '기브 앤 테이크'라고 생각한다. 교육감의 행정실 환경 개선과 행정직원의 처우 개선을 위한 통 큰 의식 변환이 있기를 기대해 본다.

나처럼 1년 365일 행복하다고 느끼는 '행정실장'이 많이 배출되어야 학생과 교직원, 학부모들까지도 함께 행복해지지 않겠는가! 나아가 서울 시민들까지 행복해지지 않겠는가?

K공립초등학교 행정실장협의회를 발족하다

'신이 내린 한 수!'

K공립초등학교 행정실장협의회(이하 공초실장협의회) 발족을 이렇게 표현하고 싶다.

행정실장협의회를 발족하는 일이 내겐 사명감 같은 것이었는지, 지방교육청 근무 시절이었던 1996년도에는 H교육지원청에 발령을 받은 지 6개월 만에 협의회를 발족한 적이 있다. 그곳은 제법 큰 시 지역이었음에도 초등학교 행정실장협의회가 조직되어 있지 않았었다. 초대 협의회장을 맡아서 활동했는데, 협의회가 만들어지자 교육지원청이 적극적인 지원에 나섰고, 행정실장들은 신명나게 협의회 일에 협조해 주었다.

서울로 올라온 지 6년 차에 접어든 2008년 1월 31일, 내가 주도했던 K공립초등학교 행정실장협의회가 교육지원청 강당에 모인 60여 개 초등학교 행정실장들의 회의 결과 탄생되었다.

행정실장협의회 회칙 제정 및 회장과 총무 선출 등 K공립초등학교 행정실장협의회 발족을 위한 첫 회의가 열린 K교육청 강당에서 J 행정지원과장은 아래와 같이 축하 인사를 했다. 당시 초대 회장으로 선출되어서인지 그 인사가 기억에 남는다.

"제가 여러 교육지원청을 근무했는데, 유독 K교육청에만 초등학교 행정실장협의회가 구성되어 있지 않았습니다. 가끔 아쉽다는 생각이 들곤 했는데, 오늘 발족이 되어 참으로 기쁩니다. 제가 재직할 때 초등행정실장협의회가 구성되었다는 것에 많은 의미를 부여하고 싶네요. 협의체가 구성된 것을 계기로 '우리 교육행정직 앞날에 닥쳐 올 각종 난관들은 행정실장님들의 뭉쳐진 힘이 보태진다면 큰 힘이 된다'는 것을 반드시 실감할 날이 올 것이라 믿습니다. 우리는 결코 남이 될 수 없습니다. 우리는 '하나'라는 결속력을 가지고, 교육 발전을 위해 다 함께 손을 잡고 앞을 향해 나아가는 교육행정인이 되었으면 합니다."

K교육지원청 공초실장협의회 발족과 활발한 활동 경험은, 3년 뒤인 2011년 4월에 서울시교육청 최초의 초·중·고 행정실장협의회 창립으로 이어졌고, 내가 초등학교 행정실장협의회 초대 회장을 맡는 계기가 되었다(2011년도 서울 시내 공립 초·중·고등학교 행정실장 인원수 : 초등학교 546명, 중학교 265명, 고등학교 120명).

K공초실장협의회 소속 행정실장들의 열정과 동참은 놀라웠다. 각급 학교의 행정실장들이 협의회 집행부 의견에 100%에 가까운 지지율을 보여주었다. K공초실장협의회 집행부는, 학교 현장에서의 반응이 좋아

지자 그에 보답하기 위해 다양한 업무 경감 정책들을 발굴하여, 행정실 업무를 측면에서 지원하기 시작했다. 일례로, 교육청에서 정책 계획 수립에 대한 공문이 시달되면 참고자료 예시문을 작성하여 내부 메일을 통해 실시간으로 전달하고, 학교 현안에 대한 문제가 발생하면 공동 대책을 세워 법적 자문과 정기 감사 수감 시 지적을 받지 않도록 안내하여 행정실장들에게 도움을 주었다.

학교 운영에 대한 학교장의 판단 기준이 조금씩 다르긴 했으나, 일선 학교에서의 행정 업무가 대부분 학생 교육 지원에 관한 사항이고, 학교 회계, 학생 안전, 시설 관리, 청렴도 향상 대책 등도 학교마다 대동소이해서 협의회 집행부에서 열심히 지원하는 만큼 행정실장들의 업무 또한 대폭 줄일 수 있었다. 특히 공동구매를 통한 물품 구입으로 예산을 절감하여, 서울 교육 재정 효율성 제고에도 조력하는 등 협의회 차원에서 추진한 사안이 많았다.

서울시교육청 초·중등행정실장협의회 총회 개최

행정실장이라는 자리가 미래 인재를 양성하는 교육 기관의 중간관리 자로서의 책임과 자부심이 되었으면 했다. 자라나는 학생들에게 도움을 주는 일을 하고 있다는, 공직자로서의 성취감과 자존감을 가지고 일하는 풍토를 만들고 싶었다.

협의회장직을 맡으면서 많은 날을 자정이 넘어 이른 새벽까지 행정실 장들에게 메일을 보내느라 키보드를 두드리면서도 힘든 줄 몰랐다. 행정 실장 회의가 있어 만나면 반갑게 손잡아 주고, 고생한다며 덕담도 건네면 서 협의회는 날이 갈수록 밝은 빛을 내뿜으며 성장해 갔다.

협의회 조직이 활성화된 배경에는 협의회 임원 중에 뛰어난 인재가 많 았던 것도 한몫했던 것 같다. K 총무와 부위원장 등은 조직에 대한 애정 이 누구보다도 높았고, 업무 파악 능력은 타의 추종을 불허할 정도로 빨 랐으며, '교육을 위해서라면 무엇이든 할 수 있다'는 자신감이 넘쳐났었 다. 이처럼 숨은 인재들이 나를 도왔기 때문에 가능했던 일이다.

우리는 학교 행정 업무를 효율화할 수 있는 정책을 발굴했고, 빠른 속 도로 추진하여 학교 행정실 업무를 지원하고자 했다. 몇 개의 사업은 엄 청난 반향을 불러일으켰다. 그 결과 공·사립 중·고등학교 행정실장들 의 호응까지 얻어내었고, 연수반까지 주관하여 성공적으로 운영하는 능 력을 보여주기도 했다. 대표적인 것이 서울소방관리협회와 업무 협조를 얻어 방화관리자 연수를 K교육청 바로 옆에 있는 초등학교 강당으로 유 치한 일이다.

유·초·중·고등학교 행정실장들은 학교 건물을 관리하는 소방안전 관리자로 지정되어 있다. 2년마다 의무적으로 영등포구 당산동에 위치한 한국소방안전협회 서울지부의 교육장에서 연수를 받아야 한다. 화재와 관련이 있고 학생과 교직원들의 안전과 연결되다 보니, 의무 불이행 시 과태료 부담 등 많은 불이익이 따르기 때문에 행정실장은 의무적으로 연수를 받아야 한다. 문제는 소방안전연수가 일주일간의 전일제 교육이라는 것이다.

먼 거리에서 출퇴근할 경우 왕복 3시간 이상이 걸리다 보니, 먼 거리에 근무하는 경우에는 여간 불편한 게 아니었다. 협의회 집행부에서는 소방안전연수의 고충 사항을 해결하기로 마음먹고, 소방안전협회 서울지부를 방문하여 책임자를 만났다. 처음엔 여러 종류의 실습기구를 이동시켜야 하므로 불가능하다고 했으나, 두세 번 설득하자 한 번 해보자면서 한 발 물러났다.

집행부에서는 K교육청 바로 옆 초등학교 강당을 연수 장소로 정하고, 교육청의 협조를 얻어 K교육청 구내식당에서 점심식사를 할 수 있도록 하여 연수생의 편의를 도왔다. 이렇게 연수에 불편함이 없도록 조치했더니 행정실장들의 호응이 폭발적이었다. 소문이 나자 공·사립 중·고등학교 행정실장과 인근 교육청 소속 행정실장들까지 연수에 동참하여 성공적인 연수가 되었고, 소방안전협회는 회장과 총무에게 모범상을 주었다. 당연히 K공초행정실장협의회 위상이 최고조에 달했다.

연수 종료 후에는 나이스에 등재할 상시학습 40시간(30시간만 인정)까지 등록하도록 마무리하여, 협회 측의 담당 업무까지 경감시켜 주었다. K공초실장협의회 주관 '학교 행정실장에 대한 맞춤형 소방안전교육'에 대한 소문이 나기 시작하자, 타 교육청 행정실장협의회에서도 벤치마킹하게 되었고, 강남과 북부 교육청 등 타 지원청까지 연수 장소가 확대되었다. 비록 출발은 타 교육지원청보다 늦었지만, K공초실장협의회는 하루가 다르게 성장해 갔다.

2006년도 12월 전국 377개 공공기관 청렴도 평가에서 내가 속한 교육청이 꼴찌에서 두 번째인 376등을 받았다. 국민권익위원회에서 발표한 청렴도 최악의 하위 성적을 받았다는 공문을 접수하고 충격을 받은 나는, 새벽 3시에 일어나 피를 토하는 심정으로 60여 명의 행정실장들에게 메시지를 보냈다. 지적된 분야가 '급식 분야 외부청렴도 평가'였기 때문이다.

나는 행정실장들에게 편지를 보내고 난 후 본격적으로 청렴도 향상을 위해 무엇을 할 것인지 생각하고 실천에 바로 옮겼다. 초등행정실장협의회에서 급식 공동구매 실시의 당위성에 대해 연수를 실시한 것이다. 교육청에서도 지원해 주었고, 연수 당일엔 교육장이 나서서 격려 인사까지 하며 "행정실장들이 소신을 가지고 일할 수 있도록 돕겠다"고 했다.

공동구매 입찰 방식에 대한 새로운 업무를 익혀야 해서 일부 행정실장들은 힘들어했지만 비교적 잘 협조해 주었다. 교육청에서도 학교장들

교육지원청 직원, 행정실장들과 함께한 연수

에게 회의 때마다 급식 공동구매 효율성에 대해 강조하여 청렴도 향상을 위해 노력했다.

2008년 봄, 서울시교육청 감사계로부터 급식 공동구매 T/F팀에 합류해 달라는 연락이 왔다. 2007년 7월부터 이듬해 2월까지 우리 학교가 포함된 초등학교 4개교가 급식 공동구매 계약으로 청렴도 향상에 일조하고 있다는 소문을 듣고, 급식 업무 공동구매에 대한 T/F 팀장을 맡았으면 좋겠다고 내게 연락을 해온 것이다. 당시 전국 공공기관 청렴도 평가에서 서울시교육청의 급식 분야 대외 청렴도 지수 분야가 몇 년간 내리 전국 최하위권에 머무는 상황이었다. 감사관실에서는 비상이 걸렸고, 어떻게든 청렴도 향상을 높이고자 안간힘을 쓰고 있던 때였다.

일부 학교장들은 "공동구매를 하면 급식 품질이 떨어진다"는 이유를 들어 수의계약을 해야 한다고 강력히 주장했다. 나 역시 급식 공동구매 업무를 다른 학교와 함께 진행하면서 학교장과의 마찰이 심했다. 어느 날 회의에 다녀오신 교장선생님께서 주변 학교로부터 질타 아닌 질타를 받았다면서 창피스러워 혼이 났다고 말씀하시는 것이다. 심지어 "행정실장한테 휘둘리고 있는 것 아니냐?"는 얘기까지 나왔다며 매우 언짢아하셨다. 급식 공동구매는 교장선생님을 위해서라도 적용해야 한다는 논리로 맞서긴 했지만, 내가 그 학교를 떠난 후 일부 급식품은 수의계약으로 변경되었다는 얘기를 들었다.

급식 공동구매는 단점보다 장점이 훨씬 많다.

첫째 청렴도가 확보된다. 계약 방법이 100% 투명하기 때문이다. 둘째, 절감된 예산으로 학생들에게 돼지고기 대신 쇠고기를 먹일 수 있고, 과일 종류도 하나 더 추가할 수 있다. 셋째, 소규모 학교의 경우는 수지

타산이 맞지 않는다고 업체가 납품을 꺼리는데, 큰 학교와 묶어서 하게 되니 업체 선정 시 신경 쓰지 않아도 된다. 넷째, 계약업무 진행 시 4개 학교가 공동으로 업무가 진행되니, 한 달만 급식 업무로 고생하면 나머지 석 달은 급식 업무에서 해방되어 업무가 경감된다. 일부 학교장들이 염려하는 질 낮은 식품 반입은 급식 물품의 납품 과정에서 걸러낼 수 있을 뿐더러, 수의계약 배제 및 부정당 제재 등을 통해 납품업체를 얼마든지 견제할 수 있다.

K교육청 관내 초등학교 절반 이상이 공동구매 급식으로 명성을 떨치기 시작하자, 서울 시내 타 관내 학교에서는 벤치마킹을 하기 시작했다. 그 중심엔 지금은 K 사무관이 된 협의회 총무가 있었다. 행정실장협의회 총무의 열정이 없었더라면, 관내 학교 행정실장들의 조직을 위한 충성심이 없었더라면 불가능했을 청렴도 향상은 그래서 더 의미가 있었고 보람이 있었다. 이듬해가 지나고, 그 이듬해 K교육청의 급식 분야 청렴도 향상 지수가 2등으로 뛰어올랐다.

초등행정실장협의회를 적극적으로 밀어주셨던 교육장이 임기를 마치고 초등학교장으로 인사 이동이 있었다. 행정실장협의회 임원들은 떡 보따리를 들고 먼 거리에 위치한 H초등학교를 찾았다. 귀공자 스타일의 교장선생님께선 학교 화단에서 꽃을 심고 계시다가 우리 일행을 환하게 웃으며 맞이해 주셨는데, 그 순간이 지금도 눈에 선하다.

2007년도 9월부터 이듬해 2월까지 6개월간 4개 학교와 함께 급식 물품 공동구매 업무를 주관하면서 발생했던 민원은 나에게 큰 부담을 주었다. 다양한 경험을 한 것이다.

모 업자가 나를 서울중앙지검에 명예훼손죄로 고발한 것이다. 공동구매 서류를 검토하던 중 A업체가 납품 실적 증명서의 직인을 무더기로 위조하여 납품 계약을 취소했는데, 그 내용을 알고 있던 다른 업체가 정보공개 요청을 해왔다. 회의를 열고 제3자와 관련된 사항으로 간주하여 비공개로 통보하자, 그걸 빌미로 각종 민원을 제기한 것이다.

명예훼손죄로 서울중앙지검에 고발하여 D경찰서에 조서를 받으러 다녔고, 무혐의로 결과가 나오자 몇 달 뒤에는 또 행정심판 청구서가 날아들었다. 한 달 넘게 혼자서 밤낮없이, 각종 자료와 현장 조사, 전화 확인 등 조사를 하면서 증빙 자료를 모았고, 무혐의 입증의 당위성을 강조하기 위해 엄청난 양의 반박문을 써 내려갔다. 당시 경실련과 농협중앙회에서 제공해 준 내용은 상당히 도움이 되었다. 두께가 20cm 정도나 되는 서류 8권을 묶어서 행정심판위원회에 제출하면서 맞대응했더니, 막상 행정심판일에 그 업자는 얼굴을 내밀지 않았고 사건은 기각 처리 되었다.

당시 나에겐 24시간이 부족했다. 주부다 보니 가정일은 기본이고, 전교생 700명을 조금 넘기는 초등학교 행정실장, 행정실장협의회장, 노조

K행정실장협의회 식구들이 퇴임 축하를 위해 모여주었다.

지부장까지…. 협의회 일은 당면한 문제들이 많아 크고 작은 일들이 계속해서 발생했고, 노조 지부 중에서 제일 많은 조합원을 확보하기 위해 매월 홍보물을 만들어서 지부 조합원들에게 보내다 보니 잠잘 시간이 부족했다.

그즈음 내가 보내는 메일에 표시되는 시각이 가끔은, 자정이 넘었거나 이른 새벽일 때가 많았다. 결혼 후 장거리 출장 가는 일 빼고는 아침마다 국그릇 놓이는 밥상 차림을 한 번도 거른 적이 없었으니, 가정주부로서도 바빴다.

그 이후 근무했던 수영장이 있는 학교에서는, 한국전력에서 교육용 전기 사용료와 관련한 소송을 제기하여 서류를 작성한다고 겨울 한 달 동안 초과 근무를 하다가 목디스크가 심하게 발생한 적도 있었다. 나는 아무리 아파도 진통제를 잘 먹지 않는다. 결국 엄청난 고통에도 진통제 없이 버티다가 일이 마무리되고 나서야 수술 일자를 잡았다.

그런데 다행히 내가 고통받고 있다는 소식을 들은 휴직 중인 행정실장이 내게 전화를 해서 서울 시내 유명한 척추교정원을 소개해 준 덕분에 수술 없이 말끔하게 고쳤다. 그 행정실장을 몇 년 뒤 만났는데 환하게 웃으며 "실장님, 제가 잘했죠? 잘했죠?" 했다. 참 고마운 후배다.

많은 일들이 폭탄처럼 쏟아질 때 내 나이 40대 후반이었다. 그 당시엔 체력만 받쳐주면 아무리 힘든 일이 있어도 헤쳐 나갈 수 있을 것 같았다. 불이익을 당하면 참지 못하는 성격 탓도 있었겠지만, 공무원으로서의 자존심을 지키고 싶었던 게 아니었을까 싶다. 불의를 보면 그냥 넘기지 못하는 성격 탓에 노조위원장이 된 후 명예훼손을 여러 번 당했다. 거꾸로 노조 측에서도 상대방에게 명예훼손 청구를 하기도 했다.

법원, 검찰청, 경찰서, 감사원, 국민권익위원회, 신문사 등 공무원들이 방문하기 싫어하는 기관들을 아마 나만큼 많이 가본 공무원도 드물 것이다. 지금에 와서 생각해 보니, 내겐 '참 당돌한 구석이 있었구나'라는 생각이 든다. 아마도 독립운동가의 후손으로 타고난 성정에서 기인한 것인지도 모를 일이다.

K공초 행정실장님들의 건강과 행운을 다시금 빌어 본다.

코로나19를 뚫고 달려와 축하해 주신 스무 명의 실장님들에게 다시 한 번 감사를 드린다.

K공립초등학교 행정실장협의회 파이팅!!

제3부

나는 왜
서일노 위원장이 되었나

행정실 법제화는 요원한 것일까?

2014년 6월에 발간한 『학교조직 법제화 연구보고서』를 들고 교육부를 방문했더니, 담당 과장은 "교육부가 1억 가까이 들여 만든 보고서보다 더 잘 만든 보고서입니다"라며 그해 연말에 우리 노조에 교육부 장관상을 2개나 배당해 주었다.

'행정실 법제화'가 '학교조직 법제화'로 명칭이 바뀐 배경에는 교원 단체의 영향이 컸다. '행정실장 보직화'가 훈령으로 제정되자 교원 단체는 정부에 '교감의 부교장제 도입'을 요구하는 등 상당히 민감하게 반응을 하기도 했다. '행정실 법제화'를 위해 국회 입법화 작업이 시작되자 교원 단체를 중심으로 '행정실 법제화'에 대한 부정적인 인식이 확대되었다. 그러자 행정실 법제화를 성사시키기 위해 총력을 기울이고자 연구보고서 제작에 들어갔던 T/F 연구팀장은, 명칭을 바꾸어 보는 게 어떻겠냐고 했다. 그리하여 의견을 모아 만장일치로 '행정실 법제화'가 2014년 6월 이후 '학교조직 법제화'로 명칭이 바뀌게 된 것이다.

2011년 11월에 〈서일노〉를 창립한 이후, 교육부의 '지방공무원의 불합리한 홀대에 대한 법률 개선안'을 추진하기 위해 노력하였으나 〈서일노〉라는 단위 노조로서의 한계를 느꼈다. 단위 노조로서는 정부부처 방문이 쉽지 않았기 때문이다. 결국, 2013년 5월 '전국일반직공무원노동조합연맹'을 창립하여 정부부처를 상대로 활동하기 시작했다.

〈전일련〉 초대 위원장을 맡았던 나는, 2017년도 하반기 한국노총에 상급 단체로 가입하기 전까지 짧은 노조 역사였음에도 많은 실적들을 남겼다. 병설유치원 겸임수당과 특수직무수당 쟁취의 기반을 닦았고, 행정실 법제화 설명을 위한 『학교조직 법제화 연구보고서』를 발간하였다. 단위 노조와 연맹을 함께 이끌면서도 내가 속한 조직 구성원들이 좀 더 나은 환경에서 근무하고, 공무원으로서 제대로 대우받을 수 있는 방법을 찾기 위해 백방의 노력을 다했다.

전국 시·도교육청 일반직 공무원들이 '행정실 법제화'를 염원하며 들불처럼 일어났던 시기는 대략 2010년 초반부터였던 것으로 알려져 있다. 그러나 '행정실 법제화'가 왜 필요한지, 그것이 무엇인지 심도 있게 연구한 보고서를 찾기가 어려웠다. 특히, 국회 교육위원회 소속 의원들을 만나 '행정실 법제화'가 입법화되어야 하는 필요성에 대해 구체적으로 설명하는 게 쉽지 않았다. 그렇다면 현장을 제대로 알고 있는 우리가 나서서 '행정실 법제화 연구보고서를 직접 만들면 어떨까' 하는 마음으로 T/F팀 구성에 나섰다. 2014년 1월의 일이다.

서울시교육청에는 정말 우수한 인재들이 많다. 특수직무수당의 기초적인 보고서를 작성할 때도 서울시교육청 사무관과 주무관들이 머리를 맞대고 각종 아이디어와 정책을 만들어 내곤 했는데, T/F팀 회의에 참석하면서 서울시교육청 일반직 공무원의 능력이 탁월하다는 것을 느꼈고 우수함에 감탄했다. 업무를 꿰뚫는 뛰어난 능력은 물론, 서울시교육청뿐만 아니라 전국 6만여 명의 지방공무원들을 위해 일한다는 사명감도 가지고 있었다. T/F 회의가 열 번 넘게 열릴 때마다 한 번도 빠지지 않고 참석해서 토론 현장을 지켜본 나의 감회다.

학교조직 법제화 연구보고서

『학교조직 법제화 연구보고서』는 300여 쪽에 달했는데, 서울시교육청 사무관 3명, 6급 주무관 4명, 7급 주무관 1명, 해외 파견공무원 1명으로 총 9명이 투입되었다. 연구보고 기간은 2013년 3월 13일부터 시작하여 6월 12일까지 운영하였고, 3개월 만에 완성하였다.

행정실 법제화는 왜 필요했을까? 당시 서울시교육감으로서 연구보고서 발간 추천사를 썼던 문용린 교육감의 글에서 필요성을 읽을 수 있다.

"이번 학교조직 법제화 연구보고서를 통하여 제시된 것처럼 학교 조직의 법제화가 실현된다면, 교원들은 교육 연구에 집중하여 전문성을 향상시킴으로서 교수 · 학습에 더욱 전념할 수 있게 될 것입니다. 또한, 교수 · 학습 활동을 지원하는 교육행정 공무원들은 책임감을 기반으로, 교육행정 업무의 전문성을 높여 학부모와 학생, 그리고 교원들이 만족할 수 있는 향상된 교육행정 서비스를 제공하게 될 것입니다. 이를 바탕으로 학교의 교무 조직과 행정 조직이 상호 협조함으로써, 우리나라 교육이 선진 교육에 한 걸음 더 다가가는 계기가 되기를 기대합니다."

행정실 법제화 연구보고서
교육부 전달 소식지

'행정실 법제화'의 입법화 추진은, 2012년 9월 25일 교문위 소속 유은혜 국회의원 외 14인의 당시 민주당 국회의원들이 발의한 법안이다. 현재 사회부총리 겸 교육부장관인 유은혜 장관이 본인이 발의한 입법을 장관 재직 시에 통과시킬 수 있도록 하면 좋으련만, 노조 단체가 나서서 의견을 내었더니 "현재 장관으로 재직하기 때문에 곤란하다"는 답변을 했다고 한다. 참으로 아쉬운 대목이다.

행정실 법제화가 국회에 정식 법안으로 처음 채택하게 된 것은 정식 입법안 〈초·중등교육법 일부 개정 법률(안)〉이다. 이 법안은 2015년 4월 28일 오전 10시에 제332회 국회 임시회 1차 교육문화체육관광위원회에서 법안심사소위원회에 상정이 되었으나, 격렬한 토론을 거쳤음에도 불구하고 통과되지 못했다.

교육부차관이 "학교 내 구성원 간 또는 교원과 행정직 간의 갈등이 발생할 것이 우려되고, 행정 조직을 교장 또는 교감 밑에 둘지가 정해지지 않았다"는 이유로, 차후 논의하는 것으로 하여 보류되고 말았던 것이다. 법안심사소위원회에 상정되기 전인 2015년 2월 12일에 교육부도 찬성한 법안이었기 때문에 각 노조 단체의 황당함과 분노는 상상을 초월했고, 교육부에 강력하게 항의하는 등 노조 단체마다 단체 행동에 나섰으나, 교육부는 눈도 꿈쩍하지 않았다.

교원 단체의 입김에 교육부가 손을 든 것으로 노조 단체는 짐작하고 있다. 당시 국회 쪽을 통해서 들은 바에 의하면 그렇다. 그때 나는 우리 노조가 만든 보고서를 전달하는 등 입법 통과를 위해 온갖 노력을 기울였는데, 나중에 국회의원실로부터 "교육부에서 워낙 완강하게 반대를 해서 어쩔 수 없었다"라는 답변을 들어야 했다. 분노가 하늘을 찌를 듯했으나 바뀌는 것은 없었다. 교육부의 표리부동한 태도를 원망하고, 소수 직렬이 겪는 힘의 한계를 어쩔 수 없이 받아들일 수밖에 없었다.

나는 공교육의 완성이 '행정실 법제화'라고 생각하고 있다. '학교조직 법제화' 설문 조사에서도 나타나 있듯이, 교무실과 행정실 간의 업무를 명확하게 구분해야 한다. 대학교처럼 교무 행정에 관한 전반을 모두 행정실로 이관하고, 교육 공무직 인력도 행정실로 통합하여야 한다. 교사들이 교수 학습 활동에 전념할 수 있도록 하면 공교육을 살릴 수 있다고 생각하기 때문이다.

요즘 서울시교육청의 조직 구조를 보면 해마다 교육 전문직의 인원이 확충되고 있다. 몇 해 전까지만 해도 상상도 못할 일들이 계속되고 있다. 학생들을 가르치기 위해 교실에 있어야 할 인력들이 대거 학교를 벗어나 교육행정을 하겠다고 한다.

2018년도 말 서울시교육청은 조직 개편을 통해 '학교 통합지원센터'를 지원청마다 두는 등 교육 전문직 자리를 대거 늘렸다. 교육부와 짬짜미를 했는지 확인할 수는 없지만, 각종 새로운 교육 정책들을 만들어 내면서 해마다 교육 전문직인 장학사 인원을 늘리고 있다. 내가 만나본 서울시의회 교육위원들조차 나와 같은 생각을 하고 있었다. 교육 전문직을 줄여야 한다고 말이다. 장학사를 늘리면 학교 교사들도 힘들어한다. 각종 정책들을 학교로 내려보내면, 학생들에게 집중해야 할 시간을 정책 이행에 쏟기 때문이다.

한술 더 떠서 일반직 공무원들이 있던 주요 보직 자리에 외부 공모제를 통하여 전교조 간부 출신들과 교육감 측근들이 하나 둘 차지하기 시작했고, 지금은 거의 다 점령한 상태다. 비서실장, 대변인, 감사관, 정책기획관 등 상위 직급 개방직 공무원 충원이 늘어나는 환경에서 공교육이 살아난다고 생각하는가?

교육부 소속 지방공무원들은 사명감을 가지고 일하고 있다. 보수든 진보든 정치적 정파에 휘둘리지 않는다. 아이들이 더 나은 환경에서 이념에 치우치지 않고 공부할 수 있도록 하는 것 외엔 다른 생각이 없다.

'학교조직 법제화' 통계에서도 보듯이 대부분의 학교 현장 교사들은 '행정실 법제화'를 통해 각종 행정 업무에서 벗어나고 싶어 한다. 대학교처럼 모든 교육행정 업무를 행정실에서 담당해 주었으면 하는 생각을 하고 있다. 일선 교사들의 염원조차 무시하는 교육 정책을 통해 그들이 얻고자 하는 것이 무엇인지 의구심이 든다. 제발 교육을 위한 일이기를 바란다.

그렇다면 앞으로 행정실 법제화 입법 통과는 정말 어려운 것일까? 쉽지는 않다고 본다. 초기 법안 입법화 당시엔 전교조 측에서도 행정실 법제화에 반대하지 않았으나, 이후 서울시교육청에서(전교조 출신 장학관과 노조 단체가 마주 앉은 자리에서) 내가 직접 들었던 답변에서는, '행정실 법제화'를 그들도 반대하고 있음을 확연히 알 수 있었기 때문이다.

앞으로 행정실 법제화가 요원한 길이라면 이젠 다른 방도를 생각해 볼 차례다. 노조 활동 10년을 훌쩍 뛰어넘고 학교 행정을 30년 이상 해본 나의 절실한 희망이자, 모든 국민의 바람일 것이다. 이젠 다른 접근 방법으로 교육 현장을 바꾸었으면 한다. 일종의 대안 제시라고 해도 좋다.

대한민국 헌법에도 '교육은 중립을 지켜야 한다'라고 명시되어 있다. 그러나 현재, 시 · 도교육청마다 중립을 지키는 교육청이 몇 개나 된다고 생각하는가? 17개 시 · 도 교육감 중 전교조 간부 출신이 10명이나 된다. 진보 성향의 교육감까지 포함하면 14명이나 된다. 대단한 구성이다. 거기에 더해 교육 전문직은 전교조 교사와 해직 교사 출신들이 대거 본청과 교육지원청 간부를 맡았다. 심지어 서울시교육청의 경우, 2019년도엔 '내부형 공모제 교장'으로 8명 중 7명이 전교조 교사 출신이었다. 교육청을 전교조 교사 출신들이 거의 장악했다고 해도 과언이 아니다.

2019년 2월 8일자 J신문사의 '내부형 공모 교장' 임용 기사를 옮겨 본다.

2012년부터 2017년까지 전국 시도교육청에서는 전교조 교사 출신 〈내부형 공모 교장〉임용률이 71%(73명 중 52명)였고, 2019년도 3월 기준의 서울시교육청은 88%(8명 중 7명)가 전교조 교사 출신으로 되어 있다.

개인적으로 의견을 제시해 본다. 교육부 소속 지방공무원 중 우선 일반직 공무원부터 지방 행정을 관리하는 자치단체장 소속으로 바꾸는 것이다. 즉, 서울시교육청의 일반직 공무원 7천 명을 서울시 공무원으로 만드는 것이다. 말로만 지방 자치화를 외치지 말고, 이제는 제대로 된 지방 자치를 교육에도 적용시켜 보자는 것이다. 점진적으로는 유치원생부터 고교생까지 서울시교육청이 아닌 서울시에 속한 행정을 적용해 보자는 것이다.

지방자치화는 교육을 제외하고선 제대로 자리 잡기가 힘들지 않을까? 퇴직을 앞둔 공직자로서 대한민국의 미래를 생각해 볼 때, 내가 제안한 대안 제시를 정치권에서도 한 번쯤 고민해 보았으면 한다.

선출직인 교육감과 국회의원, 시·도의회 의원들도 교원이든 지방공무원이든 지방자치단체장 소속인 것이 행정의 효율성 측면에서도 좋지 않겠는가! 학부모들을 상대로 하는 교육 정책을 펼침에 있어서 이원화도 되지 않고, 자치단체장이 원하는 교육을 펼칠 수 있지 않을까 하는 긍정적인 면을 주장해 보는 것이다. 교육감 개인이 부담하고 있는 선거비용을 줄이는 것 또한 덤이 아니겠는가.

시장과 교육감이 러닝메이트로 함께 뛰면서 행정과 교육을 하나로 묶는 정책을 편다면, 서울 시민이나 학생들도 교육부에 끌려다니지 않으면서 지자체에 맞는 맞춤식 교육이 가능해지니 여러모로 접근해 보길 바란다. 결론적으로 말하면, 행정실 법제화를 포기하더라도 지자체와 함께할 수 있다면, 나는 후자인 교육청 일반직 공무원을 지자체장이 임용하는 것에 찬성할 수밖에 없다. 교육계를 바라보는 깨어 있는 시민의식이 필요할 때다.

나는 왜 서일노 위원장을 맡게 되었나?

※ 본 장에서는 우리 노조의 탄생 배경을 구체적으로
설명할 필요가 있어서 조합원에게 보낸 기존 글을 인용했다.

공무원 노조위원장을 10년이나 맡았다는 건 자랑이 아니라 부끄러운 일일 수 있다. 더구나 정년퇴임 때까지 노조위원장직을 유지했다는 것은 더욱 부끄러운 일이다. 그것도 전국 17개 시·도교육청 중 대표성 있는 서울시교육청 일반직 공무원 노조위원장이라서 더욱 그렇다. 왜 그런 생각을 하느냐고 누군가가 묻는다면 이렇게 대답할 것이다.

"나라와 국민을 위해 봉사하고 책임과 의무를 다해야 하는 공무원이 다른 길을 갔기 때문"이라고, 그것도 10년씩이나 말이다. 서울시교육청 일반직 공무원들은 물론 전국 교육청 소속 지방공무원들의 권익 보호와 근로 조건 개선에만 치중했으니, 공직자로서의 책무를 다하지 못한 것에 대해 못내 마음이 무거운 것이 사실이다. 어쩌면 그 부끄러움을 메우기 위해 노조를 통해 불합리한 교육 현장을 개선해 보려고 치열하게 현장에서 뛰었던 게 아닌가 싶기도 하다.

나의 노조 활동으로 공무원들의 권익을 보호하고 대변하며 근무 여건을 개선해 나간다면, 조합원들이 편안한 마음으로 근무하며 좋은 생각과 바른 행동으로, 자기가 맡은 업무를 국가와 국민을 위해 일할 거라고 생각했기에 그들을 돕고자 애썼다. 거창하게 들릴지 모르겠지만, 적어도 나는 그런 생각을 여러 번 했다. 〈서일노〉 위원장직을 잘 수행하면 세상이 조금씩 바뀔 거라고, 조금씩 더 좋아질 거라고… 그렇게 믿었다.

18년 전인 2002년 9월 하순이다. 당시 대구시 북구 산격동에 있던 경북교육청에 들러 나를 도와주었던 몇 분을 만나 마지막 감사 인사를 한 후 경부고속도로로 차를 몰았다. 경북교육청에서 보낸 22년간의 공무원 생활이 마무리되는 순간이었다. 떠나는 내게 악수를 청했던 분은 웃으면서 "경북교육청이 아까운 인재 한 분을 잃게 되었네요"라며 덕담을 건넸다. 당시 포항 시내 초등학교 행정실장으로 근무했던 나는, 관내 초등학교 행정실장협의회 간부를 맡아 활동하면서 본청 직원들과 많은 교감을 했었다.

남편의 직장을 따라 서울시교육청으로 전입하는 일이 쉽지는 않았다. 1대1 전입이 아니라 일방 전입이었고, 6급 고참 경력직 공무원이었기 때문이다. 결국 6급에서 7급으로 한 계급 강등하여 성동구 행당동의 모 여자고등학교에 임지를 배정받았는데, 그날이 2002년 10월 1일이다. 거미줄처럼 엉켜 있는 서울의 지하철에서 강동역과 김포공항역밖에 모르는 촌뜨기 행정실장의 서울교육청 근무가 시작된 것이다.

서울에서의 공무원 생활은 쉽지 않았다. 특히, 심한 경상도 사투리 때문에 엄청난 고충을 겪었다. 물품 구매를 위해 업체에 주문 전화를 하면, 상대방 쪽에서 "거기 서울 맞냐"고 묻기도 하고, 전화기 너머로 들려오는

키득거리는 웃음소리에 스트레스가 이만저만이 아니었다.

명퇴를 고심하고 있을 즈음이었다. 인사계에서도 안쓰러웠는지 1년 6개월이 지나자 다시 6급으로 승진시켜 주었고, 동시에 집과 가까운 강동구 소재 T초등학교에 발령을 내주었다.

그때 당시 나에게 많은 배려를 해줬던 '그분'을 얼마 전 위원장직을 마무리하면서 찾아뵈었다. 기관장이 되어 근무하고 있는 사무실로 찾아가 감사 인사를 드렸다. 두고두고 잊지 말아야 할 분이다. 아마 그분이 아니었다면 '서일노 위원장'도 없었을 것이다.

2004년 4월 1일자로 K구 소재 초등학교 행정실장으로 발령을 받아 근무하게 된 어느 날, 관내 초·중학교 여자 행정실장협의회 간담회에 참석했다. 지방과는 비교가 안 될 정도로 많은 숫자의 여성 공무원들을 보고 깜짝 놀랐다. 서울에 올라오기 전 소속 교육지원청엔 53명의 초등학교 행정실장이 있었는데, 3명만 여성이었고 나머지는 모두 남자였기 때문이다. 그것도 나보다 나이가 서너 살 많은 분들이었다.

서울의 여자 행정실장들은 말도 조리 있게 잘했고, 옷도 세련되게 입고 있었다. 그러나 시간이 흐르면서 옆자리 행정실장들의 하소연이 시작되었는데, 내용이 사뭇 충격이었다. 학교장과의 불협화음으로 휴직을 두 번이나 한 행정실장도 있었다. 지방과 다르게 서울의 초등학교는 학교장의 영향력이 상당했다. 지방의 초등학교는 행정실장들의 '자리'가 있었는데, 서울은 아예 없었다.

행정실 업무 중 계약 업무 등 회계와 재정 업무가 과반수를 차지하는 업무 특성상, 모든 업무가 법령에 따라 투명하게 집행되어야 한다. 그러나

제12차 정기 대의원대회 개최

학교장의 입김이 세다 보니 행정실장들이 제자리를 찾지 못하고 있었다. 견제 능력을 상실한 '행정실장 자리'로 인해 균형추가 깨져버린 것이다.

아니나 다를까? 몇 년 뒤 곽노현 교육감 취임 후 '부패 척결' 정책으로 결과가 나타났다. 내가 근무했던 관내 초등학교 60여 개 학교 중 1/2 정도에 해당하는 학교장들이 각종 비리에 걸려 징계를 받거나 중도 퇴직하는 불운한 사태를 맞았다. 그해 전후해서 당시 해당 교육청 청렴도 평가는 전국 공공기관 377개 중 376등으로, 꼴찌를 면한 게 다행일 정도였다.

나의 예지력이 적중했다고나 할까? 노조가 있어야겠다고 생각한 첫 번째 계기가 여자 행정실장 모임이었으니, 어쩌면 내가 걸어갈 노조의 길이 그때부터 시작되지 않았나 짐작해 본다.

〈서일노〉 위원장을 맡게 된 두 번째 계기는, 직종 통합(기능직 공무원의 일반직 공무원으로의 전환 정책)이 큰 영향을 미쳤다. K교육지원청 노조지부장으로 활동하면서 나는 일반직과 기능직이 혼재된 조합원들로 이뤄진 노조 지부를 맡고 있었는데, 정부 정책으로 기능직 공무원을 일반직 공무원으로 전환시키는 정책이 물밑에서 급물살을 타고 있었다.

특히 하위직인 8급과 9급 공채 일반직 공무원들의 반발이 거셌다. 소위 말하는 노량진 학원가에서 컵밥 먹어 가면서 수십, 수백 대 1의 경쟁률을 뚫고 들어온 새내기 공무원 입장에서는 그럴 법도 했다. 고생해서 들어온 공무원과 입직 경로가 다른 공무원을 똑같이 대우한다는 사실이 그들을 분노케 한 것이다. 경쟁이 공정해야 하는데, 오히려 공무원 조직임에도 그렇지 못했기에 정부에 대한 원망이 분노로 표출되어 나타난 것이다.

나중엔 6급 이상 고참 행정실장들의 반발도 거셌지만, 이미 기능직 공무원 조합원들이 대거 포함된 노조 단체에서 밀어붙이는 상황이라 중지시키는 게 쉽지 않았다. 당시엔 일반직 노조가 결성되기 직전이었으니, 그들 직렬 의견들이 대부분 반영될 수밖에 없었던 영향도 있었을 것이다.

그 당시 내가 활동하던 지부에는 일반직 조합원들이 많았다. 13개 노조 지부 중 지부 조합원 400명 이상을 가입시키며 선풍적인 인기몰이를 하던 내게 일반직 공무원들의 분노가 집중되었다. 당시 노조 집행부가 공동위원장 체제였는데, 일반직 위원장에게 입장 표명을 해달라고 했음에도 답변이 없자 내가 직접 행동에 나서게 된 것이다. 전체 조합원 및 비조합원들에게까지 공개 서한문을 보냈다.

고개 숙여 사죄드립니다

안녕하십니까?

'○○초등학교 행정실장'으로서 '○○노조 K지부장'을 맡고 있는 이점희입니다.

'말빚을 지지 마라'고 말씀하셨던 법정 스님의 말씀이 떠오릅니다.

○○노조 K지부장이란 직책을 가지고 5년간 활동하며 "노조에 가입하여 활동하면 지방공무원들의 불합리한 관행과 권익을 개선할 수 있고, 더 나은 미래가 기다리고 있을 것이다."라고 외쳤던 제 말과 글들이 기능직 공무원들에겐 '기능직 10급 폐지', '기능직 상위 직급 확대', 최근에 이르러서는 '기능직 사무원의 일반직 전환' 등 그들의 처우 개선은 말 그대로 '천지개벽'을 이루는 성과를 낳았으나, 일반직 공무원에겐 역차별의 심화를 불러오게 되어 그 소외감이 절정에 치닫게 되었고, 노조 활동을 했던 저로서는 일반직 공무원 조합원들에게 최고의 거짓말쟁이가 됨은 물론, 큰 '말빚'을 지게 되어 일반직 공무원 조합원들에겐 '죄인 아닌 죄인'이 되었습니다.

기능직 공무원들의 처우 개선 중, 상위 직급 확대 등은 개선되어야 할 것 중 하나라고 저 또한 공감하고 있습니다. 20년 공무원 경력임에도 4, 50대 나이에 8급 공무원으로 근무하고 있는 분들이 많으니까요. 그러나 처우 개선에도 한계가 있다고 생각합니다.

어느 한쪽에 피해를 줘가면서 무리하게 추진하고 있다면, 노조 집행부가 거기에 대한 항의나 성명서 발표 등으로 대처를 해야 하는데, 현재 ○○노조에서는 항의집회는커녕 한 줄짜리의 해명서조차 발표하지 않고 눈치를 보고 있으니, 노조의 기능을 상실했다고 생각합니다.

이 부분에 대해 ○○노조 공동위원장 두 분의 책임 있는 답변을 요구합니다. ○○노조 조합원 2천600명 중 일반직 조합원이 1천 명이고, 기능직 조합원이 1천600명입니다. 공동위원장님에겐 조합원 숫자가 많은 기능직 조합원만 머릿속에 존재합니까?

○○노조 K지부장으로서 두 공동위원장님의 지도력에 책임을 물어 위원장 사퇴를 건의드립니다.

저보다 위원장님 두 분이 먼저 알고 계실 것입니다. 기능직 공무원의 일반직 공무원으로의 전환 시험이 10월 17일 실시된 이후, 거의 매일 일반직 공무원 조합원들이 2, 30명씩 탈퇴를 하고 있습니다.

모 지역청에서는 일반직 공무원 조합원들의 집단 탈퇴가 이루어지고 있다고 들었습니다. 10월 한 달간 1천여 명의 일반직 조합원 대부분이 탈퇴할 것이라 예상됩니다.

일주일째 일반직 조합원 탈퇴가 대대적으로 이루어지고 있는데도 불구하고, 두 공동위원장님은 지금 어떻게 대처하고 계십니까?

노조 임원들에게 비상대책회의를 소집하여 조합원 탈퇴를 막아야 하는 것이 위원장으로서의 의무이자 도리입니다. 이제까지 아무런 소식도 들려오고 있지 않습니다. 조합원이 있어야 위원장도 존재하는 것입니다.

모 공동위원장의 경우, 조직이 이렇게 여지없이 와해되고 있는데도 불구하고 11월에 있을 선거를 염두에 두고, 상임위에서 마라톤회의 끝에 결정해 놓은 선거 관리 규정을 변경하여 유치원이 있는 초등학교 행정실장과 (차석이 있는) 중학교 행정실장에게 선거권을 줄 수 없다고 30여 분간 강변한 것은 인정하기 어렵습니다.

2년 전인 2009년 9월, 우리 조직 특성상 일반직과 기능직이 통합하여 활동하면 큰 힘이 될 것으로 생각하여, 통합된 ○○노조를 출범시켰습니다.

○○노조의 붕괴를 지켜보는 요즘, 너무나 어리석은 선택을 하였던 본인은 물론, ○○노조에서 함께 활동했던 일반직 노조 임원 모두는 조합원 모든 분들에게 낯을 들 수 없는 상황이 되었습니다. 5년간의 노력이 이렇게 허무하게 끝나는 것에 대해 다시 한 번 머리 숙여 사과드립니다.

심지어 2011년 10월 7일 기능직의 일반직 전환에 대한 설명회 자리에서 서울시교육청 정원 담당 모 과장님이 하신 말씀은 상당히 충격적이었습니다.

(중략)

8, 9급 일반직 공무원들이 주축이 되어 직종 통합에 대해 '법이 잘못되었다'고 소리치며 촛불집회를 펼칠 때, 서울시교육청은 무엇이 잘못된 것인지 한 번이라도 심사숙고해 보신 적이 있으십니까?

무엇인가가 잘못되었기 때문에 너도나도 촛불을 들고 항의집회를 했을 터인데, 서울시교육청에서는 눈 하나 깜짝 안 하고 잘못된 법을 검토하기는커녕 밀어붙이기식 행정을 펼치고 있습니다.

저 혼자만의 생각일까요? 서울교육청에 희망이 없어 보입니다.

설사 기능직의 일반직 전환은 중앙정부에서 기능직 공무원들의 처우 개선을 위해 추진한 정책사업의 일환이었고, 그 추진 과정에서 일반직 공무원들의 의견이 무시된 채 특정 공무원들의 입장만 대변하여 추진한 교과부에 책임이 있다 하더라도, 시·도교육청에서 제대로 된 의견을 제출했더라면 이 지경까지 왔겠습니까?

제가 일반직 조합원 여러분께 '죄인'이라고 언급한 것은, 5년이란 기간 동안 노조 활동을 하면서 중앙정부나 교과부의 불합리한 정책에 대해 제대로 대처하지 못한 것에 책임을 통감한다는 뜻입니다.

현재, 전국 시·도교육청 일반직 공무원 대부분이 패닉 상태에 빠졌고, 특히 지방공무원 중 업무 특성상 행정실장이 있는 초·중·고 행정실은 더더욱 근무 의욕 상실로 일대 혼란을 빚고 있다고 여러 경로를 통해 듣고 있습니다. 지방의 경우, 일반직과 기능직 공무원이 함께하는 '단일 노조'에선 붕괴 조짐이 나타난다는 사실 하나만 두고 보더라도, 교과부의 정책은 실패한 정책이고 누군가가 책임을 져야 할 상황이라고 생각합니다.

○○노조도 이젠 다른 모색을 해야 할 시점이 아닌가 생각합니다.

감사합니다.

2011년 10월 9일 한글날에
○○노조 K지부장 이점희 올림

〈서일노〉 탄생의 세 번째 이유는, 기존 노조의 불공정한 행태에 신물이 났기 때문이었다.

2011년 12월 말로 공동 노조위원장 임기가 종료되면서 차기 위원장은 단일 노조위원장을 선출하기로 되어 있었다. 상임위원회에서 정상적인 내용으로 선거 관리 규정을 통과시켰음에도, 나와 위원장 경쟁 상대로 나설 예정이었던 상대방 측에서 다시 회의를 개최하여 선거관리위원들을 동원해 위원장 선출에 따른 투표권자의 자격 기준을 번복해 버린 것이다. 나아가 내가 위원장에 당선되더라도, 규약을 위반한 것이니 형사소송까지 불사하겠다며 격렬한 논쟁이 벌어졌다.

나 또한 여러 제반 여건들이 기존 노조와 함께 하기엔 돌이킬 수 없을 정도로 많은 상처를 입었다. 게다가 직종 통합으로 인해 일반직 조합원들의 탈퇴가 날이 갈수록 더해져 더이상 기존 조직과의 노조 활동은 불가능하다는 결론을 내리고, 일반직 노조 출범을 알리는 공지문을 내보냈다.

　드디어 2011년 11월 11일, 서울특별시교육청 일반직 공무원 노동조합(서일노)은 101명의 조합원으로 노조 설립 인가증을 발급받았다.

　2020년 6월 30일 현재, 서일노 조합원은 3천여 명이 되었다.

서일노 위원장은 보수 꼴통?
나는 3천 조합원의 노조위원장

Daum 포털 사이트에서 '서일노'를 치면 관련 검색어로 '이점희 위원장'이란 단어도 동시에 등장한다. 대한민국 공무원 노조위원장 중, 포털 사이트에서 노조 명칭과 함께 노조위원장 이름이 올라와 있는 이는 내가 유일한 것 같다. 자의에 의해, 때론 타의에 의해 '서일노 위원장 이점희'란 용어가 인터넷상에서 엄청나게 검색되었다는 뜻이고, 아마 언론의 중심에 서 있던 날들이 꽤 많았던 탓이기도 하다.

그런데 언제부터인가 내겐 '보수 꼴통 노조위원장'이란 꼬리표가 붙어 다니기 시작했다. 아마도 2010년도 서울시교육청에서 선출직 교육감으로 처음 당선된 진보 성향의 곽노현 교육감이 강행한 비서실 인사정책에 반기를 들었던 일로 TV와 신문, 인터넷을 통해 언론의 주목을 받기 시작한 것이 시초였던 것 같다.

교육감이 계약직 7급으로 데려온, 1년이 채 안 된 비서실 직원 6명 전원을 규정을 무시하고 6급으로 승진시키려 하자 조합원들의 원성이 폭발했고, 노조가 1인 시위와 기자회견을 열면서 강력 대응에 나섰다. 소위 노조라고 하면 진보 성향의 교육감과 한편(?)이라고 생각했는데 공격을 했으니 말이다.

당시 일반직 공무원들은 7급에서 6급으로 승진하려면 대부분 10년을 넘게 기다려야 했다. 그런데 입직한 지 6개월 만에 관련법을 어겨 가면서 무더기로 승진을 시키고자 시도했으니, 상대적 박탈감을 느낀 공무원들이 분노할 수밖에 없었다. 그러니 노조가 나서서 '잘못되었으니 철회하라'고 시위하는 게 당연한 일 아닌가!

3년 전쯤으로 기억된다. 한국노총 서울지역본부에서 함께 활동하는 K 모 위원장이 행사 후 가진 저녁식사 자리에서 "진보 쪽 사람들이 이점희 서일노위원장을 보수 꼴통 노조위원장이라고 하고, 심지어 현 서울시교육감인 조희연 교육감 쪽 사람들조차 2년 뒤 이점희 위원장이 정년퇴직하기만 기다린다고 하더라. 도대체 왜 그런 소문의 진앙지가 되었나?"라고 하면서 "5급 승진 연수반 운영과 관련하여 학원법 위반까지 한 아주 못된 위원장이다"라는 소문이 났다는 것이다. "가까이에서 지켜보니 그럴 사람으로는 보이지 않는데…" 하면서 안타까워했다.

듣고 있자니 어처구니가 없어 헛웃음이 났다.

나는 지금도 되뇌인다.

"보수 꼴통 노조요? 그렇게 비쳐질 수도 있겠네요. 진보 교육감으로 불리는 곽노현 교육감과 조희연 교육감 정책에 반기를 많이 들었으니까요. 그러다 보니 보수 성향 언론에서 기사를 많이 다루었을 테고요. 관련자인 제가 등장하지 않을 수 없었겠죠. 교육감이나 측근들은 서일노 위원장인 제가 상당히 부담스러웠을 겁니다. 진보 교육감이 내놓는 정책이라고 해서 모두가 바른 것들만 있는 것은 아니지 않습니까? 지방공무원의 처우와 권익이 무시되는 정책들이 쏟아지는데, 노조위원장이 입 다물고 있을 수는 없지 않겠습니까?"

선출직이었지만 보수 성향의 문용린 교육감은 지방공무원들의 사기를 많이 올려줬다. 행정실장 보직 발령부터 정보 공개 업무 경감 등 학교 현장에서 고생하는 교원들뿐 아니라, 행정직원들에게도 많은 관심을 보여줬다. 특히, 일반직 공무원들의 고위직 자리였던 3급과 4급을 외부로부터 마구잡이로 데리고 오지 않았다.

그런데 진보 교육감들은 전교조 출신 또는 진보 성향의 사람들을 개방직으로 채용해 일반직 공무원의 고위직인 3, 4급 자리에 앉혔다. 당연히 현장에서 뼈대가 굵은 현장 전문가들의 허탈감은 클 수밖에 없다. 노조위원장은 누구의 권익을 대변해야 하는가?

현재 조희연 교육감은 감사관, 정책 담당관, 대변인, 비서실장 등 일반직 공무원들의 승진 자리이자 고위직 자리에 진보 성향 위주의 교육감 측근을 공모 형식으로 대거 임용시켰다. 선출직 교육감으로서 자신의 정책을 구현하려면 정책 마인드가 잘 맞는 인사를 외부 영입할 수 있다지만, 수십 년간 조직에 헌신하며 현장을 지켜 왔던 공무원 입장에서는 부정적인 시선을 드리울 수밖에 없다. 조직 관리는 인적 자원의 쇄신과 관리로부터 다져 나가야 하는데, 조직 관리에 균열이 생기면 정책 구현도 구멍이 생길 수밖에 없다.

특히 전교조 출신 진보주의자들이 교육감 주변의 주요 보직을 대거 차지하면서부터, 지방공무원이 학교 교육 지원의 파트너십이 아닌 교육 활동 지원자로 취급받고 있다. 심지어 유능한 8, 9급 교육행정직을 학교 행정실이 아닌 교무실에서 교사 보조 업무를 하는 데 데려다 놓으려고 갖은 애를 쓰기도 했다. 2015년도 상반기 〈서일노〉의 강력한 항의로 신규 교육 행정직의 교무실 배치를 무산시키기는 하였으나, 향후에도 이러한 개연성이 아주 크다고 보고 있다.

2018년도 말에 조직 개편을 이용해 11개 교육지원청에 학교통합지원센터를 신설하여 교육 전문직 자리를 대거 늘렸다. 학교 업무를 지원하여 교사의 업무를 경감시키겠다는 이유에서다. 그러나 지금도 노조에 통합지원센터와 관련된 민원이 지속적으로 접수되고 있다. 이는 업무 경감이 아직 제대로 되지 않고 있다는 반증 아니겠는가?

교원 단체에서 철저하게 '행정실 법제화'를 반대하는 이유는 과연 무엇일까? 이유는 간단하다. '행정실에 힘이 실리기 때문'이란 것이 중론이다. 일반직 공무원들 입장에서 보면 이해가 안 되는 논리다. 왜냐하면 기관장인 학교장이 행정실장과 행정실 직원의 인사운영권을 가지고 있기 때문이다. 공무원 대부분이 승진을 중요하게 생각하고 있고, 당연하게 근무평정이 승진에 지대한 영향을 미치므로 학교장의 근무평정 권한만으로도 행정실을 통제할 수 있을 것이다. 즉, '행정실 법제화'가 된다 하더라도 인사권자인 학교장의 권한을 아무도 침해할 수 없으니, 행정실 법제화가 교원들에게 미칠 영향은 미미하다는 것이다.

내가 위원장으로 있었던 전국일반직공무원노동조합 연맹에서 출판한 『학교조직 법제화 연구보고서』 설문 조사에서도 부장교사와 평교사들은 행정실 조직 법제화에 찬성표가 훨씬 많이 나왔다. 반면에, 교장과 교감 그룹에서만 반대하는 것으로 나타났다.

요즘 많은 인원의 교육 공무직들이 대거 학교에 배치되어 노조 단체의 힘으로 자기들의 권익을 찾는 데 적극적이다. 만약에 '학교조직 법제화'가 통과되었더라면, 교육 공무직들이 그렇게 많이 배치되지 않았어도 교원들의 업무가 대폭 줄어 들었을 텐데 하는 아쉬움은 지금도 남아 있다.

공무원 노조 활동을 하면서 나름 지키는 원칙이 있다. '노조는 무조건 진보적이어야 한다'는 이론에 수긍할 수 없다는 것이 첫 번째 원칙이고, 조합원을 위하는 일이라면 진보니 보수니 하는 성향의 문제가 아니라 가치 기준이 중요하다는 것이 두 번째 원칙이다. 몇 해 전, '행정실 법제화' 법안 통과를 위해 갖은 노력을 기울인 적이 있었는데, 우리 노조 내부 임원들끼리 엄청난 내홍을 겪은 적이 있었다. 위원장인 내가 행정실 법제화를 도와주겠다는 보수 단체와 손을 잡았다는 이유 하나만으로 말이다. 행정실 법제화는 통과되지 못했고, 그 이후 보수 단체에 대한 후원도 중단되었다.

우리 공직사회에는 '영혼 없는 공무원'과 '영혼 없는 노동활동가'가 있어선 안 된다고 생각한다. 공무원에게 영혼이 없다는 말은, 내게 있어서 '뇌에 자기 생각이 없다'는 게 아니고 '진보와 보수 논리에 좌지우지하지 말아야 한다'는 뜻이다. 공직자는 국민이 행복한 삶을 누리도록 좋은 정책을 내기 위해 고민하고, 교육 현장에서는 학생들이 양질의 학습 경험을 가지고 성장할 수 있도록 학습 환경을 제공하는 일에 최선을 다해야 한다는 근본 취지를 늘 염두에 두어야 한다.

공무원의 인식과 사고가 정치와 이념에 관심을 두면, 공직자 본래 직

2020년 6월 30일 노조사무실에서 - 노조위원장직을 내려놓던 날

무를 넘어서게 될 여지가 생긴다. 공무원의 정치적 중립은 헌법상 의무이며 명령이다. 정치와 이념에 관심 있는 공직자라면 사표 쓰고 정치판에 뛰어들어 세상을 바꿔 나가면 되는 것이다. 왜 굳이 공직에 남아 있으면서 분란을 일으키고 노조 활동을 하는지 이해가 되지 않는다.

공무원 또는 노동조합에 대한 나의 가치관이 기존의 노조 활동을 하는 분들과 생각의 차가 많다 보니 '보수 꼴통 노조위원장 이점희'로 찍히게 된 것이 아닌가 싶다. 교육 공무원이 선출직 교육감의 정치적 이념에 좌지우지되면 교육 현장은 매우 혼란스러워진다. 어떤 때는 혁신정책이었던 것이 교육감이 바뀌자마자 청산해야 할 정책으로 평가되기 때문이다.

현재 서울특별시의회교육위원회에는 더불어민주당 소속 의원이 12명이고 국민의 힘 소속 의원이 1명이다. 더불어민주당 소속 의원은 아무래도 진보에 가깝다. 그러나 교육위원회 소속 의원들에게 조금만 귀를 빌려도 〈서일노〉 노조위원장이 '보수 꼴통'이라고 말할 분은 그리 많지 않을 것이다. 대부분의 시의원들은 "이점희 서일노위원장은 서울시교육청의 학생들을 위해 일하고, 조합원의 권익 보호와 근로 조건 개선에 관심이 있는 노조위원장이다"라고 얘기할 확률이 매우 높다고 본다.

노동조합에 '품격'과 '정책'을 더하다

대부분의 사람들은 '품격 있는 노동조합'이라는 용어 자체만으로도 "웃고 있네"라며 피식 웃을지 모른다. "노조가 품격이라니?"라며 말이다. 불과 얼마 전까지만 해도 사람들은 "노조가 무슨 품격이 있다고! 그렇고 그런 사람들이 노조 활동 하는 거 아냐?"라고들 했다. 공무원 노동조합의 조합원 자격은 6급 이하여야 하고, 중학교 행정실장의 경우에는 후원회원 자격은 주어졌어도 투표권이 있는 조합원 자격이 될 수 없었던 것이다. 내년(2021)부터는 5급 사무관도 조합원 자격이 주어진다고 하니, 격세지감이 아닐 수 없다.

나는 공무원 노동조합이 가진 한계를 극복하고 싶었다. 사람들이 노조라고 하면 떠올리는 생각과 이미지들을 깨고 싶었다. 빨간색 머리띠, 투쟁을 소리 높여 외치며 불끈 쥔 주먹, 하늘 높이 휘날리며 펄럭이는 커다란 노조 깃발 사진, 담배 냄새 밴 노조 사무실 같은 지독한 편견들을 정말 깨고 싶었다.

<서일노>는 품격 있는 노조다

지난 10년간 세 번의 노조사무실 개소식을 가졌다. 그때마다 마음먹었던 노조 사무실의 풍경은 '품격' 있는 공간이었다. 이를 위해 다소 높은 비용을 지불해서라도 고심하고 또 고심하며 노조사무실 환경 구성에 공을 들였는데, 결과적으로 '품격 있는 노조사무실'을 만드는 데 성공했다고 자부한다.

지난해 1월, 여의도의 한국노총 본부 빌딩 9층에 둥지를 튼 '서일노 노조사무실'이 기존 노조사무실의 틀을 깼다며 입소문을 탔다. 그러자 본부 사무국 직원들은 한국노총 집행부에 휴게실의 필요성을 요청하였고, 한국노총 임원진은 이를 흔쾌히 받아들여 임원들의 집무실 공간을 조금씩 줄여 휴게실을 제공해 주었다. 그것도 6, 7층 두 곳에나 말이다. 내겐 한국노총 집행부의 열린 사고가 참으로 신선하게 다가왔다. "역시 한국노총이구나" 싶었다.

나중에 들은 얘기인데, 우리 노조사무실이 완공된 후 같은 층을 사용하는 모 한국노총 간부가 "서일노 사무실이 노조사무실 같지 않고 천지개벽을 했다"며 혀를 내둘렀다는 것이다.

그 얘기를 듣고 내가 한 말은 이랬다.

"전교조 조합원 평균 나이가 몇 년 전 47세라고 들었는데, 서울시교육청 일반직 공무원 신규 임용자들이 해마다 3, 400명씩 임용되고 있어요. 그들 평균 나이가 20대 후반에서 30대 초반인데, 그들을 위해 어떤 모습의 노조사무실이 어울리겠어요? 공무원 조직에서 아직은 노조에 대한 인식이 좋지 않은데, 인식 변환이 필요한 시점에 와 있어요. 서일노 사무실은 연수실로도 활용하고 조합원의 동아리 활동 공간으로도 사용되는데,

중압감이 느껴지는 사무실이 적절하겠어요, 편안하고 밝은 분위기의 공간이 더 낫겠어요? 노조위원장실을 없애고, 노조 간부들과 조합원들을 위한 공간을 마련한 겁니다."

그 후 이런저런 얘기들은 더이상 들려오지 않았다. 오히려 〈서일노〉 사무실이 도대체 어떻게 만들어졌는지가 궁금해서 방문하는 분들이 더 많았다.

'서일노 노조사무실'의 특징을 간단하게 설명하자면, 일단 위원장실을 없애는 대신 조합원 상담을 위한 공간을 만들었다. 벽면 한쪽엔 '들樂날樂 까페'로 꾸미고(들락날락 까페: 들어올 때도 즐겁고 나갈 때도 즐거운 까페), 큰 서가에는 신간 서적을 정기적으로 구매, 배치하여 노조 사무실을 이용하는 누구나가 읽거나 빌려 보도록 했다.

성장과 결실을 상징하는 유명 화가의 대형 그림을 벽에 걸었고, 소회의실을 연수실로 이용하도록 하였다. 그러자 노조 회의실은 한동안 5급 사무관 승진을 준비하는 강의실과 조합원들이 스터디그룹으로 이용하는 장소로 꽤 인기가 있었다. 수험 준비생들에게 무료로 빌려주었더니 주말과 일요일에 서로 빌려 달라고 해서 날짜를 조정한 적도 있었다.

노조위원장에게 상담하러 오는 조합원들은 위압적인 분위기에서 본인의 마음을 내보이기가 쉽지 않은 일이다. 아무래도 편안한 장소라야 마음을 열기 쉽다. 내 나이 세대의 공직 생활에서는 웬만한 일은 참고 넘겼지만, 요즘 세대는 그렇지가 않다. 요즘 세대가 귀하게 자란 탓도 있으려니와 부당한 처우에 대해서는 적극적으로 자신의 의사 표시를 한다. 따라서 노조사무실을 직접 방문하여 고충 상담을 요청해 오는 경우가 많다.

심각한 민원일 경우에는 부모님과 함께 노조위원장을 만나러 오는 경우도 있고, 자녀 이름은 밝히지 않은 채 부모가 직접 오기도 한다. 대개의 경우 조합원 혼자 찾아오는 경우가 많지만, 공통적인 업무 분야가 있으면 민원을 요청하는 사유를 꼼꼼하게 정리해서 서너 명이 함께 찾아오기도 한다. 또한, 교육청 내부에 주요 이슈가 발생할 때는 취재를 위해 언론사 기자들도 가끔 방문하곤 한다.

노조사무실이 이쁘게 꾸며졌다고 하면 화려한 사무실을 연상하겠지만, 그다지 화려하지는 않다. 다만 철저하게 조합원 입장에서 공간 구성을 했을 뿐이다. 별도의 노조위원장실을 두지 않고 직원들과 책상을 마주하도록 배치하여 결재 과정을 생략하고, 업무를 직접 챙겼다. 대신 상담실을 배치하고, 회의실과 연수실을 병행하는 구조의 공간을 만들어 합목적적으로 사용이 되도록 했다.

노조 사무실 분위기가 바뀌었다고 해서 노조에 대한 인식이 바뀌었을까? 조합원들은 노조 집행부에서 노조 임원으로 활동하는 '사람'을 보고 노조를 평가하는 경우가 많고, 조합원으로 가입한다. 따라서 노조 지부장 선임에 공을 많이 들여야 한다. 조합원으로 행정실장들이 대거 포함되어 있는데, 강동송파교육지원청을 비롯한 강서양천, 서부, 북부, 남부지원청 소속엔 초·중학교만 100여 개가 넘고, 학생 수가 1천 명이 넘는 학교가 많다.

11개 교육지원청별로 각급 학교에 근무하는 행정실장과 조합원들을 소통하고 관리하려면 뛰어난 리더가 필요하지 않을 수 없는 구조다. 따라서 지부장 선임 시 많이 고민해야 하고, 당연히 영향력 있는 지부장을 찾을 수밖에 없다.

※ 서울시교육청 11개 교육지원청 현황. ( )안은 25개 관할 행정구청
동부교육지원청(동대문구·중랑구) / 서부교육지원청(마포구·서대
문구·은평구) / 남부교육지원청(금천구·구로구·영등포구) / 북부
교육지원청(노원구·도봉구) / 중부교육지원청(중부·종로구·용산
구) / 강동송파교육지원청(강동구·송파구) / 강서양천교육지원청(강
서구·양천구) / 강남서초교육지원청(강남구·서초구) / 동작관악교
육지원청(동작구·관악구) / 성동광진교육지원청(성동구·광진구) /
성북강북교육지원청(성북구·강북구)

〈서일노〉는 창립 당시부터 현재까지 11개 교육지원청의 초·중학교
행정실장 협의회장을 노조 지부장으로 선임해 오려고 노력해 왔다. 협의
회장에게 노조 지부장 영입을 제안하면 부담감 때문인지 처음에는 거절
을 많이 한다. 하지만 물러설 우리가 아니다. 노조 집행부 임원들이 너도
나도 나서서 설득하다 보면 일단은 수락한다. 막상 지부장으로 활동하다
보면 중간에 그만두는 경우는 거의 없다. 왜냐하면 노조 활동을 하면서
서울 교육 정책에 대해 정확한 정보를 들을 수 있는 이점이 있다는 것을
알게 되기 때문이다.

또한 점차적으로, 교육청의 불합리한 정책이나 일부 상사들의 갑질에
대해 노조가 과감하게 대처하거나 개선되어 가는 과정을 지켜보면서 일
종의 사명감이 생기기 때문이다. 막상 노조 지부장으로 활동하다 보면 노
조 집행부 임원들이 고생하는 모습을 가까이에서 지켜보게 되는데, 자기
라도 조금씩 힘을 보태야 한다는 사명감이 생기기 때문이라고도 한다.

공무원 노동조합은 공무원 노동조합다워야 한다

10년 넘는 기간 동안 노조 활동을 하면서 드는 내 생각은, 공무원 노조는 일반 기업체 노조와는 차별화되어야 한다는 것이다. 공무원 노조이기 이전에 공무원 신분에 걸맞은 노조 활동을 하는 게 맞다고 생각하기 때문이다. 그래서 나는 노조 임원들에게 자주 하는 말이 있다.

"우리는 노조 간부이기 전에 공무원의 신분임을 잊어서는 안 됩니다. 공무원 신분으로서 우리가 조금 손해를 보는 한이 있더라도 조금씩 양보하여 국가와 국민을 우선에 두도록 노력해야 합니다. 특히, 교육청 소속이므로 학생과 학부모, 교직원들을 위하는 일이라면 한 번 더 생각하고 고민해야 합니다. 정치적인 노조 간부가 되어선 안 됩니다. 중립을 지키되, 법률의 테두리 안에서 우리가 가야 할 방향을 올바르게 짚어주어야 대한민국의 교육이 바로 설 수 있습니다. 나는 절대 여러분들이 노조 활동을 하다가 희생되는 일이 없도록 할 것입니다. 공무원 노조위원장이 임원들을 희생시켜 가면서 하는 활동은 스스로 용납하지 못하니까 여러분들은 마음 놓고 임원 활동에 전념해 주세요."

법의 규율 안에서도 얼마든지 노동조합 활동을 할 수 있고, 불합리와 부당한 처우에 대해 정당한 방법으로도 얼마든지 개선해 나갈 수 있다고 생각했기 때문이다. 노조위원장인 나로서는 임원 한 분, 한 분 모두가 소중했다. 위원장이라면 노조 임원 가족까지도 챙기는 게 도리라고 생각했다. 노조 운영 가치관에 대한 나의 이런 신념에 대해 어떤 이는 "그러니까 '어용' 노조라는 소리를 듣는 것 아니냐?"라고 빗대기도 했으나, 노조 활동가이기 이전에 '공무원이란 신분을 망각해선 안 된다'는 나의 소신을 굽힐 순 없었다.

<서일노>는 정책을 지향하는 노조다

이는 〈서일노〉의 특징을 가장 잘 표현한 말이라 할 수 있겠다. 대한민국 노동조합은 많은 탄압을 받아 오다 보니 어느샌가 우리 의식 속에는 '투쟁을 잘하는 노조가 노동운동을 잘하는 노조'라는 인식이 내재되어 있는 것 같다. 3, 40년 전에는 그랬다. 그때는 투쟁이 필요한 시기였으니까, 무조건 강한 투쟁이 잘하는 거라고 믿었다. 이제는 노동 여건이나 경제력 등이 세계적으로 우뚝 올라선 시대다. 시대가 변화된 만큼 노동 활동 방식 또한 바뀌어야 한다.

기존의 노동조합 활동은 영하 15도가 오르내리는 한겨울 밤, 기관 정문 앞 차가운 시멘트 바닥에서 이불을 덮어쓰고 받아 낸 처우 개선이 값진 성과였다. 그러나 노동권에 대한 인식이 많이 나아진 요즘에는 정책의 당위성을 갖춰야 한다. 적어도 공무원 노조라면 법과 정책의 합리성을 가지고 논리적으로 조목조목 따져 나가는 접근 방식이 바람직하고 또 효과적일 수 있다. 나는 공무원 노동조합이 조합원의 부당하고 불합리한 처우를 개선하고, 권리를 보호할 수 있는 합리적 대안 제시까지 할 수 있어야 한다고 생각한다.

잘못된 정책, 오판하고 있는 정책에 대해 반론을 제기할 수 있는 능력을 갖춘 노조라면 빨간 머리띠를 두르지 않더라도 얼마든지 긍정적인 답변을 받아 낼 수 있다. 또한, 조합원들의 권익 대변이나 처우 개선도 할 수가 있다. 요즘의 공무원들은 자기 의사 표현이 확실하고, 자기주장도 강하다. 요구사항을 논리적으로 제안하고, 대안까지 제시하면 사측도 무조건 안 된다거나 야박하게 대하지는 않는다. 오히려 상생하는 모습을 보이려 노력한다.

내가 존경하는 한국노총 서울지역본부 모 간부님께선 조언을 구하는
내게 이렇게 말씀하셨다. 새겨들어야 할 대목이다.

"이 위원장, 싸우지 않고 얻어내는 노조 활동이 제대로 된 노조 활
동이야. 요즘에도 일부 노조 단체 간부들이 1년 내내 투쟁 조끼를
입고 다니는 걸 봤네. 사측과 좋은 분위기에서 면담하는 장소에도,
조합원의 결혼식장에도, 상가에 조문 갈 때도 투쟁 조끼를 입고 가
는 경향이 있는데, 노조 활동가라면 적어도 기본 예의는 갖추어야
하는 게 맞지."

〈서일노〉가 정책을 지향하는 노조라는 것을 강조하면서 자신 있게 말
할 수 있는 것은 그만한 이유가 있다. 〈서일노〉는 1천만 원이 훌쩍 넘는
예산을 투입해 노조 차원의 정책연구보고서(※ 서일노 홈페이지 공지사항
란에 등재되어 있고, 로그인 없이 열람할 수 있다)를 만들어 교육부에 전달
한 적도 있다.

또한 〈서일노〉 자체 T/F팀을 구성하여 학교 근무 행정직 직원수당 지
급 검토보고서를 만들어 교육부, 행안부와 수차례 협의하여 '특수직무수
당'과 '병설유치원 겸임수당'을 받도록 하는 성과를 일구어 내었다. 학교
에 근무하는 교육행정직 공무원들이 수당 책정 근거가 없어서 수십 년
동안 수당을 받지 못하고 있었던 문제를 해결한 것이다.

〈서일노〉가 이제까지 만들어 낸 각종 정책 중에는 조합원 처우 개선
과 권익 향상을 위한 노력들도 많지만, 서울시교육청이 안고 있는 구조적
난제들을 쉽게 풀어 갈 수 있도록 해법을 제시하여 적용한 사례도 여러

건 있다. 이제까지 추진해 왔던 주요 정책은 다음과 같다.

- 신규와 저경력 공무원 대상(8년째) '새내기 대상 역량 강화 실무 연수'
- 5급 사무관 역량 강화 연수
- 학습휴가 2일을 4일로 확대
- 계약 업무 정보 공개 업무 간소화
- 행정실장 보직 발령 훈령 제정
- 동일 학교 20년 이상 장기 근무 행정실 호봉제 직원 순환보직 발령 적용
- 임용 전 신규 공무원 연수비 지급(1인당 80만 원 내외)
- 혁신학교 교무실 8, 9급 하위직 공채 행정직원 배치 추진 중단
- 교육감 인사 전횡 막아내고
- 조직 개편 막아내고
- 음주 감사관 퇴출
- 명퇴 수당, 맞춤형 복지 예산 확보
- 공립형 매입 유치원 행정실 1실 확보
- 당직 용역 인력 사회적 기업과 연계, 행정실장 부담 줄이고 사회적 기업 지원

하루는 서일노의 각종 인쇄물을 제작해 오던 업체 대표가 차 한잔 나누고 싶다며 연락이 왔다.

"십수 년째 인쇄업을 해오고 있는데, 서일노처럼 이렇게 많은 정책을 내놓는 공무원 노조는 보질 못했습니다. 대부분의 공무원 노조 단체가 10년마다 노동백서를 만드는데, 정책 분야는 몇 페이지 안 되고 행사 관련 내용이 대부분이거든요. 정책 중심을 지향하는 서일노 활동 방향이 공

서울특별시교육청
일반직 공무원
노동조합 홈페이지

무원 노조로서 바람직한 방향으로 운영되는 것 같습니다."

〈서일노〉가 활동 방향을 제대로 짚고 있는 것 같아 기뻤다.

앞으로도 〈서일노〉는 정책 제안을 지향하는 노조 활동을 이어 갈 것
이다. 나의 뒤를 이은 제6대 노조 집행부 구성원들은 모두 유능할 뿐 아
니라, 교육 현장에서 직접 몸으로 느끼면서 뼈대가 굵어진 현장 전문가들
이다. 네 번의 노조위원장직을 맡았던 나보다, 훨씬 더 많은 아이디어로
교육의 나아갈 방향을 다지고 국가와 국민 그리고 학생들의 미래를 위해
고민하면서 성장해 나갈 것이라 믿는다.

나는 퇴직 후라도 노조 집행부 후배들을 지속적으로 응원할 것이다.
〈서일노〉가 정책을 지향하는 노조로 거듭 성장해 갈 수 있도록, 그래서
더 나은 대한민국의 교육을 발전시켜 견인해 나가는 활동을 해 나갈 수
있도록 물심양면의 응원을 아끼지 않을 것이다.

사무관 승진은 <서일노>가 책임진다

2018년 1월 16일 오전 10시. K 평생학습관 빈 강의실에는 서울시교육청 감사관실 공익감사팀 L 주무관과 서일노 위원장인 내가 책상을 사이에 두고 마주 앉았다. 〈서일노〉가 조합원들을 위해 자체적으로 시행하는 '5급 사무관 준비생 역량 강화 연수반' 운영에 대해 누군가가 감사원에 감사를 요청했기 때문에 생긴 일이다.

조사 내용은 〈서일노〉가 조합원을 위해 운영한 연수가 '법률 위반(?)을 했으니 조사하라'는 것으로, 4개 항목이 주 내용이었다.

2017년 상반기에 교육청의 계속되는 요구로 이미 중단된 사항임에도 불구하고 감사원 조사까지 받게 된 것은, 〈서일노〉에 대한 각종 음해가 극에 달했음을 반증하는 것이기도 했다. 〈서일노〉가 5급 사무관 승진 시험을 준비하고 있는 조합원의 복지를 위해 자체 연수반을 운영한 것이 법률 위반이라는 것이다. 서울시교육청 감사반원과 마주 앉은 계기는 지금으로부터 7년 전으로 거슬러 올라가야 한다.

2013년도 늦가을 어느 일요일이었다. 밤 10시가 넘은 시각, 조합원 상가에 들러 조문을 마친 후 귀가하려고 5호선 전철을 탔다. 휴일의 늦은 시각이라 전철 내부에는 사람들이 듬성듬성 앉아 있었고, 출입문 쪽에 빈자리가 눈에 띄었다. 피곤한 몸을 의자에 기댄 채 눈을 감고서 한참을 가다가 무심코 옆을 돌아보니, 내가 잘 아는 행정실장이 앉아 있는 게 아닌가! 반가움에 서로 인사를 건넨 후, 이 늦은 시각에 어딜 다녀오냐고 물었더니 머뭇거리다가 학원에 갔다 온다고 했다. 표정이 무척 피곤해 보여, 이 늦은 시각에 무슨 학원이냐고 했더니, 5급 사무관 승진시험을 준비 중이라고 했다.

그즈음 언론에서 서울시청 공무원들이 5급 사무관 승진시험 방식이 바뀌어서 학원비가 연간 1천만 원씩 들어간다는 기사가 떠올랐다. 학원비가 얼마냐고 묻자 이번에도 머뭇거리다가 한 달에 100만~200만 원 정도 한다고 했다. 공무원 봉급이 빤한데 학원비 제외하면 생활비가 부족하지 않냐고 했더니, 그렇다고 사무관 시험을 포기할 순 없는 일 아니냐는 대답이 돌아왔다.

몇 년 전부터 중앙부처마다 사무관 승진시험이 필기시험이 아닌 실무능력을 평가하는 역량 평가로 변경되자, 필기시험과는 비교가 안 될 정도로 까다롭고 복잡해 승진을 준비하는 6급 공무원 대부분은 시험 준비에 힘들어했고, 학원 이용자가 많았다.

그해 11월 말 서울시교육청에 38명의 5급 사무관 승진 합격자 발표가 나자, 성적이 상위권에 속한 사무관들의 이름이 오르내리기 시작했다. 그동안 내 머릿속에는 전철에서 만났던 행정실장의 피곤해 하던 모습이 떠나질 않아 '연수반을 노조에서 운영해 보면 어떨까' 고민해 오던 터라, 합격자 명단에서 상위권에 들었다는 명단을 체크한 후 총무과 인사계 업무 담당자를 찾아갔다.

"위원장님, 제대로 파악하고 오셨네요!"라는 대답이 돌아왔다. 노조에서 연수반을 운영할 계획이라고 하자, 웃으면서 "노조에서 좋은 일을 하신다니 도와드릴 게 있으면 돕겠습니다"라는 긍정적인 반응을 보였다. 교육청을 나서는 발걸음이 가벼웠다.

상임위에서의 논의를 거친 후, 연수반 운영에 대한 모든 준비를 나하고 직원이 전적으로 맡아 하기로 했다. 격무에 시달리는 노조 간부들의 부담을 가중시키고 싶지 않았기 때문이다. 12월부터 강사 섭외를 시작으로 강의실 확보와 수강생 모집, 출석부 작성까지 일사천리로 끝낸 후 이듬해 3월, 첫 강의가 시작되었다. 2014년 3월 10일 〈서일노〉 홈페이지에는 첫 개강을 하는 강의실 모습과 연수생들의 반응을 담은 제42호 소식지가 실렸다.

'5급 사무관 역량 강화 연수반' 개강에 대한 첫 안내가 나가자, 반응은 폭발적이었다. 조합원 확보에도 청신호가 켜졌다. 첫 수강생 모집에 87명이 연수 신청을 했는데, 마포평생학습관에서 개설한 기초반은 의자가 모자라 다른 강의실에서 의자를 추가 투입해야 했고, 늦게 참여한 수강생들은 3시간 동안 서서 강의를 들을 정도로 성공적인 출발이었다.

〈서일노〉 간부들을 퇴근 후 정독도서관과 마포평생학습관에 배치하고, 커피포트와 종이컵, 1인용 생수, 저녁식사 대용식인 김밥과 바나나 등 간식을 준비했다. 저녁 7시부터 10시까지 3시간에 걸쳐 진행되는 수업에 수강생들이 굶지 않도록 배려한 것이다.

강의가 거듭될수록 수강 인원은 점점 늘어나기 시작했고, 서울시교육청 5급 사무관으로 구성된 강사 중엔 사설학원 강사보다 실력이 뛰어난 '스타 강사'까지 등장하게 되었다. 매월 강의가 끝난 후 설문 조사를 실시하여 강사 평가를 시작하자, 강사들끼리 선의의 경쟁이 일어났고, 강의 준비에 열정을 쏟자 강의 수준이 하루가 다르게 높아져만 갔다.

그러나 노조 단체에 연수기관 하나가 들어오다 보니 연수 관련 일이 엄청났다. 야근이 잦을 수밖에 없었다. 그럼에도 박봉의 조합원들에게 도움되는 일을 하고 있다는 사명감과 '서일노 조합원'이 대거 늘어나고 있다는 행복감은 모든 수고로움을 덮을 수 있었다.

특히, 수강생들이 나를 만날 때마다 "노조에서 이렇게 좋은 연수를 운영해 주다니… 위원장님, 너무 고맙고 감사합니다"라며 이구동성으로 고마운 마음을 전할 때의 뿌듯함은, 겪어 보지 않은 위원장은 모를 것이다.

조사 받는 과정에서 가장 화가 났던 대목은 "노조위원장이 공금횡령을 했다"는 내용이다.

4년간 연수반을 운영하면서 K지원청 연수실 이용이 고맙다며 강사 두 분이 국과장, 팀장 점심식사에 나를 초대한 것 외엔 커피 한잔 받아먹은 적이 없어서 약간의 섭섭함까지 들었을 정도인데 말이다. 수강생 1인당 5만~7만 원으로 받았던 수강료는, 소득세와 주민세를 공제한 전액을 강사에게 지급하였는데 공금횡령이라니? 어처구니가 없었다. 조사 과정에서 4년치 세무서 영수증까지 들이밀면서 "무엇을 횡령했다는 거냐?"고 되묻기도 했다.

2017년도의 경우 147명이나 수강 신청을 하여 직원하고 둘이 초과 근무도 많이 했는데, 노조 직원에게는 수당 한 푼 주지 않았던 것이 억울했다. '이럴 거면 나나 고생한 직원에게 운영 수당이라도 지급할 걸' 하는 생각이 순간 스쳐 지나갔다. 정말 바보처럼 우직하게 연수반을 운영했던 것이다.

'5급 사무관 역량 강화' 연수반이 큰 호응을 받았던 이유는, 철저하게 수강생 입장에서 연수반을 운영했기 때문이다. 수험생 입장에서는 사설 학원에서 월 1백만 원이 넘는 수강료가 월 5만~7만 원으로 줄어들다 보니, 강좌를 두 개 이상 신청하는 이가 많았다. 뿐만 아니라 자기만의 노하우를 가진 능력 있는 사무관들이 족집게 과외 수준의 강의를 하니, 효과적인 실력 향상이 가능했다.

처음에는 연수 장소가 두 곳뿐이었지만 시간이 지나고 수강 인원이 폭증하면서 연수 장소를 서울 시내 동서남북 권역별로 구분하여 퇴근 후 가까운 장소에서 연수를 받도록 했다. 퇴근 후 강의를 들어야 하니까 근무처 가까운 곳이면 일찍 귀가할 수 있음은 물론, 교통비도 절감되고, 간단한 저녁식사까지 제공받으니 '일석사조'의 효과가 있었던 것 같다.

그중에서 수험생들이 제일 좋아했던 것은, 연수 내용이 사설 학원 강사들보다 훨씬 뛰어난 것에 대한 반응이었다. 사설학원이 더 나은 강의를 할 것이라 여기고 그쪽으로 갔던 수강생들이 〈서일노〉 연수반으로 되돌아오는 경우가 많았기 때문이다.

그러나 뭐니뭐니해도 연수반 운영이 인기를 끈 마지막 히든카드는, 노조에서 진행한 연수 수강자들의 5급 사무관 합격률이 매우 높았다는 것이다. 2014년도 첫해엔 43명 중 25명이 합격하여 58.1%의 합격률을 보였으나, 2017년도에는 수험자 45명 중 42명이 합격하여 93.3%라는 경이적인

2017년 5급 역량 강화 연수 - 강서도서관

합격률을 기록했기 때문이다. 엄청난 실적에 노조 간부들조차 놀랐다.

호사다마라 했던가!

'〈서일노〉에 가입해 연수를 들어야만 사무관으로 승진할 수 있다'라는 소문이 나기 시작하자 생각지 않았던 문제들이 발생하기 시작했다.

첫째, 공직사회 특성상, 동료 간 위화감을 조성한 점이 있었던 듯하다.

수강생이 몰리자 소위 말하는 '스타 강사'에겐 강의 실적에 따른 강사료를 지급하여 높은 금액의 강사료가 지급되었다. 그로 인해 강사로 영입되지 못한 사무관 중엔 '스타 강사'에 대한 시기(猜忌)도 있었던 것 같다. 연수반을 운영하면서 강사료 지급에 대한 상한선을 뒀어야 했는데, 그 부분에 대한 인식이 부족했다. 연수 내용을 업그레이드하기 위해 강사들 간의 경쟁을 긍정적으로만 생각하고, 수강생 인원수 제한 없이 분반 수업까지 하도록 했으니 과열이 되었던 것이다. 나의 불찰이다.

둘째, 우리 노조에 조합원들이 몰리는 것이 문제가 되었다.

〈서일노〉에서 신규 공무원 대상의 연수반과 고경력에 해당하는 6급 고참 공무원을 대상으로 한 두 개의 연수반을 운영하자, 조합원들이 블랙홀처럼 우리 노조에 대거 가입하기 시작했다. 당연히 타 노조 단체에서는 조합원 확보에 비상이 걸렸고, 알게 모르게 교육청을 향한 압박이 들어간 부분도 있었던 것 같다. 〈서일노〉에 대한 각종 음해로 인한 압박은 엄청났다. 서울시의원을 동원하여 중단 요구 압박이 들어오기도 했고, 업무를 담당하면서 취득한 노하우를 강사로 활동하며 부당 이득을 취해 공무원의 품위를 손상하고 있다는 둥, 강사들에게 피해가 돌아갈 것이라는 얘기까지 흘러나왔다.

나는 그냥 물러서지 않았다. 조합원들을 위해 노조가 규약에 근거해 연수반을 운영한 것이 그리 잘못한 일인가? 더구나 노조에서는 한 푼도 이윤을 취한 것이 없는데 말이다. 오기가 생겼다. 강사의 안위를 생각하면 중단해야 하는데, 수강생들의 호응이 너무 높다 보니 중단하기가 정말 어려웠다.

학원법을 위반했다는 교육청 측 의견에 교육부 해당 부서로부터 유권 해석을 받으려고 질의서를 보냈으나 답변을 보내주지 않았다. '조합원을 위해 운영하는 연수반은 정당한 노조 활동에 속한다'(※서일노 규약 제3조 3, 5, 7항에는 연수반 운영이 얼마나 정당한지 명확한 근거가 있다.)는 논리와 '조합원을 위한 노조 활동이기는 하나, 10명이 넘는 수강생을 대상으로 수강료를 징수하면서 몇 년에 걸쳐 정기적으로 강의를 진행하는 것은 학원법 위반이다'의 논리가 팽팽하게 맞서다 보니, 교육부에서도 명확한 결론을 내리기 어려웠던 것 같다. 변호사와 노무사 자문까지 받았으나, 노조와 관련된 연수에 대해서는 판례가 없다 보니 명확한 답변을 내리기가 어려웠다.

이런저런 투서와 음해가 계속되자 교육청에서도 상당히 난감했던 것 같다. 결국, 교육청은 박봉의 조합원들을 돕기 위해 〈서일노〉가 나섰다는 본래의 취지를 잘 알고 있음에도 불구하고, 내·외부의 압력에 굴복하고 말았다. 두고두고 안타까운 일이라 아니할 수 없다. 연수반 중단 후, 조합원들로부터 오랫동안 강좌 재개설 요청이 쇄도하였음은 두말할 나위도 없다.

그 당시 모 언론은 내부 제보자를 통해 기사화하기도 했는데, 내용이 기가 막혔다. 앞뒤 꼬리 다 자르고 제목을 그럴싸하게 뽑아 떠들었다. 그것도 제대로 된 자료가 아니라, 자세히 보면 엉터리 자료임을 누구나 알 수 있을 정도의 자료를 캡쳐해 기사화했던 것이다. 정정 보도 요청을 하려다가 말았다. 분명 서울시교육청 공무원으로 추정되는 제보자의 그릇된 판단과 어떤 목적을 가지고 쓴 기사를 정정한들 무슨 소용이 있을까 싶었기 때문이다. 해당 언론사와 기자에 대한 실망이 상당히 컸던 기억이 있다.

연수반 개설이 중단된 것도 안타까웠지만, 후배를 위해 열심히 자기 시간을 쪼개 강사로 참여해 준 일부 강사들이 신분상의 피해를 입은 것은 두고두고 미안했다. 외부 강의 신고와 함께 겸직 신고까지 동시에 해야 함에도 노조에서 안내를 못해 그분들이 피해를 입게 된 것이다.

결국 연수에 투입된 강사들과 연수반 운영 중단 여부를 논의하고 난 후, 2017년 6월 조합원과 비조합원 모두에게 메일을 띄웠다. '당분간 5급 사무관 역량 평가 연수반을 중단한다, 그러나 언젠가는 꼭 돌아올 것이다'라는 여운을 남기면서 말이다.

우리 노조 〈서일노〉의 생명은 정책을 지향하는 노조로서의 자존심이다. 연수가 중단되고, 감사원 투서가 난무하고, 후배를 돕겠다고 나섰던 선배 사무관에게 피해가 돌아가고, 〈서일노〉가 지향했던 '정책 지향 노조'의 공든 탑이 무너져 내린 것이 '운영의 묘를 살리지 못한 위원장의 책임인가' 하는 생각이 드니 허탈감이 밀려왔다. 몇 날 며칠 잠이 오지 않을 정도였다.

연수 중단으로 이젠 1년이 될지 3년이 될지 모를 시간 동안 먼 거리의 학원을 다녀야 하고, 수백만 원에 이르는 수강료를 지불해야 할 조합원들의 아픔을 생각하면… 그들을 보듬어야 하는데, 퇴직을 앞둔 지금 그들을 돕지 못하고 떠난다는 게 너무나 가슴 아프다. 그러나 시간은 걸리겠지만, 퇴직 후에라도 그 연수반을 살려낼 것이다. 조합원들에게 살아 돌아오겠노라 했으니 그 약속을 지켜야 하고, 〈서일노〉의 무너진 자존심을 살려야 하겠기에 말이다.

영하의 기온이 오르내렸던 2019년 2월 어느날, 서울시교육청 정문 앞에서 조직 개편 관련 학교통합지원센터 신설 반대 1인 시위에 나섰던 내게, 고생한다며 보온병에 뜨거운 차를 담아와 종이컵에 따라서 건네주던 '그 여성 사무관'이 물었다.

"혹시 사무관 연수를 시작하게 된 계기의 당사자가 저인가요?"

나는 그저 웃기만 했다.

〈5급 사무관 승진 대비 역량 강화 연수 연도별 운영 현황〉

회차	연도별	참여 강사 수	연수 시간	수강 인원 (중복 수강 포함)	연수 운영 시간	연수비 (월/원)
1	2014년	9명	156	119명	평일 : 19~22시(3시간) 주말 : 오전/오후 각3시간	5만
2	2015년	4명	408	532명		
3	2016년	9명	432	761명		7만
4	2017년	8명	322	834명		
계		30명	1,318	2,246명	※ 2017년 7월부터 연수 중단	

※ 강사는 서울시교육청 사무관 승진자 중 상위권 성적 우수자 중심으로 선발

※ 사설학원 평균 월 수강료 100만~200만 원 대비 90% 이상 학원비 절감

※ 연수결과 2016년부터 상시학습으로 인정, 나이스 등재

※ 연수장소 : 고덕평생학습관/마포평생학습관/정독도서관/강서도서관/강남 서초교육지원청

※ 〈서일노〉 주관 수강생 중 5급 사무관 합격 현황 및 합격률

- 2014년 : 승진 대상자 43명 중 31명 합격(비조합원18명) : 합격률 58.13%

- 2015년 : 승진 대상자 43명 중 31명 합격(비조합원12명) : 합격률 72.09%

- 2016년 : 승진 대상자 34명 중 31명 합격(비조합원 3명) : 합격률 91.17%

- 2017년 : 승진 대상자 45명 중 42명 합격(비조합원 3명) : 합격률 93.33%

반쪽짜리의 승리, 특수직무수당 쟁취

'특수직무수당'이란, 유치원과 초·중학교에 근무하는 행정직원들에게 행정부 소속 읍·면·동사무소의 현장 근무 공무원(월 7만 원)과 같은 기준을 적용하는 것이다. 즉, 제증명 발급 등 학부모와 주민 상대의 민원 업무가 포함된 종합 행정을 하는 학교 현장 공무원들에게도, 정부에서 1인당 월 7만 원의 수당을 지급하는 내용이다.

어떤 이는 '학교 행정실 업무가 무에 그리 많다고 그러나?' 생각할 수도 있다. 맞다. 2, 30년 전엔 그랬다. 그러나 요즘 학교 행정실은 다르다. 내가 처음 공무원 시작했을 때와 업무량을 비교하면 10배 이상은 늘어났다고 보면 된다. 수요자 중심 교육으로 교육 환경이 바뀌면서 학교 교육은 다양화되고 복잡·세분화되었다.

교원들에게는 교육 지원 서비스, 학생·학부모들에겐 복지 지원 서비스, 지역 주민들에게는 민원 처리 및 시설 지원 서비스 등 수십 가지의 여러 업무들이 복합된 종합 행정을 담당하고 있다. 학교 행정실 근무 환경

은 읍·면·동사무소보다 근무 인원만 적을 뿐, 1인당 행정의 광범위성
은 결코 적지 않다.

2018년 1월부터 받기 시작한 특수직무수당 쟁취 과정에 어떤 일이 일
어났는지에 대해 설명하면, 모 부처에서는 뜨끔할 공무원도 있을 것이다.
그리고 '수당 한 푼 못 받고 있다'고 불만을 터뜨리는 조합원이 있다면,
수당 쟁취 과정을 직접 지켜보고 경험했던 내가 왜 '반쪽짜리의 승리'라
고 하였는지, 대한민국 정부가 얼마나 쪼잔한지, '3만 원짜리 공무원 수
당'을 지급하는 과정에서 방해 공작이 얼마나 심했는지, 이 글을 읽고 현
장에서 뛰어다니는 노조 간부들을 조금이나마 이해했으면 한다. 수당을
받아 내기까지의 복잡한 절차를 거치는 과정이 녹록하지 않았다.
　결론부터 말하자면, 투쟁 결과는 반쪽짜리의 승리였다.
　적어도 내게 있어선 그랬다. 주기 싫지만 어쩔 수 없이 마지못해 안겨
준 수당, 반쪽짜리 승리… 특수직무수당 얘기다.
　헛웃음만 나왔다. 대한민국 정부가 공무원들을 얼마나 우습게 봤는지,
길가 노점상 물건 흥정하듯이 특수직무수당 7만 원을 행정안전부가 2만
원을 깎아 5만 원으로 만들더니, 인사혁신처에서도 이에 질세라 또 2만
원 깎은 3만 원을 국무회의에서 통과시켰기 때문이다. 그것도 첫해엔 54
명이 포함되지 않았다는 이유로 무산시켰다가, 이듬해에 우는 아이에게
인심 쓰듯, 떡 하나 던지듯 던져준 식이다.
　정부의 태도는 매사가 이렇다. 내가 마음에도 없는 노조위원장을 10
년씩 연장하는 기록을 세운 것도, 어쩌면 이런 일들이 반복해서 일어났기
때문인지 모른다.

교육부 소속 지방공무원의 경우, 수당 쟁취는 상당히 어렵다. 우선 교육부는 교원 위주로 정책을 편다. 해마다 교원 수당이 별 어려움 없이 인상되는 걸 보면 모두가 느낄 것이다. 힘있는 교총과 전교조의 영향력이 정치권을 알게 모르게 움직이는 것인지는 잘 모르겠다. 그러나 수당 쟁취 과정에서 교육부를 움직이는 것이 교원 단체라는 것을 적나라하게 알게 되었다.

　교육부는 지방공무원들에겐 상당히 인색하다. 처우 개선에 관심을 그리 많이 두지 않는 것 같다. 한마디로 교육부 소속 지방공무원들은 힘이 없다. 그나마 노조가 결성된 후 조금씩 처우 개선이 이루어지긴 하나, 그것도 일부 직종에 한해서인 것 같다.

　교육부 소속 지방공무원 처우 개선과 관련된 각종 법률은, 교육부가 아닌 행정안전부 소관이다. 교육부에서는 교원 위주의 정책만 주도하다 보니 ‘수당’을 쟁취하려면 여섯 단계를 넘어야 한다.

　교육부에서 1차로 수당 지급 검토보고서를 행정안전부로 제출하고, 행정안전부에서는 지방공무원 수당 지급이 타당한지에 대해 검토한 후 유관 부처와 협의한다. 국가공무원 인사관장 부처인 인사혁신처와 국가공무원과의 형평성 문제를 검토하고, 예산이 수반되는 사항은 기획재정부와 협의를 한다. 그리고 법률에 저촉됨이 없고 합법한지 법제처가 최종 확정한 후 입법 예고를 하게 된다. 이러한 절차를 거쳐 최종적으로 국무회의에 안건을 상정하고, 국무회의를 통과한 후 관보와 공문으로 공포하게 된다.

　이러한 복잡한 과정을 다 거쳐야 ‘수당 쟁취’라는 단어 사용이 가능해지는 것이다. 부처마다 공무원들이 수당 한 푼 받아내는 것이 얼마나 힘든지는, 이제는 국가직으로 바뀐 소방공무원들만 보더라도 알 수 있다. 웬만한 끈기 없이는 불가능하다는 표현이 맞을 것이다.

특수직무수당 신설
최초 성명서 발표

2013년도 5월, 전국일반직공무원노동조합연맹을 창립하여 '전일련' 초대 위원장을 겸했던 내가 당선 후 내보낸 첫 번째 소식지 제1호가 '특수직무수당과 병설유치원 겸임수당 쟁취'였다. 이어서 교육부와 행정안전부에 법안 개정 자료까지 제출하였으니, '특수직무수당'과 나는 묘한 인연이 있는 것 같다. '특수직무수당'이라는 명칭을 제일 처음 사용하고, 제일 먼저 교육부와 행정안전부에 수당 지급의 필요성을 알린 것도 우리 노조가 처음이었기 때문이다.

다행스럽게도 수당 쟁취의 마지막 성사 단계에서는 상급 단체인 한국노총과 타 노조 단체들의 영향력도 컸다. 어쨌든 '특수직무수당'과의 인연이 비껴가지 않고 나와 연결된 것은 행운이었다고 생각한다. '공무원수당'과 나의 인연은 온갖 어려움을 넘어 5년 만에 성사된 것이라서 그 어떤 노조 활동보다 애정이 가는 정책이었다.

2015년 5월, 당시 행정자치부에서는 「지방공무원 수당 수요 조사」 수당 신설 공문을 시·도교육청으로 내려보냈고, 교육청에서는 각급 학교로 관련 공문을 이첩했다. 교육행정직으로 근무한 지 35년 만에 나 또한 '지방공무원 수당 수요 조사' 공문을 처음으로 접했다. 교육부의 직무유기에 할 말을 잃게 되는 대목이다. 행전안전부에서는 해마다 관련 공문을 교육부로 내려보냈다고 한다. 그렇다면 교육부는 30년 넘는 기간 동안 학교 현장 행정직 공무원들의 처우에 대해 한 번도 고민하지 않았다는 것인가!

노조위원장으로 활동했던 기간에 면담했던 교육부 공무원들은 학교 현장 근무자들을 이해하고자 애썼다. 어떻게든 도와주려고 최선을 다하는 모습을 보였지만, 일부 공무원의 직무 태만으로 수당 쟁취에 불이익이 있었다는 것은 참으로 아쉽고 안타까운 일이다. 특히, '특수직무수당' 쟁취 과정에서 행정안전부와 교육부를 오가면서 우리 노조는 중간자 역할을 할 정도로 적극적이었는데, 교육부에서 조금만 더 노력을 기울였더라면 1차 국무회의에서 무산되는 일도 없었거니와 '3만 원짜리 수당'으로 전락하는 일도 없었을 것이다.

아무튼, 공문이 각급 학교로 배포되자 노조 간부들은 '이것이로구나'라고 생각했고, 교육청 소속 직원들이 받아야 할 수당 전반에 대해 노조 상임위원회에서 논의를 시작했다. 교육청 소속 노조 단체마다 수당 쟁취를 하겠다고 너도나도 나섰다. 왜냐하면 모든 공무원들에게 공통으로 적용되는 가족수당 등 통상적인 수당 외에 부처별로 한두 개씩 별도 명목의 수당이 있었으나, 교육부 소속 학교 근무자들의 급여명세서에서는 '○○수당'이라는 글씨를 찾아보기 어려웠기 때문이다.

참고로, 교사들은 교직수당, 담임수당 등 수당 항목이 4~5개 정도다. 게다가 병설유치원 업무를 대부분 행정직원들이 맡고 있었음에도, 교장과 교감에게만 각각 10만 원과 5만 원의 수당이 지급되고, 행정직원들에겐 겸임 근거가 없다는 이유로 수십 년 동안 지급하지 않았다. 급기야 지난해 우리 노조가 임금 반환 청구 소송을 제기하였고, 그제야 겸임수당을 지급하였다. 그동안 교육부가 지방공무원의 처우 개선을 얼마나 도외시했는지 노조 활동기간 동안 절절하게 느끼고 또 느낀 대목이다.

전국일반직공무원노동조합(이하 '전일련', 위원장 이점희)은 선택과 집중을 하기로 했다. 특수직무수당과 병설유치원 겸임수당 쟁취에 집중하기로 했다. 병설유치원 겸임수당의 경우, 법령에도 없는 일을 하는 것에 대한 당연한 수당 요구였다. 일반적으로 수당 신설은 확고한 수당 지급 사유가 발생하지 않는 한 정부로부터 수당 신설을 이끌기 어려우므로, 학교 행정실 업무가 현장 공무원의 특수성과 근거가 있는 타당성을 적용하여 읍·면·동사무소 직원들의 민원수당과 같은 특수직무수당에 초점을 맞춰 추진하기로 했다.

교육부에서도 당시 중학교 의무교육 도입으로 행정직원들에게 지급하려던 관리수당 5만 원을 교원에 준해 지급한다는 공문을 내려보냈다가, '그 어떤 조직'의 방해로 인해 5일 만에 철회되어 자존심을 구긴 상태였다. 당시는 지방공무원들의 처우 개선을 위해 적극 나섰던 때라, 노조가 '특수직무수당'의 필요성을 언급하고 요구하자 상당한 노력을 기울여 도와주었다.

고생 끝에 우리 노조는 9개 항목의 수당 지급 검토보고서 예시(안)를 만들었고, 이를 전국 시·도교육청 6만여 명에게 배포하였다. 검토보고서를 참고하여 수당 요청 공문을 교육청으로 제출해 달라는 협조 요청을 한 것이다. 전국 시·도교육청 지방공무원들이 동시에 움직여야 교육부도 관심을 가지기 때문이다.

병설유치원 겸임수당 지급 근거 자료는 그동안 노조에서도 꾸준하게 요구해 왔던 사안이라 자료가 많았으나, 특수직무수당에 대한 자료는 거의 전무(全無)하다시피 했다. 학교 현장 경험이 없는 교육부도 마찬가지였기에 우리 노조에 협조를 구했고, 우리도 근거 자료 작성에 한계를 느껴 T/F팀을 꾸려 적극 나서기로 했다.

'전일련' 노조가 주로 수도권인 서울, 경기, 인천 교육청 소속의 노조 단체에서 활동했기 때문에, 서울과 경기 등 수도권 학교에 근무하는 5급 사무관과 6, 7급 등이 주축이 되었고, 2016년도 3월이 되자 1차 보고서가 완성되었다. 2016년 6월, 1차 보고서를 가지고 교육부에 이어, 행안부 H 과장도 처음으로 면담했다. 일단 협조적이었다. 그 뒤 9월에 행안부를 방문했을 때에는 담당이 Y 과장으로 바뀌어 있었다.

지방인사제도과장 자리는 인사 이동이 잦았는지, 처음 면담 시엔 H 과장이었고, 두 번째가 우리에게 큰 도움을 준 Y 과장이었으며, 3만 원짜리 수당으로 전락할 땐 P 과장이었다. 과장이 바뀔 때마다 설명을 해야 했으니, 수당 쟁취 과정이 얼마나 지난했는지는 상상에 맡긴다.

과장이 바뀔 때마다 취지를 설명해야 했는데, 업무를 대하는 시각이 다르다 보니 기분이 상할 때도 있었다.

세 번째 만났던 P 과장은 첫 대면에서 내게 던진 첫마디가 "학교 행정 직원들 몇 시에 퇴근하시죠?"였다. 즉, '행정실은 편하기만 한데 왜 수당을 요구하냐'는 의미가 담긴 물음이었다. P 과장 뇌리엔 2, 30년 전 행정실의 모습이 남아 있었던 것이리라. 나 또한 몇 년 전부터 공ㆍ사석에서 "2, 30년 전 학교 행정실은 '신이 내린' 직장이었으나 지금은 '신이 버린' 직장"이라고 말하고 다닐 정도니 말이다.

행안부 지방인사제도과 수당 관련 면담

　그러나 두 번째 만난 Y 과장은 상당히 적극적이었다. 일단 노조의 의견을 충분히 들으려고 애썼고, 이해하고자 했다. 인사 업무를 오랫동안 맡아서인지, 급속도로 변해 가고 있는 학교 현장의 업무 전반에 대해 파악하고자 했다. 이미 1차 보고서를 확인했는지, 보완이 필요한 부분에 대해서도 조목조목 조언해 주었다.

　예를 들면, 학교에서 제증명 발급을 하고 있으니 민원 수당 지급의 근거가 되는데, 검토보고서 내용에는 그와 관련된 구체적인 내용이 미흡하니 이에 대한 구체적인 자료를 만들어야 한다라든가, 행정실에서 구체적으로 어떤 일을 얼마만큼 하고 있는지 데이터화를 하라든가, 업무량이 늘어났다고 하는데 연차적으로 어떤 업무가 얼마만큼 늘어났는지 계량화, 수치화된 연혁이 나와야 한다든가 같은 것들이었다.

　면담에서 돌아온 집행부는 2016년 5월 T/F팀 2기를 다시 가동했다. 설문조사도 실시하고, 서울 시내 4개교를 표집하여 각종 데이터 작성 등에 심혈을 기울였다. 3개월이 지난 9월 초에 1차 보고서를 보완한 2차 보고서가 완성되었다. 서울시교육청 공무원들이 주축이 되어 만든 보고서를 보니 정말 고생을 많이 했다는 게 느껴졌다. 가슴이 벅찼다. '아! 이 정도 자료라면 행안부에서도 만족할 것'이라는 생각이 들었다. 보고서의 위력은 2016년 10월 교육부로 직접 전달이 되었고, 다시 행안부로 보고서가 전달되어 2016년 12월 28일에 드디어 법제처에서 '특수직무수당' 입법 예고를 하기에 이른 것이다.

노조 활동하면서 제일 속상한 게 있었으니, 중요한 일에는 이상하게 방해꾼이 나타나서 훼방을 놓고 일을 그르치곤 한다는 것이다. 더구나 나 개인에 대한 것이 아니라 지방공무원 전체를 대상으로 방해를 하니, 정말 속상할 때가 많았다.

아마 어떤 경로를 통해서든 '그 단체'에서도 나의 이야기(이 책)를 접하게 될 것이다. 그들이 이 책을 읽으면서 환호할지도 모른다고 생각하니 섬뜩해진다. 본인들과 전혀 상관이 없는 일임에도 왜 그렇게 방해를 했을까? 언젠가 그 대가를 치를 것이다. 어떤 경로를 통해서든 말이다. 그것이 하늘의 이치 아니겠는가.

그 단체에서는 '특수직무수당' 법령 개정에도 개입했었다. '어처구니 없는 일'이 발생한 것이다. 애써서 추진했던 특수직무수당이 국무회의에 상정조차 되지 못하였다. 기가 막히고 말이 나오지 않았다. 대체로 법제처에 입법 예고되는 법률은 별다른 이유가 없는 한 통과되는 게 수순이었기 때문에, 나뿐만 아니라 많은 노조 단체들의 충격은 어마어마했다.

통과되지 못한 이유는 두 가지로 거론되었다.

첫째는 인사혁신처이고, 두 번째가 청와대 쪽이었다. 청와대 쪽은 명예훼손 부분이 있어서 더이상 언급하지 않겠다. 관련자 모두 현직을 떠났는데, 지금 와서 이야기한들 무슨 소용이 있겠는가! 당사자가 언론에 오르내리며 죄값을 치뤘으니 더이상 말을 않겠다.

얼마나 황당한 대한민국 행정인가? 그것도 대한민국 공무원을 총괄하는 인사혁신처에서 일어난 일이라니…. 불같은 성격이었던 나의 분노가 어떠했겠는가? 2017년 1월 11일 인사혁신처 수당 업무 담당 서기관과 면담을 했다. 봉투 속에는 미리 준비해 간 '인사혁신처장은 사과하라'는 성명서가 들어 있었다. 인사혁신처는 공무원을 위해 있는 부서가 아닌 듯했다. 적어도 그 당시 담당자들을 보면 말이다.

인사혁신처는 중앙인사관장 기관으로서 인사를 총괄하는 기관이고, 인사혁신처의 인사 방침은 지방공무원에게도 미치기 때문에 그 영향력은 대단하다. 행안부에서는 당초 특수직무수당 법안을 만들면서 공립학교 인원만 적용하고, 국가직 공무원 54명(국립인 교육대학 부속 초·중학교)을 미처 생각하지 못했던 모양이다. 행정안전부가 인사혁신처에 제출한 서류에는 공립학교 유치원과 초·중학교 인원 34,574명만 포함되어 있었다고 한다.

노조 집행부가 확인한 2015년 4월 1일자 교육부 통계자료에는, 특수직 무수당 지급 대상의 국가직 공무원이 고작 54명뿐이었다. 면담 과정에서 들어보니, 담당 서기관은 국가직 공무원이 수백 명 되는 줄 알고 있었던 것 같다. 노조에서 통계자료를 들이대며 54명의 인원을 확인시켜주자 당황해 하는 눈치가 역력했기 때문이다. 국가직이 미포함되었다면, 교육부든 행안부든 아니면 노조에라도 확인해야 함에도 지방공무원 수당과 아무런 관련이 없는 교원 단체 쪽에 확인을 했단다. 그게 끝이었다.

국무회의에 상정조차 하지 않았던 것이다.

무슨 이야기가 오고 갔는지 우린 모른다. 다만 면담 자리에서 계속 확인하자 긍정도 부정도 하지 않는 걸 보면, 왜 상정을 안 했는지는 이 글을 읽는 분들이 판단해도 좋을 것이다. 2016년도 특수직무수당 국무회의 상정 건은 그렇게 물거품이 되었고, 노조 단체들 모두 흔히들 얘기하는 '닭 쫓던 개 지붕 쳐다보는 격'이 되고 말았던 것이다.

나는 담당 서기관에게 가지고 간 '성명서'를 들이밀고, 올해 다시 국무회의 안건으로 넣을지 말지 담당자로서 책임지고 확답하라고 종용했다. 인사혁신처에서 제대로 업무를 처리하지 못해 3만 5천여 명의 공무원들이 피해를 입은 것이니, 누군가는 책임 져야 하지 않겠냐며 화장실도 못 가게 하고 압박했다. 그랬더니 하반기에 다시 추진하겠다고 했다. 그 업무 담당자는 그해 7월 정기인사에서 타 부서로 전출을 가버리고 말았다.

그 당시 얼마나 충격이 심했던지, 서기관 답변이 "앞으로도 어렵습니다"라고 했다면 그 이튿날부터 세종시 인사혁신처 건물 빌딩 앞에서 1인 시위에 들어갔을 것이다. 1인 시위까지 생각하고 면담을 했기 때문이다. 인사혁신처 건물은 세종시 정부청사 내에 없고, 사거리에 위치해 있어서 지나가는 사람들을 상대로 인사혁신처의 만행을 알리기엔 매우 적당한 장소이다. 적어도 1인 시위하기엔 말이다.

2017년도가 되었는데도 아무런 얘기가 들려오지 않았다. 나는 행안부 장관을 지낸 국회의원을 면담하는 등 '특수직무수당 쟁취'를 위해 다시 움직이기 시작했다. 자료 추가 보완을 위해 설문조사도 전국 시·도교육청을 상대로 다시 실시했다. 한편에선 상급 단체인 한국노총의 힘을 빌리기로 했다. 한국노총 김주영 위원장과 함께 당시 교육부장관이었던 김상곤 장관과의 면담을 요청한 것이다.

2017년 11월 15일 교육부장관과의 면담이 성사되었으나, 하필이면 그날 오후 2시 30분경 포항지진이 발생했고, 교육부장관은 수능시험이 얼마 남지 않은 포항의 현장을 가봐야 한다며 인사만 끝낸 후 실무진에게 바통을 넘기고 자리를 뜨고 말았다. 낭패도 그런 낭패가 없었다. 남은 시간은 실장·국장들과 협의회가 진행되었고, 내 차례가 되어 준비해 간 특수직무수당이 불발된 데엔 교육부의 책임이 있었음을 언성을 높여 얘기했다.

"노조 자체로 T/F를 만들었고, 행안부까지 나서서 우릴 도와주었는데 교육부에선 왜 적극적으로 움직이지 않는 겁니까? 100쪽짜리 보고서를 만들어 보냈는데, 지난해 무산시켰다면 올해엔 시도해 봐야 하는 것 아닙니까?"

간담회가 끝난 후 한국노총 김주영 위원장이 웃으며 한마디 거들었다.

"100페이지짜리 보고서를 냈는데 왜 수당을 안 준 거요?"

이튿날, 교육부 해당 부서 사무관으로부터 전화가 왔다.

"이 위원장님, 지난번에 만든 보고서, 다시 보내주세요."

추가 자료까지 모아서 이튿날 메일로 자료를 송부했다.

이듬해인 2018년 1월 5일 법제처에선 '특수직무수당' 입법이 예고되었고, 2018년 1월 18일 청와대에서 열린 국무회의에서 '특수직무수당 3만 원 지급' 안건이 통과되었다. 그 소식은 30분 뒤 행안부 Y 과장으로부터 듣게 되었다. "제가 마음의 짐을 벗었습니다"라는 음성이 들려왔다. 참으로 대단한 분이라는 생각이 들었다. 다른 부서로 옮긴 지가 언제인데, 학교 행정실 근무 여건에 관심을 가지고 특수직무수당 지급 건에 대한 소식을 지켜보았다니… 더구나 타 부처 공무원의 처우 개선 관련 문제였는데도 말이다.

노조에선 제157호 소식지를 배포했다.

2018년부터 전국 17개 시도교육청 국·공립 유·초·중학교에 근무하는 지방공무원 3만 5천여 명의 급여명세서에는 '특수직무수당'이라는 항목으로 30,000원이라는 숫자가 찍혀 나오기 시작했다.

특수직무수당
쟁취 소식지

182명의 응원군과 함께했던 수당 반환 청구소송
병설유치원 겸임수당 쟁취

14년간 노조 활동을 하면서 정말 안타깝고 또 안타까웠던 것은, 대한민국 중앙부처 중 하나인 교육부와 17개 시·도교육청 교육감과 전국 시·도교육청 고위직을 거쳐간 일반직 공무원 간부들이, 지방공무원이 홀대받는 것에 대해 무관심으로 일관했다는 거였다. '겸임수당' 5만 원을 쟁취하기 위해 오랜 세월을 투쟁하며 걸어온 뒤안길에 서 보니, 더욱 그런 생각이 밀려왔다. 교육부 소속 지방공무원 노조 단체들이 10년이 넘도록 피 터지게 싸울 일도 아니었는데 말이다.

위에서 언급한 분들 중 한 사람이라도 나서서 신경을 써주었더라면, 하위직들의 아픔을 한 번이라도 제대로 돌아봤더라면, 살짝 들춰봤더라면… 퇴직을 앞둔 40년 된 공직자의 마음이, 10년 넘게 노조 활동을 해온 노조위원장의 마음이 이렇게 쓰리지는 않았을 것이다.

2019년 3월 28일 전국 시·도교육감협의회가 "병설유치원과 통합운영학교에 근무하는 행정실 직원들에게 겸임수당 5만 원을 지급한다"라는 결정을 내린 후, 시·도교육청별로 공문이 시행되었다. 그때 내가 느낀 단상(斷想)은 안타까움을 넘어선 분노였다. '수당을 쟁취했다'라는 기쁨보다는 안타까움과 아쉬움과 분노가 더 크게 나를 지배했기 때문이다. 환호성과 만세를 부르는 대신, 가슴 밑바닥에서 차오르는 울분을 삭여야 했다. '5만 원짜리 수당'이 무엇이기에….

하위직 공무원은 방치해도 된다고 생각했을까? 하위직 공무원은 대우해 주지 않아도 미련탱이처럼 묵묵히 날밤 새워 가면서 일만 한다고 생각했을까? 소위 말하는, 누군 인삼 먹고 있는데 누군 무뿌리 하나 챙겨주지 않았던 교육 관계자들로부터 막상 '인삼 뿌리'를 받아든 순간, 나는 원망하고 또 원망할 수밖에 없었다. 2019년 8월의 일이다.(※서울시교육청은 2019년 8월, 병설유치원과 통합운영학교에 겸임수당을 지급한다는 내용의 공문을 시행하였다.)

조금 더 일찍 수당을 지급했더라면 좋았을걸…. 현장에서 일하는 직원들을 교장·교감과 동일한 잣대로 인격적으로 존중해 주고, 그들의 마음을 읽어주며, 차별하지 않도록 배려했더라면 얼마나 좋았을까? 〈병설유치원과 통합운영학교 근무 행정실 직원 겸임수당 5만 원 지급〉 건에 대해 〈서일노〉를 비롯한 시·도교육청 노조 단체가 너도나도 나서서 '겸임수당 임금 반환 청구 소송'을 시작하고, 일부 노조 단체는 교육부와 행안부를 수시로 들락거리며 노력해서 얻어 낸 행안부 발(發) 공문이었다. 그런데 그 성과를 17개 시·도교육청 교육감들이 모여 내린 결론이라고 생색을 내는 것이다. 이건 누가 보더라도 아니지 않는가 말이다.

6급 이하 하위직 공무원들이 억울하다고 법정을 들락거리면서 교육감을 상대로 소송을 걸어오니, 마지못해 내린 결정이 아니기를 바란다. 업무는 던져 주고 교장·교감과 차별하여 수십 년째 수당 한 푼 주지 않자, 노조 단체가 나서서 조합원의 권리를 찾겠다고 소송을 시작하고, 패소당할지 모른다는 강박감 때문에 수당을 지급한 게 아니었다고… 우린 정말 믿고 싶다. 하위직 공무원들도 자존심이 있고 자존감이 있다는 걸 그들은 몰랐을까? 아니면 무시했을까? 아니면 관심이 없었을까?

서울시교육청의 경우, 유독 병설유치원에 근무하는 교육 행정직 신규 공무원들이 사표를 많이 썼다. 당연히 노조에 접수된 민원 중에 병설유치원 관련 민원이 상당 부분 차지했다. 총무과에서도 상세한 조사나 통계를 내진 않았겠지만, 새내기 공무원들이 임용되자마자 사투를 벌이듯 피를 말려 가면서 일하다가, 결국엔 사표를 던지고 나간 이유가 병설유치원 업무 때문이란 것을 어렴풋이 짐작은 했을 것이다. 우리 노조에서도 몇 번이고 강조했던 사항이기에 말이다.

만약에 병설유치원 업무가 교원들에게 과하게 부여된 업무였다면 교육부에서 더 적극적으로 나서지 않았을까? 아마도 그러했다면 병설유치원 겸임수당을 5만 원, 10만 원이 아니라 우리 노조가 소송에서 제시했던 금액인 1인당 20만 원까지도 지급했을 것이다.

노조로 접수된 민원 중에는 특히 병설유치원에 근무한 새내기 공무원들의 애환이 많았는데, 메일을 읽다 보면 주먹을 불끈 쥐곤 했다. 너무 가슴 아픈 사연이 많았기 때문이다. 정작 그들 부모님은 내 자식이 서울시교육청 공무원으로 입직했노라고 주변에 얼마나 자랑을 했을까? 자식 된 도리로 부모님 마음 다치실까 봐 차마 공무원을 그만두겠다는 말을 입 밖에 내지 못한 채, 늦은 밤까지 혹은 주말에도 출근하면서 노조위원장에게 피 토하듯 "노조가 나서서 어떻게 해결해 줄 방법이 없겠냐"고 호소했던 새내기들이다.

　그 글을 대했던 노조위원장의 마음이 어떠했을지 위에서 언급한 그들은 모를 것이다. 심지어 어떤 학교장은 "뭐 할 일이 있다고 초과 근무를 다느냐!"며 초과 근무 결재를 승인도 해주지 않았다는 대목에선 나의 분노가 어떠했을지 더이상 표현하고 싶지 않다.

　노조 활동에 전념해 온 나는, 겸임수당 공문이 시행되던 2019년 8월 어느 날 하루종일 가슴이 저렸다. 그들이 베푼 은덕(?)에 결코 공감할 수 없었기 때문이다. 밤늦도록 근무하고 주말에도 출근하여 병설유치원 업무를 처리하며 울었다던 새내기 공무원들의 아픔을 위로하기엔 너무 늦었던 것이다. 나아가 병설유치원에 배치되어 근무하다가 결국엔 사직서를 던지고 나갔던 새내기 공무원들에게 '5만 원짜리 수당' 지급은 때늦은 것이었고, 그들의 마음을 보상하기엔 수당 금액 또한 너무나 적었다.

　공립학교 병설유치원 실무는 행정실 직원들이 대부분 떠맡고 있는데, 하위직이라서 교장과 동일 수준의 수당을 지급할 수 없었다는 그들의 공공연한 변명은 상처 난 가슴에 뿌리는 소금 같은 거였다. 적어도 10년 동안 죽을 힘을 다해 싸웠던 노조위원장인 나에게 있어서는 말이다. 지금부터 병설유치원 겸임수당을 받게 된 과정을, 10년에 걸친 행로를 더하고 빼는 것 없이 기술하고자 한다.

　2006년 교육청 소속 공무원 노조 단체들이 창립과 동시에 병설유치원 겸임수당 쟁취 건을 투쟁 사업 1호로 올렸다. 그러나 구체적인 시작점은 2015년도 행정안전부 지방인사제도과에서부터였다고 본다. 처음으로 전국 시·도교육청을 통해 '지방공무원 수당 수요 조사'에 대한 공문이 각급 학교로 배포되었기 때문이다. 공문이라는 형식을 통해 정식으로 정부 측에 정당하게 수당을 요구할 수 있는 길이 열렸던 셈이다. 우리 노조에서도 병설유치원 겸임수당을 비롯해 여러 수당 지급의 필요성과 타당성을 근거 자료 제시하여 제출하기도 했다.

그렇다면 병설유치원 겸임수당 지급의 사전 단계인 지방공무원 임용령 개정은 어떻게 이뤄졌을까?

2016년 9월이었던 것으로 기억된다. 당시 나는 전국일반직공무원노동조합연맹의 초대 위원장도 겸하고 있었는데, 특수직무수당과 관련하여 행안부 지방인사제도과를 방문하였다. Y 과장과의 면담 중, 지금은 〈서일노〉 위원장으로 활동하고 있는 노조 간부가 말했다.

"병설유치원의 실질적인 업무는 행정직원들이 다 맡고 있고, 회계 감사까지 받으며 더러 징계받는 직원들도 있습니다. 그런데 아직까지 교육부나 교육감은 교장과 교감에게는 각각 10만 원, 5만 원의 수당을 지급하면서 지방공무원들에게는 수당 한 푼 지급하지 않고 있습니다."

행안부 Y 과장은 "겸임수당을 받으려면 겸임 발령 근거가 있어야 하는데, 근거가 없나요? 근거가 있을 텐데?" 하시며, 우리 앞에서 법전을 들고 뒤적이시더니 다음 말을 이으셨다.

"아하, 정말 겸임 근거가 없었네요. 겸임 근거도 없이 업무를 맡기는 건 잘못된 건데… 당연히 공무원이 법령에 근거하여 근무해야죠. 일단 겸임 근무 발령에 대한 법령 개정이 필요할 것 같네요."

그해 하반기 12월 30일자로 행정안전부 지방인사제도과에서는 교육부 소속 지방공무원들의 겸임 근거 마련에 대한 지방공무원 임용령을 개정하는 법령을 추진하여 대통령령으로 공포하기에 이른다. 〈전일련〉에서는 '2017년 1월, 병설유치원 겸임 수당을 지급할 수 있는 법적인 근거가 마련되었다'는 단독 보도자료를 서울시교육청을 비롯해 전국 시·도교육청에 배포했다. Y 과장님의 적극 행정이 빛을 발한 순간이었다.

병설유치원은 초등학교 내에 하나의 교육기관이 더 있다고 생각하면 된다. 업무 자체가 별개이기 때문이다. 서울시교육청의 경우, 병설유치원 학급 수가 해마다 늘어나면서 업무도 배로 늘어났다. 이는 직원들의 병설유치원 근무 기피로 이어졌고, 당연히 병설유치원 관련 민원도 많아졌다. 노조에서는 인력 충원과 성과급 및 근평 우대 정책을 펴도록 요구하였고, 교육청에서도 병설유치원 업무 병행의 어려움을 반영하여, 전체 학급 수가 많거나 병설유치원 학급 수가 많을 경우 인원을 한 명 더 충원하여 배치했다.

노조에서는 지방공무원 임용령 개정으로 병설유치원 겸임수당 근거가 마련되었으니, 2017년도엔 교육부나 교육감이 나서서 겸임수당 개정을 추진할 것이라 희망을 가졌다. 하지만 교육부와 시·도교육청은 또다시 무관심으로 일관했고, 노조는 다시 투쟁 전선에 나섰다.

교육청을 방문해 항의 면담하고, 겸임 발령을 내라는 촉구 성명서를 내보냈다. 그러나 교육청에서는 꿈쩍도 하지 않았다. 겸임 발령을 내면 겸임수당을 지급해야 하는 근거가 되기 때문이다. 행안부의 법령 공포가 무색해진 것이다. 노조는 2017년도에 상급 단체인 한국노총에 가입하자 상급 단체의 지원을 받기로 하였다.

당시 한국노총 김주영 위원장은 노조위원장과 함께 8월에 김상곤 교육부장관, 10월에 김부겸 행정안전부장관과의 면담 자리를 마련했다. 동시에 2018년도 3월엔 〈서일노〉를 시작으로 타 시·도교육청 노조도 가세하여 교육감을 상대로 '겸임수당 부당이득 반환 소송'을 시작하게 된다. 변호인은 한국노총 중앙법률원을 선임하였다.

182명이 각종 증빙자료를 제출하여 소송에 동참하겠다고 신청하였다. 소제목에 '182명'을 쓴 이유가 여기에 있다. 소송을 시작하자 서울시교육청 소속으로 근무한 조합원과 비조합원은, 그들이 최근 3년에 걸쳐 병설유치원에서 근무했던 각종 증빙자료를 일목요연하게 색인표까지 붙여 두껍게 편철하여 노조 집행부로 보내주었다.

노조 간부들도 퇴근 후 주말과 휴일에 다 같이 모여 소송자료와 명단을 정리하면서 소송에 대응해 나갔다. 계속해서 이어지는 초과 근무를 불평 없이 받아들였다. 이번에는 결코 그냥 넘어갈 수 없다는 배수진을 치고 밤낮없이 시간을 투자했던 것이다. 서울시교육감을 상대로 주고받은 공문만 10여 건이 넘었고, 변호사와의 면담은 수시로 이어졌다.

승소도 목적이었지만, 소송을 결심했던 이유 중 하나는 '병설유치원

서일노 간부들이
병설유치원 겸임수당
소송자료를
검토하고 있다.

겸임수당을 왜 받아야 하는지'에 대한 근거를 제시하고 싶어서였다. 오죽하면 변호사한테 이렇게 말했을까.

"소송에서 패소하더라도 후회하지 않을 것 같아요. 수당 지급을 이끌기 위한 것으로 시작한 소송이고, 정말 우리 하위직 공무원들이 수십 년째 무시당하고 있다는 것을 대내외에 공표해서 우리들의 권익이 침해받고 있음을 알리고 싶은 부분도 있거든요."

변론자료를 읽으면서 가슴이 뻥 뚫리는 경험도 했다. 소송 내용을 읽어 보니, 우리가 왜 소송을 시작했는지에 대한 명확한 근거와 당위성에 자연스럽게 고개가 끄덕여졌다. 그동안 제 노조 단체마다 교육부와 교육감에게 "교장, 교감도 받는 병설유치원 겸임수당을 우리 지방공무원들에게도 지급하라"라고 말로써 압박해 왔는데, 정작 왜 그래야 하는지에 대한 명확한 근거 제시가 없었다. 그러나 100쪽이 넘는 반론 내용에는, 우리가 수십 년간 주장해 온 '자존심'이 들어 있었던 것이다.

"왜 인생을 사는가?"

우린 가끔 선문답 던지듯이 묻곤 한다. 자신을 향해서도 타인을 향해서도 말이다. 그런데 공무원이 되어서 법령에도 없는 일을 수십 년간 해오며, 감사(監事)까지 받으면서도 그것이 왜 잘못되었는지에 대한 근거자료 하나 없이 유지해 왔다니… 변론 내용을 보면서 참으로 부끄럽다는 생각이 들었다.

노조위원장으로서 10년 넘게 노조 활동을 하며 교육부와 교육청을 압박해 왔지만, 정작 직무유기를 하고 있었던 건 내가 아니었을까 싶은 미안한 마음이 들었다. 소송에 들어간 비용이 1천만 원을 조금 넘겼으나,

그 값에 버금가는 변론자료였다. 아무도 돌아보지 않았고, 업무 수행에 대한 가치를 너무나 가볍게 여겼고, 업신여겨 왔던 교육 관계자들에게 소송 변론 내용을 들이밀고 싶었다. 한 번 제대로 읽어 보라고 말이다.

그러나 정말 안타깝게도 2019년 7월 4일 1심 선고에서 '부당이득 반환 청구소송'은 결국 기각되고 말았다. 단 하나, '공무원'이라는 이유 때문이었다. 우리가 '근로자'였다면 3차 변론까지 갈 필요도 없이 1차 변론을 마친 후 '승소'로 이어질 수 있었던 사건이었는데도 말이다.

'기각한다'는 부장판사의 결론이 내려지고 법정을 빠져나와, 모든 간부를 돌려보내고 난 후 나는 혼자서 한 시간 동안 꼼짝 않고 앉아 있었다. 앞으로 어떻게 대처할 것인지에 대한 상념이 머리를 무겁게 짓누르기 시작했던 것이다. 억울함은 둘째치고, 항소 여부부터 판결에 대한 답변까지… 압박감이 절정에 이른 순간이었다. 교육청 소속의 모든 노조 단체가 1심 판결 결과에 귀추를 주목하고 있는데, 어떤 답변을 내놓아야 할지 난감했다.

결국 상임집행위원회의에서는, 일단 교육감협의회에서 수당을 지급한다고 하니 '절반의 성공은 거뒀다'고 결론지었다. 노조 집행부에서는, 소송은 종료시키되 개인적으로 항소할 분이 있다면 노조에서 일부 지원하는 것으로 결론을 내렸다. 항소 참여자는 노조 간부를 포함, 12명이 신청하였다. 항소도 올해 2월 초 결국 기각되었고, 대법원까지 가는 항고는 더이상 진행시키지 않고 겸임수당 소송 건은 올해 2월 초 종료되었다.

소송 중에 일어난 여담을 잠깐 소개하고자 한다.

1차 변론기일부터 현장을 지켜봤던 우리 노조 간부들은, 재판부가 "교

부당이득 반환 소송
2차 변론을 마친 후

육청이 수당을 왜 지급하지 않았느냐?"는 질책성 발언을 자주 하는 것을 보고 승소가 확실해질 것 같다는 믿음을 갖게 되었고, 타 시·도교육청 노조 측에도 재판 과정을 알려서 추가로 소송에 동참해 줄 것을 요청하였다.

심지어 3차 변론기일을 며칠 남겨둔 어느 날, 우리 노조 사무실을 찾았던 변호사님이 내게 "승소할 경우 어떻게 하겠냐"며 한마디 툭 던지기까지 했다. 소송이 종료되고 나서 그때 왜 그런 말씀을 하셨냐고 질문했더니, 법원에서 전화가 와서 소송 청구 총액을 다시 보내 달라고 했다는 것이다.

우리 소송을 맡았던 변호사님은 한국노총에서 15년 동안 대표변호사로 활동하셨던 분인데, 재판부가 금액을 재확인하는 경우는 통계상 대부분 승소했다는 것이다. 기각하는 마당에 금액이 정확한지 아닌지 물어보지는 않기에 당연히 승소할 것이라 믿고 내게 농담을 했었다고 했다. 그분은 지난 총선에서 지역구 국회의원에 당선되어 국회로 진출했다. 우리가 승소했더라면 현직에 남아 계셨을 텐데, 나로서는 무척이나 아쉬운 부분이다.

소송이 진행되는 동안, 겸임수당 지급 업무에 대한 물밑 작업은 계속되었다. 2019년 1월 4일 행안부에서는 '수당 개정을 하지 않더라도 교육부 소속 공무원들의 겸임 발령으로 교육감이 겸임 업무 수당을 지급할 수 있다'라는 유권해석의 공문을 시·도교육청으로 내려 보냈다. 두 달 뒤 전국 시도교육감협의회 사무국에서는 교육부 소속 지방공무원과 각급 노조 단체장들을 세종시에 위치한 사무국으로 불러 간담회를 개최하였다.

겸임수당 지급 시기와 금액에 대한 협의에서 노조 측에서는 당연히 학교장과 같은 '10만 원 이상은 되어야 한다'고 주장하였다. 그로부터 17일이 지난 2019년 3월 28일, 전국시도교육감협의회에서는 '병설유치원과 통합운영학교 겸임 수당 5만 원을 지급한다'라는 결론을 내린 후 교육부에 통보하고, 교육부는 각 시·도교육청으로 공문을 발송하면서 겸임수당 지급에 대한 모든 사안들이 종지부를 찍게 되었다.

내가 바라는 공무원 노조위원장 像

태어나면서부터 공무원 노조위원장에 최적화된 사람은 없다. 다만, 기준은 있다고 본다. 노조위원장은 사심 없이 일한다는 한 가지 기준만으로도 노동조합을 훌륭하게 이끌 수 있다고 생각한다. 나아가 열정이 추가된다면 리더로서 성공할 확률이 매우 높을 것이다.

공무원 노조위원장을 하려면 다음과 같은 기준의 노조위원장이 선출되었으면 하는 게 나의 바람이다. 어쩌면 이 내용이 현장에서 고생하는 '공무원 노조위원장'들의 사기를 꺾는 것일 수도 있겠다. 하지만 10여 년간 노조위원장으로 활동하면서 노동 현장을 지켜본 결과 '이런 부분은 개선이 되었으면 좋겠다'는 생각에서, 퇴직을 앞둔 노조 선배가 후배들에게 '명품 노조위원장'의 기준을 제시하는 것이니 소박하게 받아들였으면 한다.

첫째, 훌륭한 인성과 품성, 높은 공감 능력을 가진 사람, 자기주장이 강하지 않은 사람이 노조 위원장이 되었으면 좋겠다.

특히, 공무원 노조위원장일수록 제대로 된 품성을 갖춘 인물이 위원장을 맡아야 노동조합을 제대로 운영할 수 있다. 공무원 노조위원장은 목에 힘을 주어서는 곤란하다. 기관장이나 정부 고위직들이 위원장에게 고개 숙인다고 해서 마음으로 숙인다고 생각하면 큰 오산이다. 한술 더 떠 대접받고 있다고 생각하면 더더욱 안 될 일이다.

공무원 노조위원장을 하려면 사명감과 희생정신, 봉사하는 마음, 이타심, 공감 능력이 다른 공직자보단 뛰어나야 한다. 즉, 훌륭한 인성과 품성을 갖춘 사람은 남을 배려하려는 마음이 몸에 배어 있고, 약자의 편에서 생각을 많이 한다. 특히, 공감 능력을 가진 사람일수록 그렇다.

약자들을 어떻게 도울까?

불이익을 받는 저 조합원을 어떤 방패로 막아줘야 하나?

열악한 조건의 환경을 어떻게 개선해 주지?

어떻게 하면 조합원들이 행복해질까?

어떻게 하면 신나고 즐거운 직장생활이 되게 해줄까?

노조위원장이 이러한 물음표를 머릿속에 항상 담아두면서 화두로 삼으면, 좋은 아이디어도 떠오르고, 문제점에 대한 대안이나 좋은 정책도 덩달아 생각날 것이다. 나의 노조 활동 경험에 의하면, 어려움을 요청한 대부분의 조합원은 마음이 여린 사람들이 많았다. 처음에는 가족들에게 고민을 털어놓고, 해결이 안 되면 노조위원장을 만나러 온다. 즉, 어려움을 호소하는 조합원은 여러 번의 고민 끝에 용기를 내어 노조에 도움을 요청하는 것이다. 그래서 노조위원장은 조합원들의 귀와 발이 되어야 한다.

마음이 아프니 치료해 달라는 조합원들의 목소리에 공감하여 해결책을 찾아야 한다. 그들이 가고 싶어도 가지 못하고 만나고 싶어도 차마 용기가 없어 만나지 못하는 사람들을, 대신 직접 찾아가고 발품을 팔아서 그들의 고민이 해결되도록 하는 것이 위원장의 책무다. 조합원의 민원이 귀찮다고 생각한다면, 그는 위원장직을 절대 유지해서는 안 된다.

여러 해 동안 노조 활동을 해오면서 정말 여러 부류의 위원장들을 보아 왔다. 특히, 노조위원장의 인격과 자질에 대해 생각하게 하는 일이 더러 있었다. 위원장의 품성과 자질이 부족하면 주변에 부담을 주거나 조직 자체를 망가뜨릴 수 있다. 결국엔 옆에서 지켜보는 사람들조차 '저 사람은 위원장을 해선 안 되는데…' 하며 고개를 절래절래 흔드는 당사자가 될 수도 있다.

노조위원장은 자기주장이 너무 강해서도 곤란하다. 물론 최종적으로는 노조위원장이 결정을 내리게 되지만, 논의 과정에서는 상대방의 의견에 충분히 귀 기울일 줄 아는 자세가 필요하다. 즉, 각종 정책이나 사안이 있을 때 신중한 결론을 내려야 할 때는 여러 의견들을 참고하여 결정해야 후회할 일을 덜 만든다. 위원장의 말이 곧 법인 것처럼 행동해서는 절대 존경받지 못한다.

한국노총 서울본부에는 노조 활동을 정말 오래 하신 분이 계시다. 그분의 노조 활동 30년 역사를 들을 기회가 있었다. 그분은 조합원들을 위한 소신도 있고, 사측에 강하게 주장할 수 있는 자신감도 가지고 있었다. 반면에 무척 겸손한 마음의 소유자였다. 세월이 흘러도 초심을 잃지 않는 성실함과 마음을 본받아야겠다고 생각할 때가 많았다. 어려운 업무를 처리할 때도 절대 상대방이 마음을 다치지 않도록 배려하는 모습이어서 자주 감동을 받았다. 성질 급한 나 같았으면 진작 내질렀을 텐데 말이다.

노조를 수십 년 하다 보면 마음에 때도 끼고 때로는 공명심에 들떠 폼 잡고 싶을 때가 있기도 할 텐데, 그분은 전혀 그런 모습이 아니었다. 처음 면담에서는 무뚝뚝한 이미지여서 약간 실망을 하기도 했었는데, 오랜 기간 지켜보니 배울 점이 상당히 많았다. 본인의 주장이 옳다고 생각할 땐 강하게 밀어붙이는 뚝심이 있는 반면에 상대방을 대할 땐 한없이 부드러웠다. 남의 얘기에 도 귀를 기울이되 치우치지 않는 모습

이었다. '나도 저런 모습이어야겠구나'라고 귀감을 삼았다.

둘째, 10년 이상 공무원 생활을 한 사람이 공무원 노조위원장을 맡아야 한다고 생각한다.

공무원 총 경력은 어느 정도 되는데, 노조 전임을 이유로 휴직을 수년째 하다 보니 실제로 현장에서 근무한 경력이 매우 짧은 노조위원장도 더러 있다. 나는 행정실장으로만 20년 넘게 근무했지만, 몇 년 전부터 노조 전임 휴직을 반복했더니 학교 현장에서 일어나는 새로운 정책들이 생소할 때가 있어서, 노조 간부들을 통해 공부한 후 민원을 해결한 경우가 더러 있었다.

공무원 경험을 충분히 쌓아야 경륜이 축적되어 현장의 상황을 이해하기 쉽고, 조합원의 고충에 대한 공감도가 높아지면서 애정도 생겨날 수

있다. 노조 활동하는 분들에게 '노조'를 한마디로 요약하라고 하면 이구동성으로 "현장에 답이 있다"라고 한다. 현장의 경험이 그만큼 중요하고, 정책을 펴는 데 절대적이기 때문이라는 뜻이리라.

셋째, 공부하는 위원장, 정책 아이디어 개발을 위해 노력하는 위원장이면 좋겠다.

석사, 박사 학위를 취득하라는 얘기가 아니다. 현재 처한 환경 전반에 대한 전문성을 키워야 한다는 거다. 서울시교육청은 '교육'과 관련된 기관이다 보니, 학부모들의 관심이 교육청의 교육 정책에 집중되어 있다. 교육 정책이 바뀔 때마다 타 기관보다 시끄럽고, 그에 따른 사안도 많으며 사건 또한 많이 발생한다. 언론에서도 서울시교육감은 수시로 기사화되고 관심의 대상이다. 사안에 따라 서울시교육감은 교육부장관보다 훨씬 더 많은 스포트라이트를 받기도 한다.

'교원이 아닌 일반직 공무원이 교육 정책을 왜 논하지?' 생각하겠지만, 교육감과 상대하려면 교육 전반에 걸친 여러 사안들과 정책을 꼼꼼히 살펴보고, 잘못된 것이 있으면 바로잡을 수 있도록 노조가 나서야 한다. '교원 노조가 있는데 일반직 노조까지 교육 문제에 관여해?'라고 생각할 수 있겠으나, 교원 단체들이 내놓는 정책들이 우리 일반직 공무원들에게 끼치는 영향들이 의외로 많다. 연관성이 있을 수밖에 없기 때문이다. 행정에만 몰두하지 말고 '교육'에도 관심을 가져야 하는 이유다.

또한, 성공하는 노조위원장이 되려면 정책 아이디어를 항상 염두에 두고 생활하는 게 좋다. 나는 설거지하면서 노조 관련 아이디어를 많이 떠올렸고, 현실로 연결해 성사시키는 일이 많았다. 내가 사는 아파트는 주방 창문이 한강과 아차산이 보이는 위치에 있어서 사계절이 변화하는 모습을 눈에 담을 수 있다. 주방에 설 때마다, 집안을 어떻게 꾸려 갈 것인지보다는 '어떻게 하면 노조를 잘 굴러가게 할 수 있을까' 하는 생각들을 주로 했다. 이런 걸 '전문성 신장'이라고 하면 비약이 심하다 할 수도 있겠으나, 각종 아이디어가 주방에서 탄생한 것은 사실이다.

넷째, 사심이 있는 사람이 위원장을 맡지 않았으면 좋겠다.

아주 가끔, 사심이 있는 노조위원장을 만날 때가 있다. 조합원의 권익을 위한다고는 하는데, 가만히 들여다보면 개인의 영달을 위해 노조를 이용하고 있다는 것을 알 수 있다. 본인은 자신의 능력이 뛰어나 노조를 이용해도 다른 사람이 눈치채지 못할 거라 생각하겠지만, 바르지 못한 마음은 언제 어디서든 행동과 언어에서 나타나게 되어 있다.

문제는, 조합원의 처우 개선과 권익 보호라는 신념을 내세워 합리화하다 보니, 자신의 사심에 대해 죄책감을 전혀 느끼지 않는다는 점이다. 그러다 보면 실적을 만들기 위해 진실을 왜곡하거나 하지 않은 일도 했다고 우기고, 손해 나는 일엔 절대로 뛰어들지 않으려 한다. 눈앞의 손해보다는 멀리 내다볼 줄 아는 혜안도 필요한데 말이다.

노조위원장이 자신의 잇속을 챙기려는 속셈을 가지고 노조 활동을 한다면, 결국 그 손해는 누가 보겠는가? 피해는 바로 조합원들에게 고스란히 돌아가고, 심지어 조직에까지 심각한 영향을 미친다. 공무원 노조위원장은 사심이 없는 리더라야 조직을 변화시킬 수 있고 세상을 바꿀 수 있다. 정말 그렇다.

다섯째, 공무원 노조위원장은 조합원이 과반수 이상 차지하는 대표성이 있는 직렬의 위원장이 맡았으면 좋겠다.

공무원 조직 내부엔 여러 직렬들이 존재하는데, 조합원 숫자가 많이 차지하는 직렬에서 노조위원장을 맡는 것이 다수의 의견을 모으는 데 훨씬 유리하다. 노조위원장을 오래 하다 보니 많은 민원이 접수되는데, 당연히 조합원 숫자가 많은 직렬에서 민원 발생 횟수가 잦다. 따라서 정책 개발 또한 다수의 조합원을 위한 것이 많을 수밖에 없다.

직접 겪어 보지 못한 업무를 이해한다는 것은 한계가 있을 수밖에 없을 것이다. 특히, 노조위원장이 정책과 관련하여 사측과 마주 앉아 협상할 때엔 더더욱 본인의 근무 경험이 있어야 사측을 설득하기가 쉽다. 사측이 잘못 이해하는 부분이 있다면, 현장의 경험을 바탕으로 설득해야 상대방을 납득시키기가 수월하기 때문이다.

나의 경우 공직 생활 대부분을 학교 행정실장으로 근무하다 보니, 학교 현장에 대한 민원 내용을 이해하기가 쉬웠고, 해결 또한 빨랐다. 처우 개선도 마찬가지였다. 본청과 지원청, 직속 기관은 아무래도 한계가 있다. 내가 노조위원장을 하면서 직속 기관인 평생학습관에 근무하게 되었는데, 사서직 공무원들의 고민이 무엇인지 알게 되었고 이해하게 되었다. 그들의 처우 개선 또한 필요하다는 것을 말이다. 그래서일까, 본청과 지원청에 근무하는 조합원들이 불만을 제기할 때도 있다. "위원장님은 왜 학교에 근무하는 조합원들만 챙깁니까?" 하고 말이다.

서울시교육청 7천 일반직 공무원 중 정·현원 60% 정도가 교육행정직이고, 나머지는 시설공업직, 전산직, 사서직, 보건직, 시설관리직, 사무운영직 군들로 다양하게 구성되어 있다. 당연히 타 시·도교육청도 이와

유사한 조직으로 구성되어 있다. 소수 직렬 노조위원장을 깎아내리고자 하는 것이 아니라, 노조 활동과 조합원들 간 효율성 측면에서 더 나은 노조가 되길 바라는 마음에서 적은 글이니 오해가 없었으면 한다.

그렇다면 '소수 직렬 공무원은 어디 가서 하소연하나?' 생각할 수도 있는데, 〈서일노〉는 그 대안을 해결하기 위해 소수 직렬 지부장을 두었다. 현재 〈서일노〉에는 14개 지부장이 있는데, 소수 직렬 권익을 대변하는 '시설지부장'과 '전산지부장'을 두고 있다. 〈서일노〉에서는 교육행정직, 시설공업직, 전산직 등 직렬별 공무원의 처우 개선을 위해 똑같은 관심을 가지고 정책을 펴고 있고, 소수 직렬 조합원들로부터 큰 호응을 받고 있다.

여섯째, 공무원 노조위원장의 급여는 본인 직급에 해당하는 급여를 받았으면 좋겠다.

공무원 노조 단체마다 자체 규정이 있는데, 공무원 노조위원장의 급여 기준을 상위 직급 기준에 적용하여 지급하는 노조 단체가 꽤 많은 걸로 알고 있다. 예를 들어 나의 경우, 퇴직이 얼마 남지 않아서 6급 최고 호봉인 32호봉을 적용한다. 그런데 타 노조 단체의 급여 지급 기준을 적용할 경우, 5급 30호봉에 해당하는 급여를 받을 수 있다. '노조위원장이 조합원을 위해 고생을 많이 하니까 그 정도 수준은 지급해도 되지 않을까' 생각하는 노조 간부나 조합원도 있을 것이다. 그러나 반면에 그렇게 생각하지 않는 조합원도 많다는 것을 기억해야 한다.

공무원 노동조합은 노조원이기 이전에 공무원 신분이다. 그렇기 때문에 모든 면에서 원칙을 지켜야 조합원들로부터 존경받을 수 있다. 존경받는 위원장이 되려면 '내가 노조위원장이야!'라는 우월감과 특권에서 벗어나야 한다. 노조 활동을 하니까, 노조원을 위해 고생하니까 특권을 누리려 한다면, 그것은 권력이 되는 것이다. 조합원 위에 군림하는 위원장은 '위원장감'이 아니다. '내가 조합원들을 위해 얼마나 고생하는데, 그 정도 급여는 받아야 되는 것 아냐?'라고 생각하는 위원장이 있다면, 그 직을 내려놓아야 한다. 누가 보더라도 잿밥에 관심이 있는 노조위원장으로 비춰질 수 있으니 말이다.

마지막으로 일곱 번째, '열정 넘치는 사람'이 위원장이 되었으면 좋겠다.

노조 활동을 하다 보면 일에 미쳐야 어려운 일도 잘 해결되고 아이디어도 샘솟는다. 자기가 가진 모든 역량을 쏟아붓고, 매사에 열정적인 사람에게 조합원들은 열광한다. 노조 활동은 사람을 상대로 사업을 하는 것과 같다. 일종의 비즈니스다. 사람의 마음을 얻는 능력이 뛰어난 노조위원장이야말로 성공한 위원장이라 할 것이다.

나는 순수한 열정을 지닌 노조위원장이 우리 조직에 많이 나타났으면 한다. 그래야 조직이 조금 더 좋은 방향으로 나아갈 수 있고, 조금 더 밝아질 수 있을 테니까. 그래야 조합원 모두가 행복할 수 있을 테니까 말이다.

제4부

후배들에게
남기고 싶은 이야기

8, 9급 후배들에게 준 마지막 선물

(서일노 속보) 8급, 9급 5년 미만 저경력 공무원 맞춤형 복지비 500P 상향(1인당 연간 50만 원 인상) 2020년 추가경정 예산 반영 쟁취 / 서울시의회교육위원회 통과(20.06.19. 금.11:11). 올해 하반기 8, 9급 1,600여 명 혜택 : 제10대 서울시의회교육위원 13분, 서울시교육감, 예산담당관, 노사협력담당관 부서의 노고에 7천 지방공무원을 대표해 감사드립니다.

2020년 6월 19일 금요일 오전 11시 20분, 서일노 속보가 조합원들 휴대폰으로 긴급으로 전해진 후, 우리 노조 간부 단체 카톡방에서는 끊임없이 메시지 도착음이 울렸다. 학교에서도, 교육청에서도 후배들이 '난리가 났다'는, '8, 9급 맞춤형 복지비 쟁취'에 대한 현장의 목소리를 전하는 내용이었다. 그 순간, 덕수궁 맞은편 서소문별관 서울시의회의원회관 6층 대회의실에서 추경예산심의 통과 결과를 지켜보던 나와 노조 간부들은

다 함께 환호했다. 보도자료 제271호로 기쁜 소식을 배포하면서 노조 홈
페이지에 짤막한 소회를 실었다.

우리 노조가 지난해부터 줄기차게 강조해 왔던 하위직 공무원에 대한
처우 개선 정책이 드디어 현실화가 되었다. 꿈을 꾸고 그 꿈을 실현하
기 위해 앞만 보며 달려온 결과이리라. 전국 17개 시·도교육청 중 전
국 최초로 8, 9급 하위직 공무원 중 5년 미만 저 경력자에 대한 맞춤형
복지비 500P 상향 추경(안)이 서울시의회 상임위원회인 교육위원회에
서 오늘 오전 11시 11분에 통과된 것이다.
서울시의회 예결위와 본회의 통과라는 절차가 남아 있기는 하나, 교육
위원 13명의 적극적인 지원에 힘입어 1차 관문을 통과한 것이니 별 탈
없이 2, 3차도 통과될 것으로 보인다. 서울시의회 13명의 교육위원과
서울시교육감, 교육청 간부들, 실무부서인 예산담당관과 노사협력담
당관 실무자들의 숨어 있는 노고에 〈서일노〉 조합원 모두 감사하는 마
음을 가져야 할 것이다. 청년우대정책 일환으로 성사된 추경예산 확보
는 새내기 공무원들의 사기진작에 참으로 큰 힘이 되었다. 그들 또한
더 나은 서울시교육청이 되도록 열심히 일하는 조직문화를 만들어 내
는 데 일조할 것이라 확신한다.
〈서일노〉 창립일이 2011년 11월 11일이다. 새내기공무원들의 처우
개선을 위한 맞춤형 복지비 예산 반영(안) 시의회 통과 시각이 공교롭
게도 11시 11분인 것은, 우연의 일치라고 하기보다 무언가 의미를 부
여하고 싶어진다. 〈서일노〉가 미래 지향적인 공무원노조로서의 품격
을 지니고 정책을 우선으로 하는 노조로서 최선을 다해 노력해 왔음을

대내외에 알리는 기회가 된 것에 조합원 모두 자부심을 가져도 좋을 것 같다.

〈서일노〉 집행부가 언제 어디서나 늘 조합원들과 함께하는 노조임을 다시 한 번 증명하게 된 오늘, 〈서일노〉 집행부의 조합원을 위한 전진은 앞으로도 계속될 것이다.

'서울시교육청 일반직 공무원 8, 9급 맞춤형 복지비 500P 인상 추경예산 편성 통과'의 감격적인 성과를 안겨주게 된 경위의 시작은, 새내기 공무원 조합원들의 민원에서부터였다. 하위직 공무원의 경우, 기본 복지 포인트 점수 외에 부양 가족과 짧은 근무 경력으로 재량 점수가 거의 없다 보니 의무 가입 항목인 보험료를 공제하고 나면 연간 혜택받는 금액이 당시엔 6만 원 정도였다. 그들 속이 부글부글 끓을 만도 했다. 정상적이자 당연한 민원이었다.(※민원이 심해지자 교육청은 추경을 통해 인상폭을 높였다. 신규 공무원 9급 기준: 2019년 196,000원과 2020년 563,000원이다.)

새내기들과 함께했던 간담회에서 논의한 9급 1년 미만 신규 공무원의 하소연을 옮겨 본다.

"맞춤형 복지비를 준다고 해서 좋아했는데, 보험료를 차감하고 나니 남아 있는 돈이 4만1천 원이더라고요. 부모님께는 창피스러워 차마 말씀을 드릴 수가 없었고, 함께 공무원시험을 준비한 서울시공무원 친구에게도 자존심이 상해 아예 이야기조차 꺼내지 못했습니다."

(※ 2020년도 서울시 9급 신규 임용공무원의 경우 서울시교육청 9급 공무원보다 1,202,000원을 더 받고 있다. 기본점수 80만 원, 단체보험

보전금액 20만2천 원, 특별포인트(전직원 복지바우처)10만 원, 건강
검진비 20만 원.)

일반행정 지방자치단체와 타 시·도교육청에서는 공무원 가족들도
실손보험에 가입할 수 있는 혜택이 주어졌으나, 서울시교육청 공무원 가
족들은 그 혜택을 받을 수 없었다. 공무원연금공단은 서울시교육청 공무
원에 대해서만 가족실손보험 가입을 거부했던 것이다. 포인트가 너무 낮
아 공단이 손해를 본다는 이유에서였다. 가족들 보호조차 못하게 된 조합
원들의 분노가 노조로 밀려왔음은 당연한 일이다. 또 다른 새내기는, 부
모님께 창피해서 급여를 얼마 받는지 차마 말씀드리지 못하겠다고 했다.

서울시 거주자의 경우, 주거와 교육, 문화 등 기본적인 생활비를 고려
해 책정하는 생활임금이 타 시·도에 비해(월 152,570원) 높기 때문에 실
질적인 소득이 낮다. 당연하게 타 시·도교육청에 근무하면서 동일 급여
를 받는 일반직 공무원에 비해 실질적인 소득이 낮다고 볼 수밖에 없다.
해마다 호봉이 올라가고 급여가 인상된다고는 하나 호봉 간 격차가 미미
하고, 낮은 본봉에 적용되는 2~3%의 급여 인상률은 몇 만 원밖에 되지
않았다. 5년 미만 새내기의 경우, 5년 동안은 기본적인 생활비만 유지해
야 빚을 지지 않는다.

서울시교육청 9급 1호봉의 경우, 2020년 고용노동부가 고시한 최저임
금액에도 미달된다는 사실을 아는 사람들은 그리 많지 않다. (※ 2020년
서울시교육청 생활임금조례 통계자료에 의하면 9급 1호봉 신규자의 최저임
금은 용역계약자 인건비보다 7,510원이 낮고, 생활임금의 경우 기간제 직원
1년 미만자들보다 무려 479,850원이 낮다.)

〈서일노〉가 5년 미만 하위직 공무원을 위해 처우 개선을 해야 사기를 진작시킬 수 있다고 강조할 수밖에 없었던 이유다. 그동안 서울시교육감은 교육공무직들이 사회적 약자라고 늘 강조하곤 했는데, 정작 8급과 9급 저경력 공무원이 사회적 약자임은 알지 못했다.

서울시교육청 새내기 공무원의 실상을 보다 못한 나는, 조금이라도 힘이 되는 사업을 찾기 위해 고민했다. 그리하여 찾아낸 정책이 '근무 경력 5년 미만 8, 9급 하위직 공무원 맞춤형 복지비 500P 인상'이었다. '새내기 공무원을 위한 처우 개선 정책'은 그렇게 시작되었다.

연초부터 새내기 공무원들의 민원이 시작되자 노조 집행부는 발 빠르게 움직였다. 우선 예산심의의 키를 쥐고 있는 서울특별시의회 상임위원회 교육위원인 시의원들을 이해시키고 설득하는 일에 나서기로 했다. 그 중에서도 영향력 있는 시의원들과 5월과 6월에 걸쳐 집중적으로 정책간담회를 실시하였다.

노조 집행부는 구체적인 자료를 만들어 간담회에 참석했고, 시의원들 또한 하위직 공무원들의 처우 개선에 아주 협조적이었다. 교육청이 나서서 하위직 처우 개선을 위해 예산을 편성할 경우 반대하지 않겠노라고 했고, Y모 시의원은 공청회를 개최하여 하위직들의 처우 개선을 적극 지원하겠다고 하여 노조 간부들도 자신감이 생겼다.

이듬해 1월 중순, 노조 집행부는 노사협력담당관과 예산담당관과의 면담을 통해 시의원들과의 정책간담회에서 나온 결과를 전달했다. 추경 예산에 8, 9급 하위직 공무원들의 처우 개선으로 맞춤형 복지비 인상안을 편성해 줄 것을 요청하기에 이른 것이다.

서울시교육청 예산담당관과 노사협력담당과 두 부서에는 후배들이 정말 존경해도 될 만한 분들이 몇 분 계셨다. 노조 의견에 귀를 기울인 것은 물론, 하위직들의 처우 개선이 필요하다는 것을 익히 잘 알고 있었다. 당시 예산담당관의 D 과장과 J 사무관, 노사협력담당관의 H 과장과 L 사무관은 후배들을 생각하는 마음과 업무에 대한 열정이 남달랐다.

D 과장은, 2014년 4월 당시 신규 공무원의 임용 전 교육연수에 따른 교육비를 미지급하던 그동안의 관행을 깨고, 행정안전부의 유권해석을 받아 20기 신규 공무원들에게 혜택이 돌아가도록 했던 당사자이다. 특히 L 사무관은 업무 처리 능력이 뛰어났다. 사무실에 남아 일을 하다가 내게 전화를 걸어서 이것저것 문의를 했는데, 시계를 보면 늘 밤 9시가 넘어선 시각이었다. 내가 다 미안할 정도였다.

이렇게 L 사무관은 맞춤형 복지비뿐만 아니라 다른 정책사업에서도 당시 업무 능력과 추진력이 뛰어났던 Y 노사 담당관과 함께 탁월한 성적과 실적을 내고 업무에 열성적이었는데, 무슨 연유에서인지 모르겠으나 3년 동안 갖은 고생을 다하고서도 원하는 부서에서 밀려났다는 소문이 들려왔다. 교육감이 고민하던 정책을, 그것도 2건이나 해결해서 학교 현장 공무원들을 어둠 속에서 구해 냈는데 말이다. 상을 줘도 모자랄 판에… 참으로 안타까웠다.

예산심의 통과 후, 면담을 가졌던 교육위원인 시의원들에게 감사의 메시지를 보냈더니 답장을 보내왔다.

"마지막까지 후배들 배려하는 모습 감동입니다. 수고하셨습니다 !!"
– J 의원

"끝까지 서일노와 함께하시는 위원장님 대단하십니다. 축하합니다.

서일노 전체 조합원은 위원장님 공로를 잊지 않겠네요!" – C 의원

예산이 추경에 반영될 수 있도록 서울시의회 교육위원장을 비롯해 입김이 센 교육위원들을 상대로 예산심의 전에 다시 면담을 시작했다. 2, 3주 뒤에 노조위원장직을 내려놓을 사람이 면담을 요청하여, 하위직들이 처한 상황과 처우 개선의 당위성과 청년우대정책의 필요성에 대해 계속 강조를 하니 '참으로 지독한(?) 노조위원장'이라고 생각할 수도 있었을 텐데, 조합원들을 위해 애쓴다고 생각했던 듯하다. 내가 끝까지 최선을 다한 것은, 후배들을 위해 해줄 수 있는 마지막 선물이 되기를 간절히 바랐기 때문이기도 했다.

2020년 7월, 드디어 예산담당관에서는 8, 9급 맞춤형 복지비 예산 8억 원을 노사협력담당관으로 배정하였다. 8, 9급 공무원들에겐 오랜 가뭄 끝에 내리는 단비 같았을 것이다. 나는 오랫동안 지고 있었던 무거운 짐을 내려놓은 듯, 등이 허허로울 정도로 가벼웠다.

사실 맞춤형 복지비 지급액은, 서울시교육청뿐만 아니라 모든 교육청 공히 중앙부처공무원과 지방자치단체공무원에 비해 너무 적게 책정되어 형평성이 떨어진다. 이를 계기로 모든 교육청 공무원에게 최소한 다른 지방자치단체 공무원 수준의 복지비를 지급하게 되는 단초가 되었으면 하는 바람이다.

그러나 순조롭게 진행될 것 같았던 복지비는 우여곡절을 겪게 된다. 7월부터 지급되어야 할 맞춤형 복지비는 담당 부서의 판단 보류로 추석이 지나도록 지급되지 않았다. 노조 집행부는 교육청 앞에서 1인 시위를

열흘 넘게 이어 갔고, 코로나를 뚫고 1백여 명이 모이는 집회까지 개최하는 등 총력을 기울였다. 한국노총 서울지역본부 의장까지 나서 겨우 해결의 실마리를 풀었다.

2020년 연말이 다 되어서야 마침내 교육청은 후생복지심사위원회를 열어 8, 9급 5년 미만의 하위직 공무원에게 연간 50만 원의 맞춤형 복지비를 지급하는 공문을 시행하였다.

〈서일노〉가 다섯 달 동안에 걸쳐 투쟁한 결과 얻어낸 정책이었으나 개운찮은 뒷맛을 남겼다. 나 스스로 주체할 수 없는 분노와 아쉬움이 교차한 까닭에, 추후 기회가 된다면 극심한 혼란을 겪었던 기간의 일말의 과정에 대해 소상하게 기술할 수도 있을 것이다.

노동감수성이 뛰어난 조희연 교육감은, 6월말 나와 가진 마지막 간담회에서 "예산을 집행하겠다"는 얘기까지 했었다. 교육감의 올바른 정책을 돕지는 못할망정 눈과 귀를 막고 방해까지 하며 후배들을 고생시킨 집단이 아이러니하게도 지방공무원들이었다니…. 지금은 후배들을 위해 입을 굳게 다물 수밖에 없다. 노조위원장의 한계다.

새내기 여러분! 꼭 정년퇴직하세요

노조를 설립하고 난 이듬해 2012년 가을 어느 날, 내게 전화 한 통이 걸려왔다. 모 교육지원청 노조 지부장의 목소리였다.

관내 소속 초등학교에 교육행정직 7급 공채 새내기 공무원이 교육청으로부터 정기감사를 받았는데, 큰 금액을 변상하는 것은 물론 중징계를 받을 것 같은데 이걸 어떻했으면 좋겠느냐는 내용이었다.

지부장이 전하는 말에 의하면, 새내기 공무원이 급여 업무를 처음 맡았는데 급여에서 교육공무직과 기간제 교사 등으로부터 공제한 4대 보험(국민연금, 건강보험 ,산재보험, 고용보험)을 세입세출 외 현금통장에 넣어둔 채 제대로 정리하지 않아서 과태료를 물게 되었고, 그 금액이 상당하다는 것이다. 해당 직원은 학교장 및 행정실장과 함께 징계 절차에 들어갔는데, 세 사람 모두 큰 금액을 부담하게 되었다는 것이다.

입직 동기들 사이에 소문이 나서 급여 업무를 담당하는 새내기 공무원들의 사기가 떨어지고 있다고 했다. 고참 경력자들도 어렵다는 급여 업무를 왜 굳이 새내기한테 맡겼는지 조금 아쉬운 부분은 있었으나, 행정실에서도 사정이 있었을 거라는 짐작만 했다.

언제부터인가, 서울교육청에 입직한 새내기 공무원들이 사직서를 제출하는 경우가 늘어나고 있다. 혹 신규 공무원이 감당하기엔 복잡하고 까다로운 급여 업무가 한몫하고 있는 것은 아닐까. 심지어 타 지방자치단체로 이직하는 자도 생겨났다. 부모님들은 자녀가 서울시교육청 공무원이라고 주변에 자랑도 많이 하셨을 텐데… 이런저런 소식이 들려올 때마다 안타까운 마음이 들곤 했다.

몇 년 동안 지속해서 급여 업무와 관련한 민원이 우리 노조로 계속 접수되곤 했으나, 노조 집행부도 해결 방안을 내놓지는 못했다. 우수 인재들이 영입되었는데 업무 지원이 잘 안 되다 보니, 이를 지켜봐야 하는 나로선 마음이 편치 않았다.

해결 방안이 무얼까 고민하던 중에 걸려왔던 지부장의 전화는, 곧바로 노조가 주관하는 새내기 업무 지원 연수반 운영으로 이어지는 계기가 되었다. 결심이 서자마자 노조 간부들과 강사 섭외와 연수생 모집, 운영 방법 등에 대해 머리를 맞댔다. 역시 서울시교육청답게 우수한 강사들이 주변에 많아 강사 섭외는 순조로웠다. 연수 내용은 급여 업무뿐 아니라, 계약과 세입 업무, 학교운영위원회 업무 등 다양한 내용으로 연수 프로그램을 추가했다.

드디어 2013년 1월 첫 개강이 시작되었다.

연수를 들을 수 있는 자격은 조합원 가입신청서를 제출한 자로 제한하고, 연수 장소는 노조 회의실 8평의 좁은 공간에 비치된 미니 책상 위에 13개의 노트북을 사용할 수 있도록 전선 연결과 콘센트 부착 작업을 하였다. 노트북 확보는 당시 우리 노조 활동을 긍정적으로 바라보셨던 L모 총무과장님께서 "교육청이 해야 할 일을 노조가 하니 미안하고 고맙다"고 하시면서 지원해 준 덕분이다.

연수는 시작하자마자 반응이 폭발적이었다. 노조 간부들은 조합원 가입자가 늘어나니 신명이 났다. 당번을 정해 퇴근 후 노조사무실에 들러 간식을 제공하고, 연수가 끝나는 늦은 밤까지 새내기 공무원들에 대한 연수 지원을 아끼지 않았다.

연수가 정착될 무렵, 안타깝게도 감사에 지적되었던 7급 새내기 공무원이 결국 사직서를 제출했다는 소식을 듣게 되었다. 우리가 조금 더 일찍 나서서 연수반을 열었더라면 하는 아쉬움이 남았다.

연수 결과는 아주 훌륭했다. 8급 2년 차인 새내기 공무원은 계약 연수를 듣고 나서 1억 원에 가까운 학교 공사를 혼자 진행하여 말끔하게 마무리하였다고 내게 자랑을 했다. 그 신규 공무원은 우리 노조 간부로 영입하였다.

서울시교육청의 새내기 공무원을 위한 연수는 전문적이지 않고 세분화되어 있지 않다. 연수라고 해봐야 임용되기 전에 받는 3주간 연수가 전부다. 실무 위주의 연수라기보다는 공직자로서의 자세와 교육청 업무 전 분야에 걸친 맛보기식 연수를 진행하다 보니, 새내기 공무원이 발령과 동시에 맞닥뜨리는 업무가 스트레스로 작용하는 것 같았다.

특히 새내기 공무원 대부분은 초·중학교에 배치되는데, 행정실 업무는 회계 업무가 주를 이루고 있고, 갖가지 종합행정을 펼쳐야 하는 업무 특성상 공무원 환경에 쉽게 적응하지 못하는 경향이 있다. 첫 발령을 받는 기관에서 본인이 직접 업무를 익혀야 하기 때문에 힘들어한다.

새내기 공무원들을 위해서라도 하루빨리 연수 방법이 개선되어야 한다고 본다. 특히, 4대 보험 업무가 포함된 급여 업무는 시스템이 복잡하고 어렵기 때문에 기피 대상이자 공포의 대상이다. 새내기 공무원들에겐 어마어마한 스트레스다. 초·중학교의 경우 교육공무직 숫자가 2, 30명에 이르고, 중학교의 경우 기간제 교사만 교당 25명 정도라고 하니 4대 보험 관련 업무를 처리하려면 엄청난 시간이 소요된다. 조만간 프로그램이 개선된다고 하니, 앞으로 사직서를 제출하는 새내기 공무원이 줄어들지 않을까 기대해 본다.

서일노가 주관하는 새내기 대상 연수가 서울시교육청에 끼친 영향은 상당했다. 가끔 대의원대회에서 만나는 새내기 공무원들은 내 앞으로 와서 꾸벅 인사를 하곤 했다.

"위원장님 안녕하세요? 지난번 발령받자마자 서일노가 주관하는 급여연수를 받았는데 진짜 유익했습니다. 그 연수 못 듣고 지나갔으면 아마 지금쯤 사표 썼을 거여요. 진짜 큰 도움이 되었습니다."

열심히 하고자 하는 새내기들에겐 연수 종료 후에도 강사들에게 업무 관련 멘토 역할을 해주도록 협조를 당부하기도 한다. 절실하게 도움이 필요한 사람에게 도움되는 일을 한다는 것은 참으로 다행스런 일이자 값진 일이다. 노조의 쓰임새가 이렇게 다양할 수 있다.

몇 년 전부터는 교육청의 협조로 본청과 지원청 컴퓨터실을 이용하고 있으며, 노사문화 우수 행정기관 국무총리 표창까지 받는 우수 사례로도 선정되었다. 그러다 보니 8년째 이어오고 있는 연수는 늘 수강생이 넘쳐 대기자들도 많다.

서울시교육청 컴퓨터실에서 연수 개강식 환영인사하는 위원장

첫날 개강할 때엔 연수 장소마다 찾아다니면서 마이크를 잡는데, 늘 하는 첫마디가 있다.

"새내기 여러분, 꼭 정퇴(정년퇴직)하십시오. 중간에 그만두지 마시고, 힘이 들 때면 언제든지 〈서일노〉의 문을 두드리세요. 〈서일노〉가 여러분을 돕겠습니다."

가끔씩 오가다 만난 새내기들이 "위원장님이 첫 개강 시, '정퇴하세요'라고 해주셔서 큰 힘이 되었어요"라고 하는 경우도 있다.

나는 이제 몇 달 후면 새내기 공무원들이 꿈꾸는 '정퇴'를 눈앞에 두게 된다. 어린 새싹 같은 여리디여린 새내기 공무원들이 업무로 인한 어려움을 이겨 내고 공직 생활을 끝까지 마무리할 수 있도록, 후기 집행부 노조 임원들 또한 그들을 아낌없이 챙기며 긍정적인 역할을 부단히 해나갈 것이라 믿는다.

우리 노조가 지향하는 노조의 방향은 정책 노조에 중점을 둔다. 그러다 보니 파급력이 크다. 그것도 아주 유익한 파급력이다. 신규 공무원 대상의 업무 지원 실무 역량 강화 연수는 타 시·도교육청 노조 단체에도 파급되어 큰 위력을 발휘하기도 했다.

신생 노조인 지방의 S교육청 노조위원장은 '서일노의 새내기 대상 업무 역량 강화 연수'를 벤치마킹해 운영하였다. 그 결과 신규 임용공무원 91%가 노조에 가입하여 연수를 들었다며, 현장 반응이 폭발적이었다고 한다. 그는 "조합원 확보에 이보다 더 좋은 게 없다"며 나에게 몇 번이고 감사의 마음을 전하기도 했다.

좋은 정책은 우리 노조 혼자 취하지 않고, 어떤 노조 단체든지 도움을 요청하면 모든 자료를 무료로 보내준다. "애써서 만든 노하우 자료를 왜 다 퍼주느냐?"는 간부들의 항의도 받고, 간혹 그 공을 가로채는 노조 단체도 있었는데, 내 생각엔 변함이 없다.

업무 향상이 된 공무원이 많으면 많을수록 그 조직은 건강해지기 마련이고, 활기차게 뻗어 나갈 수 있기 때문이다. 우리 조합원이 타 노조 단체에 조금 빼앗긴들 누군가에게 도움이 되었다면, 노조의 궁극적인 방향을 가고 있는 것이기에 전혀 마음 아파하지 않는다.

실제로 노조 활동을 하면서 그런 일들이 가끔 발생하곤 했다. 괜찮은 정책을 내놓으면 다른 노조 단체에서 자신들이 한 것처럼 홍보하는 경우도 있고, 새로운 명칭을 내놓으면 낚아채 가기도 한다. 그러나 결국은 돌고 돌아 다 함께 더 나은 길을 함께 걷고 있는 것을 보게 된다. 나는 상생하고 화합하는 노조가 노동조합 본래의 기능이자 목표라고 생각한다. 공무원 노동조합이 가져야 할 가치관 같은 것 말이다.

새내기 7급 공무원의 업무 실수가 불러왔던 안타까운 사건을 계기로 시작된 신규 공무원 업무 역량 강화 연수는, 이제 우리 노조의 간판 정책으로 자리매김하게 되었다. 타 시 · 도교육청에서도 자리를 잡았다 하니, 이 또한 보람된 일 중 하나가 아닌가!

후배들에게 남기고 싶은 이야기

"청년들아 나를 딛고 오르거라!"

중국의 유명한 작가이자 사상가인 루쉰이 국가의 미래를 짊어질 청년들을 위해 남긴 짧고 강력한 메시지다. 내가 후배들에게 얘기할 때 자주 언급하는 문구다. 노조위원장직을 내려놓고 공직을 떠나게 되면서 사랑하는 후배들에게 노조위원장으로서 하고 싶은 말, 공무원 선배로서 하고 싶은 말은 몇 날 며칠 이야기해도 끝나지 않을 것 같다. 후배들에 대한 애정이 깊은 탓일 게다.

사랑의 반대말은 미움이 아니라 무관심이라고 하지 않는가! 어찌 보면 다 아는 이야기라서 "또 그 소리야?" 하겠지만, 공무원과 노조 일을 겸했던 세월이 수십 년 되는 선배의 경험이라고 생각하고 한 번쯤 귀 기울여 주기를 바란다. 나의 경험담이 우리 조직에 조금이라도 도움이 된다면, 내가 지녀왔던 가치관이 '그나마 쓸모가 있었구나'라고 생각하며 마음 편하게 떠날 수 있을 것 같다.

노조위원장이기 전에 40년을 공직자로 살아온 공무원 선배로서 후배들이 어떻게 행동했으면 좋겠는지 몇 가지를 요약해 보았다. 내가 경험한 것도 있지만, 내가 그렇게 하지 못했기 때문에 후배들만이라도 그렇게 해주었으면 하는 바람을 담았다. 공직자로서 걸어온 긴 세월과 노조위원장으로서 활동했던 경험을 바탕으로 '후배들이 이런 생각으로 자기 자리를 지켜주면 좋겠다'는 당부를 전하고 싶다.

첫째, 자신이 속한 조직을 진심으로 사랑하라.

내가 속해 있는 조직을 스스로 사랑하지 않는다고 생각해 보라. 누가 우리 조직을 위해 애써 주겠는가? 우리 조직을 우리 스스로가 미래 없는 조직이라고 평가해 버린다면, 우리 조직은 형편없는 조직으로 전락하고 말 것이고, 나아가 상대방으로부터도 무시당하게 된다. 그것이 세상 이치다. 자기 자신을 사랑해야 남이 나를 사랑하는 것처럼 조직 또한 마찬가지다. 특히, 교육부 소속 지방공무원인 우리는 샌드위치 조직에 처해 있어, 우리 스스로 장하다고 여기고 자부심을 가져야 그나마 대우를 받을 수가 있다.

예전에는 우리 조직이 교원과 지방공무원으로 구성된 이원화된 조직인 데다 다수가 아닌 소수라는 이유로, 같은 위치의 타 부처 공무원보다 제대로 대우를 받지 못했다. 이제는 교육공무직이라는 새로운 직종의 구성원들이 학교에 다수 포진하면서 교원, 교육행정직, 교육공무직의 3중 구조의 조직으로 변하면서 대우랄 것도 없는 지경에 이르렀다.

1981년 1월 29일자 학교급식법 제정으로 시작된 학교 급식으로 '조리종사원'이라는 직종이 생겨났고, 교원 업무 지원의 명목으로 교무실과 과

23기 신규 공무원
환영 및 서일노 홍보

학실, 방과 후 학교 업무 등, 50여 개가 넘는 직종이 '교육공무직'이라는 이름으로 유·초·중·고등학교에 배치되었기 때문이다. 서울시교육청의 경우만 보더라도, 학교당 교육공무직이 25명에서 30여 명에 이른다. 반면에 행정실에 근무하는 일반직은 고작해야 3명에서 10여 명 내외다.

교육부는 행정 직제상 다수로 구성된 시·도교육청 교원들에게 관심을 기울이지 않을 수 없을 테고, 힘 있는 교원 단체인 교총과 전교조 또한 교육부에 미치는 영향은 대단하다. 교육공무직은 대부분 상급 단체인 '민노총'에 가입하여 스스로의 권익을 보호하기 위해 많은 노력을 기울이고 있다.

실제로 교육공무직의 근로 여건은 예전에 비해 많이 좋아졌다. 교육공무직이란 직종이 학교에 자리 잡기까지는 10년이 채 안 되었지만, 처우 개선과 근무 여건은 우리 지방공무원 못지않게 개선되었다. 교육공무직의 초임 급여는 9급 신규 임용 공무원보다 앞선다. 이러다 보니, 9급 신규 임용 공무원 중에 특히 급여 업무를 맡는 경우, 상대적 박탈감으로 조직에 대한 애정이 없어지는 상황이 되고 말았다.

공무원이기에 감당해야 할 책임과 의무가 있음에도, 저경력자의 경우 교육공무직들보다 상대적으로 낮다 보니 사기가 떨어진 것은 어쩌면 당연한 일인지도 모른다. 어떤 이는 공무원은 호봉제가 있으니 해마다 급여가 인상되지 않느냐고 반문하지만, 5년 정도 지나야 교육공무직과 비슷해진다. 일반인은 이해하기 어려울 것이다. 그러나 엄연한 현실이다.

교육공무직은 공무원이 아닌 근로자이기 때문에 선거철엔 주가도 오른다. 선출직인 교육감, 시의원, 국회의원, 심지어 정부까지 나서서 '교육공무직' 처우 개선을 위해 애쓴다.

요즘 새내기 공무원들은 정부가 자기들에겐 관심도 가지지 않을 뿐더러 처우 개선에 대해서도 노력하지 않는다며 공공연하게 '우리 조직에 이젠 희망이 안 보인다'라고 한다니, 선배로서 참으로 안타깝다. 그러나 공무원이 보수만 바라보고 일한다면, 보수의 비교 우위를 가지고 상대적 박탈감으로 인해 조직에 대한 애정을 가지지 않는다면, 그 조직은 얼마 가지 못해 무너지고 말 것이다. 적어도 공무원이라면 누가 알아주지 않는다고 하여 쉽게 포기하고 자책해선 안 되는 일이다.

내가 초년 공무원 시절인 80년대에는 일반 회사에서의 급여가 공무원 봉급보다 2배 정도 많았지만, 공무원이라는 자존감과 자부심으로 버텨내는 분들이 많았다. 어쩌면 그런 기개와 기상이 모여 지금의 대한민국을 세계적으로 알린 자양분이 되지 않았을까? 공무원으로 입직한 이상, 내가 현재 속해 있는 조직을 위해 무엇을 할 것인지 고민할 수 있는 공직자가 되었으면 한다.

내가 행정실장과 노조위원장이라는 직책에 충실하고자 했던 것은, 그 직책을 사랑했기 때문일 게다. 직위가 주는 권위를 사랑한 게 아닌, 직위가 함의하고 있는 직무와 조직에 대한 애정에 초점을 맞춘 사랑 말이다.

이 글을 대하면서 "공무원 선배님이, 10년씩이나 노조위원장을 하셨다는 분이 '꼰대'였네"라고 해도 어쩔 수 없다. 내가 경험하고 체득한 것은, 내가 맡은 그 직에 최선을 다하고 그 직을 진정으로 사랑하는 일이 곧 그 조직을 위한다는 사실이다. 그리고 그것이 어쩌면 지금의 내가 서 있는 자리가 아닌가 싶다. 주변 상황이 우리에게 불리하게 변해 가더라도, 우리가 우리의 위치에서 제대로 된 일을 해내고 헤쳐 나갈 때 우리 조직의 미래가 보장되는 것이다. 그것이 바로 우리들의 힘이다.

얼마 전, 우리 조직을 정말 사랑하는 사무관을 만난 적이 있다. 후배들을 생각하는 것이 남달랐고, 서울시교육청이라는 조직을 생각하는 마음이 누구보다 뛰어났던 L 사무관의 이야기다. 내가 노조위원장직 10년을 마무리하면서 쟁취한 '8, 9급 공무원 맞춤형 복지비 상향 정책'은, 단언컨대 L 사무관과 더불어 D 서기관, J 사무관이 아니었다면 아마 기초공사도 하지 못했을 것이다.

L 사무관은 맞춤형 복지비뿐만 아니라, 우리 노조가 학교 현장의 어려움을 개선해 달라고 수년에 걸쳐 요구했던 개선 사항을, 이해 당사자들의 많은 반대를 무릅쓰고 뚝심을 발휘하여 해결해 주었다. 물론 적극적인 K 상사의 승인이 있었기에 가능한 일이었겠지만, 업무 담당자로서의 소신이 없었다면 가능했을까? 조직을 위하고 조직에 대한 애정이 있었기에 가능한 일이었다. 당연하게 L 사무관에 대한 존경심이 생기게 되었다.

후배들에게 다시 한 번 강조하고 싶다. 업무를 처리할 때, 우리 조직에 도움이 되는지, 서울 교육을 바로 세우는 일인지를 생각하며 사명감을 가지고 일해 주었으면 한다. 그러면 승진도, 성과급 S도 자연스럽게 따라오기 마련이다. 멀리 내다보는 교육행정이 바로 우리 조직을 위하는 일임을 자연스럽게 깨닫게 될 것이다.

둘째, 주인의식을 가지고 일해야 한다.

상당히 진부하게 들리겠지만, 공무원의 첫째 덕목은 '나라를 생각하는 마음을 가져야 한다'는 것이다. 그런 사명감이 없다면 공직을 떠나는 게 도리다. 공무원이라는 직업이 매월 정기적으로 받는 보수가 있으니 안정성과 편안함이 매력적이고, 정년퇴직 시까지 큰 잘못이 없으면 퇴직을 종용받지 않으니 신분 보장이 되고, 성과 평가에서(영업직 사원들처럼 매월 하는 것이 아니라 1년에 상하반기 2회만 평가) 약간 자존심 상하는 B등급을 받더라도 적당히만 일하면 내 자리는 결코 건드리지 않을 거라고 생각하지 않았으면 좋겠다.

내가 만났던 대부분의 후배들은 '내가 하는 이 일이 교육에 보탬이 되겠거니, 학생들을 위하는 일이겠거니'라는 공직자로서의 기본적인 마음가짐이 있었다. 그러나 간혹 민원을 접수하거나 들려오는 이야기 중에는 그렇지 않은 후배들도 있다는 것을 감추고 싶지 않다. 내가 몸을 담고 있는 서울시교육청이라는 조직이, 서울시교육청 소속 공무원이라는 것이 단지 배경에 불과하고, 다른 곳에 관심을 두는 후배들이 더러 있다는 소식을 접하면서 참으로 안타까웠다. 워라밸을 중요시하는 요즘 시대라고는 하지만, 주인의식을 가지고 공직에 임했으면 좋겠다.

내가 근무하는 곳이 곧 내 집이겠거니 생각하고, 내 집을 건사하기 위하여 일한다면 자연스럽게 하루하루가 즐거울 것이고, 출근하는 발걸음도 상쾌하고 가벼울 것이다. 학교에서도 교육청에서도, '내가 이 조직의 주인'이라는 생각으로 직무에 임하라는 것이다. 주인의식을 가지고 있으면 운동장에서 뛰어노는 학생을 보면서도 '내가 저 아이들을 위해 무엇을 해줄 수 있을까?'를 고민하게 된다.

어쩌면 학교는 제법 큰 중소기업에 속할 수도 있다. 1천 명에 가까운 인원을 관리하고, 1만 평에 가까운 대지 위에 몇 개 동에 이르는 건물과 수십억 원의 재산을 관리하는 중소기업체 말이다. 행정실장의 경우 그 중소기업을 운영하는 CEO라 생각하면서 근무한다면, 주도적인 입장에서 업무를 처리하게 될 것이다. 학교 구성원 모두가 행복해지는 학교를 만들기 위해 힘을 쏟게 될 것이다.

혹시 이 글을 대하는 후배가 있다면 다시 한 번 마음을 다잡고 공직자의 자세가 무엇인지 되짚어 보았으면 한다. 국민을 위한 마음이 열려 있어야 그 자리에 앉아 있을 자격이 있는 것이다. 특히 우리는 대한민국의 미래를 책임지는, 학생 성장을 견인하는 서울시교육청 소속 일반직 공무원이지 않는가! 사랑하는 후배들이 정년퇴직할 때까지 서울 교육을 생각하고, 나아가 대한민국의 미래를 걱정하는 듬직한 공무원으로 최선을 다해 주기를 당부해 본다.

셋째, 모든 사람을 대할 때 인격체로 대해야 한다.

내가 경험했던 민원 발생의 90% 이상은 상대방을 인격적으로 대하지 않는 데서 기인하는 것이었다. 상급자라 해서 '하급자를 함부로 대해도 된다'는 생각, 하급자는 '상급자가 실력과 인성이 부족하니 무시해도 된다'는 생각을 하지 말아야 한다. 속담에 '웃는 얼굴에 침 뱉으랴'라는 말이 있다. 행정실장 모임에 가면 "우리 교장선생님은~"으로 시작하는 이야기가 많고, 8, 9급 하위직들 모임에 가면, "우리 행정실장님은, 우리 국장님은, 우리 과장님은, 우리 팀장님은 ~"으로 시작하는 경우가 많다.

좋은 이야기라면 함께 듣는 사람들도 가슴이 따뜻해져 오지만, 반대인 경우엔 함께 수다를 떨면서도 한편으로는 찜찜한 느낌을 떨치지 못할 것이다. 그 찜찜함은 또 다른 부작용을 만들어 내기도 하고, 은연중에 밝은 마음 대신 어두운 마음이 자리 잡기도 한다. 궁극적으로 정신건강에도 미미하게 영향을 끼칠 것이다.

나는 내 성격의 단점을 잘 알고 있다. 누군가 칭찬할 일이 있으면 폭풍처럼 칭찬하는데, 그 반대의 경우에도 똑같이 폭풍처럼 해댄다. 상대방과의 의견 충돌이나 상대의 결점을 지적할 때도 폭풍처럼 말을 쏟아 내니, 문제가 되지 않겠는가? 지난 세월을 돌이켜 보면 수양의 부족함으로 인해 '내가 참 어리석었구나'라고 반성하게 되지만, 성격이라는 것이 그렇게 쉽게 고쳐지진 않는 것 같다.

서울시교육청 조직 내부에서도 상대방을 인격적으로 대하지 않아 발생하는 민원이 많았다. 그것도 심각한 민원이 더러 있었다. 상사의 괴롭힘을 견디다 못한 모 조합원은, 어머니와 함께 노조사무실로 나를 찾아와 상담을 요청하기도 했다. 민원 내용이 심각하여 총무과와 감사관실에 증빙자료와 강한 메시지를 전달하여 가해자를 인사 조치 하긴 했으나, 피해자는 정신과 치료를 받을 정도로 심각해서 두고두고 기억에 남았다.

특히 가슴이 아팠던 사건은, 지난해 9월 하순 400명의 추모객들이 직장 동료의 안타까운 죽음을 알리고자 서울시교육청 뒷마당에서 촛불 추모제를 열었던 일이다. 우리 노조에서는 사건의 실체를 밝히고 근본적인 대책을 세워달라며 교육청 측에 요구하고, 11개 교육지원청 정문에도 〈지켜주지 못해 미안합니다〉라는 현수막을 걸고, 본청과 지원청에 근무하는 직원 모두가 일주일 동안 근조 리본을 달도록 했다.

그해 10월에 열린 국정감사에서도 서울시교육청 교육감을 상대로 이 사건의 실체를 파악하려고 했지만, 시간이 흐르면서 사건은 흐지부지 되었다. 조직 내부의 쇄신을 외쳤으나, 내가 위원장직을 내려놓을 때까지 마무리가 되지 않았던 사건이라 지금도 아쉬운 대목이다.

어떤 학교에서는 6개월마다 행정실장이 바뀌는 일까지 발생하기도 하는데, 그 모든 사건의 단초는 상대방을 비인격적으로 대하는 데서 발생하는 것이었다. 공무원이라면 기본적인 인격을 갖춘 자가 그 자리에 앉아 있어야 하는데, 그렇지 못할 때에는 조직의 근간이 흔들리기도 한다. 참으로 안타까운 일이다.

적어도 사랑하는 후배들은 희생자가 되지 않기를 바란다. 그러기 위해서는 우선 자신부터 하나의 온전한 인격체라 생각하고, 본인에게도 상대방에게도 예우를 갖춰 직장 생활에 임해 주었으면 한다. 지금은 하위직 공무원이지만 먼 미래엔 상급자의 자리에 오르게 될 것이다. 처음 공직에 입문했을 때의 초심으로 상사든 부하직원이든, 상대방을 이해하고 존경하는 마음으로 대해 주었으면 한다.

넷째, 비굴해지지 말고 당당해져야 한다.

'겸손도 지나치면 부작용을 불러온다'는 것을 나는 직접 경험했고, 지나친 겸손으로 입었던 상처는 아물지 않은 채 크게 남아 있다. 아마 세월이 흘러 두 번째 책을 내게 된다면 '옛날이야기'로 활자화될지 모를 일이다. 관계자들 모두 퇴직한 뒤의 일이 될 테니 말이다.

한 달 전 지방의 K교육청에서, 교육행정직으로 입직하였다가 사직서를 제출하고 교육공무직으로 재입직한 사건이 있었다. 공무원을 내려놓고 비공무원으로 갈아타야 했던 속사정이 무엇인지는 모르겠으나, 요즘 우리 조직이 겪고 있는 현실을 적나라하게 드러낸 사건이 아닌가 싶다. 그러하기에 후배들이 비굴해지지 말고 당당해졌으면 좋겠다.

우수한 성적으로 높은 경쟁률을 뚫고 들어온 새내기 공무원들이 맡는 업무가 잡다하다 못해 도를 넘는 경우가 종종 있다. 서류 복사 심부름과 행사 뒷마무리, 심지어 사무실에서의 휴식 시간에 과일을 깎고 커피잔을 나르게 한다. 그런 일을 시키면 당당하게 "NO"라고 말할 수 있는 용기를 내주었으면 한다.

매사를 분명하게 선을 그을 줄 하는 후배였으면 좋겠다. 비굴하지 않고 당당하게 이야기할 수 있는 맷집을 기르라고 당부해 본다. 맷집 기르는 게 쉽지 않다면 〈서일노〉 노조 집행부에 도움을 청해 보라. 아마 그대들을 도울 것이다. 다시는 그런 일을 당하지 않도록 말이다.

그러니 부디 그대들이여!

당당하게 서울시 교육행정을 선도하는 기둥이 되기를 바란다.

다섯째, 우리 조직에 대해 무관심으로 일관하지 말고 행동으로 옮겨 보라.

프랑스 레지스탕스 투사로 유명한 저자 스테판 에셀은 『분노하라』라는 책을 통해 "무관심은 최악의 태도"라고 일갈하며 "모든 일에 무관심하지 말고 참여해야 한다"고 강조하고 있다.

"이 세상에서 참아 낼 수 없는 일들이 있다. 그것이 무슨 일인지 알려면, 제대로 들여다보고 제대로 찾아야 한다…. 최악의 태도는 무관심이다. '내가 뭘 어떻게 할 수 있겠어? 내 앞가림이나 잘 할 수밖에….' 이런 식으로 말하는 태도. 이렇게 행동하면 당신은 인간을 이루는 기본 요소 하나를 잃어버리게 된다. 분노할 수 있는 힘, 그리고 그 결과인 '참여'의 기회를 영영 잃어버리는 것이다."

서일노
차기 집행부
당선증 교부 후
(전형준 위원장과
이철웅 사무총장)

노조 활동을 하면서 제일 강조하고 싶었던 것은, 단연코 '무관심'으로 일관하는 태도의 사람들에게 경각심을 일깨워주고 싶은 부분이었다. 노조 활동을 하면서 분노할 일에 분노해야 우리가 살아남을 수 있다는 것을 절실하게 깨달았기 때문인지도 모른다. 무관심은 '현재의 상태를 방관하고 묵인하는 다른 형태의 의사 표현'이라고 하지 않는가!

방관하거나 묵인하지 말고, 관심을 가지고 동참해 보라. 그 밑바탕엔 그동안 우리 조직이 당해 왔던 울분이, 그리고 분노가 도사리고 있다는 것을 알 수 있을 것이다. 무관심으로 일관하지 말고 분노할 일이 있으면 다 함께 일어나 그 분노를 표출하는 것이 마땅하다.

스테판 에셀은 무관심을 넘어서 행동으로 나서길 주문한다.

"인간의 핵심을 이루는 성품 중 하나가 '분노'입니다. 분노할 일에 분노하기를 결코 단념하지 않는 사람이라야 자신의 존엄성을 지킬 수 있고, 자신이 서 있는 곳을 지킬 수 있으며, 자신의 행복을 지킬 수 있습니다."

10여 년 전, 스테판 에셀의 88쪽밖에 되지 않는 소책자 『분노하라』라는 책을 처음 대했을 때의 감동이 얼마나 컸던지, 나는 수도 없이 읽었고 셀 수 없이 인용하기도 했다.

'뭉치면 살고 흩어지면 죽는다'는 진리를 실천에 옮겨야 한다. 행동으로 연결되지 못하고, 뭉치지 못한다면 구슬이 서말인들 무슨 소용이 있겠는가! 그걸 꿰지 못하면 보배가 아니라 여기저기에 굴러다니는 구슬로밖에 취급받지 못할 것이다. 구슬을 꿰어 목에 걸고 '우리가 여기에 있노라'고 외치며 행동으로 보여줘야 한다.

그대들은 뛰어난 유전인자를 갖고 있다고 생각한다. 그대들의 자리를 찾아가기 바란다. 무관심을 관심으로 바꾸고, 냉소보다는 참여를, 혼자보다는 함께라는 생각을 가지고 행동으로 보여준다면, 나아간다면 그대들은 튼튼한 반석 위에 올라설 수 있다.

무관심으로 일관하고 분노해야만 하는 일에 분노하지 않는 그대들 앞에 무엇이 기다리겠는가? 아무것도 없다. 어쩌면 그대들이 서 있는 자리조차 없어질 수 있음을 기억해야 할 것이다. 그대들이 누리고자 했던 행복조차 지킬 수 없을지 모른다. "무관심으로 일관하지 마라"는 선배의 충고를 무섭게 받아들여 주기 바란다.

지난 세월을 돌이켜보니, 우리 일반직 공무원들은 분노할 일에 분노하지 않고 무관심으로 일관하여 행동으로 옮기지 못했던 까닭에 '직종 통합'이라는 뒤통수를 호되게 얻어맞았고, 거의 실신 상태에 이른 과정을 거쳐야 했다. 앞으로도 얼마든지 일반직 공무원들에겐 상상하기 어려운 일들이 닥쳐올 것이다. 회오리바람이 몰아칠 수 있는 개연성이 여기저기서 도사리고 있음을 예감한다. 그때가 되면 후배들이여! 절대 무관심으로 일관하지 말고 행동으로 나서기 바란다.

여섯째, 불합리와 부조리에 대해 적극적인 사람이 되길 바란다.

노조 활동을 수십 년간 하다 보니, 불합리와 부조리한 일이 여기저기 셀 수 없이 많이 도사리고 있다는 것을 발견하게 되었다. 나는 불합리를 개선하고 부조리를 없애기 위해 엄청난 에너지를 쏟아부었다. 그 결과 일부는 개선이 되었으나 아직도 많은 부분이 개선되지 않은 채 그대로 방치되어 있다. 어떤 것들은 아직까지 후배들을 괴롭히고 있는 실상이다.

후배들은 아직도 사회 초년병이자 새내기 공무원이기 때문에 이런저런 불합리한 일을 겪으면서도 용기 있게 자기 소신을 말하지 못한 채 끙끙대다가 정신과 치료를 받거나, 결국엔 사직서를 쓰기도 한다. 참으로 안타까운 일이 아닐 수 없다.

수년에 걸쳐 공무원 합격을 위해 얼마나 많은 노력을 기울였을지는 말하지 않아도 알 수 있다. 선배들도 후배들처럼 같은 길을 걸어왔기 때문이다. 그 어려운 과정을 통과한 후배들이 겪는 불합리와 부조리한 현실을 이젠 당당하게 얘기할 수 있기를 당부해 본다. 〈서일노〉는 이제 그대들을 감싸안을 수 있는 힘을 지녔다고 생각한다. 엄청난 힘을 말이다.

일곱째, 상생의 마음으로 화합하길 바란다.

우리 조직은 수십 년 동안 많이 당해 왔다. 셀 수 없을 정도다. 특히 내가 노조를 만들어 활동해 왔던 최근 10여 년 동안에는 '천지개벽'이라는 단어를 써도 무색하지 않을 정도다. 일일이 열거할 수도 없으니 말이다. 그래서 더 힘든 환경에서 근무하게 된 후배들이 더욱 안타까웠는지도 모른다.

그래도 어쩌랴! 분노하면서도 우리는 상생하고 화합해 나가야 한다. 우리가 현재 처한 상황을 받아들이면서 그 한계를 극복해 가야 한다. 우리가 지닌 능력을 최대한 발휘해 가면서 화합하고 상생해 나간다면, 그동안 우리 조직이 처한 수많은 것들을 뛰어넘을 수가 있을 것이다.

후배 여러분은 충분히 그럴 자격과 능력을 지녔다고 생각한다. 교원들과 차별되는 이질감, 직종 통합으로 아직도 피해를 입고 있다고 생각하고 있는 옆자리의 동료, 새내기인 그대들보다 해마다 처우 개선이 나아지고 있는 교육공무직 등이 이제는 우리가 함께해야 할 교육 현장의 동반자라는 것을 인정하고, 함께해야 우리의 미래가 있다고 생각한다.

이제는 우리들의 뭉친 힘으로 우리의 주장을 펼쳐 가면서 타 직종과도 함께 갈 수 있도록 마음을 열어야 한다. 우리 스스로 조직을 사랑하면서 우리와 함께할 수밖에 없는 구성원들과 미래를 열어 가기를 당부해 본다.

제5부

내가 만난
아름다운 인연

<서일노>의 급성장 뒤에는 그들이 있었다

"'삶에서 가장 위대한 영예는 결코 쓰러지는 데 있는 것이 아니라 쓰러질 때마다 일어나는 것이다'라는 남아프리카공화국 넬슨 만델라 대통령의 말씀이 있습니다. 〈서일노〉가 걸어온 길을 대변하는 것 같아서 저는 만델라 대통령의 말씀을 참 좋아합니다. 공무원 생활 30년, 노동조합 활동 10년, 통합 40년 동안 공직자로서 그리고 노조 활동가로서 걸어온 날들을 이제 마감하는 시점에 와 있습니다만, 아이러니하게도 '아쉽다'는 생각보다는 '홀가분하다'는 마음이 드는 게 솔직한 속내이기도 합니다."

2020년 5월 29일 서울시청공무원노동조합 강당, 〈서울시공공노조협의회〉 창립 축하와 〈서일노〉 위원장 종료를 함께 축하해 주는 장소에서 인사말을 했던 나의 퇴임사 중 일부다. 〈서일노〉가 포함된 〈공공노조협의회〉 창립행사에서 초대 위원장으로 추대된 K 위원장이 깜짝쇼를 연출한 것이다. 참 고마운 분이다. 노조위원장 기간 내내 '이 직책이 내게 맞는 자리인가' 늘 회의(懷疑)해 왔기에, 퇴임식이라고는 처음으로 해보는 자리에서 나의 진심을 전달하고 싶었던 것이다.

그리고 7월 1일 아침, 나는 나도 모르게 콧노래를 부르고 있었다.

'이건 뭐지?' 나도 놀랐다. '아! 이제야 내가 자유를 얻었구나. 이젠 어디든 마음 놓고 떠날 수 있는 몸과 마음의 날개를 달게 되었구나!!'. 내 생애 최고의 날, 그날은 공무원 퇴직을 마무리하는 공로연수가 시작된 첫날이었다.

초대 위원장을 맡아 '기초만 닦아 놓고 내려오겠다'고 위원장 자리에 덥석 앉았던 것인데…. 내게 처음 '노조 옷'을 입히고 첫 단추를 꿰어 청중 앞에 나서도록 등 떠민 사람들, '그 옷'이 몸에 맞는 것 같다고 퇴직할 때까지 계절별로 옷을 입혀준 사람들, 춥지 않도록 나를 지켜준 그들이 혹여 실망하진 않을까 말로는 '내려놓겠다', '힘들다' 하면서 이를 물고 싸웠고, 죽을 힘을 다해 버티어 온 것이 〈서일노〉의 역사가 된 것 같다. 나를 믿어준 그들이 없었다면 〈서일노〉도 없었으리라.

〈서일노〉의 노조위원장을 수락하기 전 나는 S공무원 노동조합 K교육청 초대 노조 지부장을 맡고 있었는데, 13개 지부 중 조합원 수가 제일 많았다. 매월 홍보지를 만들어 배포하고, 연말엔 지부 통장 사용 내역을 복사하듯 옮겨 적은 정산서를 발송하는 등, 지부장으로서 최선을 다해 오던 때였다.

그러나 시대의 흐름이 역사를 바꾸기 시작했던 탓인지, 2010년 이명박 정부가 교육행정직들에겐 청천벽력 같은 '직종 통합'이라는 법률 개정으로 뒤통수를 세게 내리친 후, 나의 K지부장 자리도 흔들리기 시작했다.

주변 상황이 교육행정직들에게 불리하게 돌아가자, 우리 지부 기존 조합원 중 입직한 지 얼마 안 되는 새내기 공무원들의 노조에 대한 불만이 점점 거세지기 시작했기 때문이다.

일반직 조합원이 제일 많이 가입되어 있었던 우리 지부는 혼란스러웠다. 하루가 멀다 하고 새내기 조합원들이 전화를 걸어왔고, 심지어 퇴근 후에도 여러 차례 찾아오기까지 했다. 일반직으로만 구성된 노조를 새로 만들어야 한다는 것이 이유였다. 기능직이든 일반직이든 함께해야 우리 조직이 힘을 받을 수 있다고 생각했던 나였지만, 새내기 공무원들이 별도의 공무원 노조를 발족하겠다는 의중을 강력하게 내비치고, 일반직 조합원들의 탈퇴자가 두 자릿수로 늘어나게 되자, 나도 행동에 나서지 않을 수 없는 상황이 되었다.

지부장으로서 조직이 무너지는 것을 지켜볼 수 없었다. 당시 통합 노조를 발족해 운영하던 공동위원장에게 조합원 대량 탈퇴에 따른 대책을 내놓으라며 공개적인 요구를 하기에 이르렀다. 그러나 2년 전, 두 노조 간 통합 당시 '일반직 공무원과 기능직 공무원이 함께해야 우리가 살아남을 수 있다'라는 명분과 기능직 공무원들 숫자가 더 많았던 상황에서, 위원장들은 끝내 입을 열지 않았고 답변을 내놓지 못했다.

이 난국을 헤쳐 나가기 위한 노조 창립과 그 조직을 이끌 리더가 필요했다. 그러나 시기가 시기인 만큼 아무도 선뜻 "내가 일반직 공무원 노조 위원장을 맡겠다" 말하는 사람은 없었다. 결국 일반직 공무원 지부장으로서 많은 실적을 올리고 있던 내게 화살이 쏠렸고 압박이 들어왔다. 저녁마다 사람들을 만났고 설득당했다.

마침 그해 서울시교육청 초중고 행정실장협의회가 결성되는 시기였

고, 서울 시내 600여 개에 이르는 초등학교행정실장협의회장을 맡았기 때문에, 이런저런 이유로 내가 적격자로 보였던 것 같다.

나는 밖으로 보기엔 상당히 활달해 보이지만 수줍음을 잘 타는 편이다. 그 수줍음을 넘어서려면 욕 안 얻어먹고 잘해야 한다는 자신감이 있어야 하고, 행동과 말이 일치하는 모범을 보여야 하는데, '과연 내가 그 자리에 앉을 만큼의 능력자인가' 아무리 자문해 봐도 자신이 없었다. 특히, 경상도 사투리가 심해 의사 전달이 잘되지 않는다는 것 또한 나의 발목을 잡는 이유 중 하나였다. 노조 지부 운영은 자신 있었으나 위원장이란 직책은 정말 너무 부담이 컸다. 잠이 안 올 정도였으니 말이다.

이랬던 내가 그나마 '한 번 해봐야지' 하고 용기를 낼 수 있었던 것은 여러 분의 도움이 있었기에 가능했다.

첫 번째로 P가 있다. P는 노조 관련 전반에 대한 통찰력이 독보적이었다. K노조 연맹에서 전체 사무를 총괄하며 근무했던 P는, 공인노무사 시험에 1차 합격까지 하였으나 서울시교육청 7급 공무원으로 진로를 바꾸었다. 이후 공무원 노조가 설립되자 관련 노조 단체의 일을 하게 된 것으로 알고 있다. P는 판단력이 탁월했고, 보도자료나 기자회견문을 작성하는 역량도 뛰어났다.

P는 〈서일노〉의 기초를 놓는 데 일익을 담당했다. 그러나 정말 아쉽게도 그는 3년 뒤 노조를 떠났고, 그 뒤 내가 짊어진 무게는 엄청났다. '서일노의 제갈량'이 떠나자 보도자료 작성하는 일부터 많은 것들이 내 몫이 되었기 때문이다. 한동안 힘든 시간들을 견뎌 내야 했지만, 4년 동안 지부장으로 활동했던 경험들이 알게 모르게 버팀목이 되어주었고, P와 함께했던 3년이란 세월이 '얼굴 없는 멘토'가 되어 나와 〈서일노〉를 무너지지 않게 받쳐주었다. 아직도 나는 '위원장' 감은 내가 아니라 P가 적격자였다고 생각한다.

두 번째로는, 내가 위원장직을 내려놓기 전까지 나를 도와준 J가 있다. 2007년쯤엔가 나와 같이 노조회의 석상에서도 자주 만나곤 했는데, J는 초창기에 노조 활동을 조금 하다가 한참을 쉬었다. 몇 년 전 J의 소문을 듣고 내가 도와 달라고 요청하자 흔쾌히 수락해 줘서 고마웠는데, 위원장직을 내려놓을 때까지 나와 함께했다.

J는 P에 버금갈 정도의 능력자였다. 특히, 정책 분야에서 뛰어난 실력을 발휘했다. 판단력 또한 아주 뛰어나서 '저런 친구를 청와대 보내 놓으면 정말 좋은 교육 정책이 많이 나올 텐데' 하는 생각이 들 정도였다. J는 〈서일노〉의 인재였다. 서울시교육청 '인재'로서도 손색이 없다고 생각한다.

세 번째로는, 이 책에 자주 등장하는 K 행정실장이다. 내가 위원장으로 나서자, K 행정실장은 내가 맡았던 지부장을 맡게 되었다. K교육지원청 소속의 초등학교 행정실장협의회를 나와 함께 발족했다. 업무와 관련하여 수시로 접하다 보니 노동조합 분야에서도 어려운 일이 있을 땐 자연스럽게 K에게 의견을 물어보게 되었고, 차츰 노조와 관련된 의견 교환 비중이 늘어나게 되었다.

노동조합에 대한 이해도가 P를 따라갈 정도는 아니었으나, 노동조합의 성격상 사람들과 관계된 사안들이 대부분이어서 K 행정실장의 조언은 큰 도움이 되었다. 성격이 급하고 직설적인 언어를 사용하는 내게 '완급의 묘'를 살리도록 애써준 K의 자문은 두고두고 고마워할 일이다.

네 번째로는 〈서울특별시교육청일반직공무원노동조합〉 상임집행위원회, 즉 '서일노' 임원들이다. 대한민국 공무원 노동조합 명칭 중에서 아마 우리 노조 명칭이 가장 길지 않을까 싶다. 그 명칭에 걸맞게 임원진 면면이 능력자다. 노조 지부 14개 중 본청지부와 시설지부, 전산지부를 빼면 11개가 교육지원청 소속이다. 11개 지부장 대부분이 초·중학교 행정

서일노 임원들

실장협의회장을 맡고 있거나 간부를 맡고 있으니, 검증된 노조 간부라 해도 지나치지 않다.

아마 전국 시도교육청 노조 단체 중에서 이렇게 우수 인재들로 채워진 임원진 구성은 없다고 장담한다. 내가 아는 바로는 말이다. 소수 직렬을 대표하는 시설지부장과 전산지부장도 '전문직 분야'에서는 업무를 비롯해 모든 면에서 '엄지 척'에 속하는 베테랑들이다. 하위직을 대표하는 근무 경력이 짧은 부장급 노조 임원도 인재들을 데려다 앉혀 놓으니, 본청이나 지원청으로 인사 발령을 내곤 해서 충원을 자주 해야 할 정도다.

〈서일노〉가 10년간 잘 버티어 온 이유 중 하나가 이들 간부들의 헌신적인 활동이 있었기 때문임은 말할 나위가 없다.

다섯 번째, 누가 뭐래도 '서일노 성공'의 일등공신은 '서일노 조합원'들

조직 개편 반대 집회

이다. 정말 그렇다. 101명으로 시작한 신생 노조인 〈서일노〉가 짧은 시간에 3천 명을 눈앞에 둔 것은 대단한 일이다. 그것을 증명한 사건이 있었으니, 서울시교육청이 2018년도 11월 중순에 시도했던 '조직 개편'이다.

교육청 정문 앞에 기자회견 당일 1천 명이 모여들었다. 그해 추운 겨울 11월부터 12월까지 교육청과 시의회 앞에서 집

회와 시위를 이어 갔으니, 이런 것이 바로 '서일노의 힘'이 아니겠는가! 하나로 뭉치는 힘, 하나가 되기 위해 기꺼이 편안함을 내던지는 용기를 가진 조합원들이야말로 〈서일노〉를 지탱하는 힘이자 미래다.

이런 훌륭한 조합원들이 뒤에서 버티고 있는데, 노조위원장이 세상 두려울 게 뭐 있겠는가! 부당함에 대해 당당하게 나가 싸울 수 있는 힘! 불합리한 일에는 잘못되었다고 소리 높여 외칠 수 있는 힘! 그 모든 것들이 모여 〈서일노〉를 일으켜 세웠고, 절대 무너지지 않을 큰 산이 되도록 했던 것이다.

이처럼 〈서일노〉의 급성장 배경에는 수많은 조합원과 후원회원들의 똘똘 뭉친 힘이 있었다. 무관심이 아닌 관심! 무심함이 아닌 사랑! 내가 떠난 뒤라도 〈서일노〉는 성장해 나갈 것이다.

행운을 가져다 준 멘토, 키다리 아저씨

〈서일노〉 조직의 완성은 아마도 '키다리 아저씨'가 계셨기에 가능했을지 모른다. 조합원 3천 명에 다가설 수 있었던 힘은 그분을 만난 후 이뤄졌다고 해도 과언이 아니다.

노조 활동을 하면서 난제가 돌출하고 아쉬움이 묻어날 때마다 '현장 경험이 풍부한 멘토와 힘 있는 상급 단체가 있다면 좋을 텐데' 하는 바람이 있었다. 다행스럽게 2017년 9월 〈서일노〉의 한국노총 서울지역본부 가입으로 실질적 위상이 점증하는 계기가 되었고, 행운이 따랐는지 지역본부에서 노동조합에 대한 신념과 가치, 노조위원장이 지녀야 할 덕목과 성품을 두루 갖춘 분을 만났다. 그분이 바로 S 의장님이시다.

짧은 만남일지라도 한 사람 또는 조직에 미치는 영향이 강렬하다면, 그것도 어려울 때마다 동화 속의 '키다리 아저씨' 같은 분이라면, 그 인연을 시작으로 새싹이 강인한 나무로 성장할 수 있는 계기가 되었다면, 그 '만남'이 어찌 고귀하지 않다 하겠는가!

멘토는 인간이 지닌 본래의 선한 품성으로 뭇사람들에게 의미 있는 영향력을 발휘하는 분이어야 한다고 생각한다. '뜻으로 읽지 말고, 몸으로 읽어라'라는 격언을 실천하는 노조위원장이야말로 리더의 자질과 능력을 갖추었다고 본다. 그런 면에서 S 의장님은 배울 점이 참 많았고 인상적이었다.

S 의장님은 서울특별시 한국노총 지역본부에 가입된 조합원 20여만 명의 조직원을 이끄는 리더십과 경험으로, 신규 가입 노조원들의 어려움이 닥칠 때마다 산별 노조 단체들과 함께 우릴 도왔다. 우리 노조에 대한 자상한 관심과 배려에 보답하고자 지역본부의 작은 행사에도 빠지지 않고 참가하다 보니 그분만이 가진 장점을 발견할 수 있었는데, 상대방을 대하는 태도와 조직 관리에 상당한 내공을 갖추신 분이라는 걸 알게 되었다.

의장님은 특히 '노조위원장으로서 상대방 마음에 흠집을 내지 않으면서 얘기하는 대화의 중요성'을 강조하셨는데, 오랜 기간 수천 명에 이르는 조직을 이끈 내가 사측 입장에서 보면 한없이 거칠었을 수도, 타협을 모르는 강한 노조위원장으로 비쳤을지도 모를 일이다. 그분에게 귀동냥하는 횟수가 늘어날수록 '이 인연이 조금 더 앞당겨졌더라면 인간관계에 대해 유연하게 대처했을 것이고, 나로 인해 상처받은 분들이 줄어들었을지도 모를 텐데' 하는 아쉬움이 밀물처럼 다가오곤 했다. 내 눈에 비친 그분은 노조 후배이자 인생 후배인 나에게 진정 뛰어난 멘토였다.

그분이 평소에 자주 하셨던 말씀을 옮겨 본다. 노조 간부라면 새겨들어야 할 내용이다.

"사람이 대화할 때의 표현법을 보면 그 사람의 미래가 보인다. 노조위원장으로서 본인의 인격을 스스로 높일 수 있도록 대화할 때 위원장은 늘 신경을 써야 한다. 처음 만난 사람을 상대할 때는 늘 면접 관계라 여겨라. 이는 상대에게 나의 언행과 태도가 그 순간 고스란히 전해지는 시간이기 때문이다. 그의 두뇌에 나의 행동과 생각들이 각인되는 순간이라 생각하라. 노사관계, 조직 간 관계, 사람과의 관계 등, 상대방 마음을 움직이는 것은 곧 말의 힘이기도 하다. 특히 노조 단체를 이끄는 리더의 말 한마디가 곧 그 조직의 성패를 좌우하는 일이자 성공하는 지름길이다."

올해 상반기 대중교통 파업과 관련한 내용이 뉴스에 오르내렸던 때의 일이다. 당사자로서 단체교섭 현장에 참석했던 노무사에 의하면, 의장님의 협상력이 아주 뛰어나셨다고 했다. '평소 그분의 대화법이 단체교섭에서도 진가를 발휘했구나'라는 생각이 들었다.

단체협상 과정이나 노사관계에서 문제점이 발생하면, 사측과 일촉즉발의 갈등이 첨예하게 대립할 수밖에 없다. 그런 상황에서도 지혜롭게 돌파구를 찾는 능력이 탁월하시다고 하니, 초빙 강사로 모셔서 10년이 넘도록 단체교섭을 타결하지 못하고 있는 우리 노조 간부들과 함께 원인 분석과 해법을 찾아보고 싶기도 하다.

특히 그분의 약자에 대한 배려는 감동적이다. 서울본부 의장 취임 후엔 수년째 사무처 직원들의 급여가 너무 낮은 것을 안타깝게 여겨 급여를 대폭 인상시켜 주기도 했다고 한다. 그분 취임 후 본부 산하 조합원 가입률이 해마다 늘어났으니, 조직 규모의 확대에도 수완이 뛰어나셨다. 신

한국노총 서울지역본부 의장님과 함께 - 노조 간부 워크숍

생 가입한 우리 조직에도 차별 없이 고등학생과 대학생 자녀에 대한 장학금 지급과 워크숍 연수비 지원 등으로 〈서일노〉의 위상 제고에도 큰 역할을 해주신 분이다.

　나와 〈서일노〉에 있어서 S 의장님은 동화 속 '키다리 아저씨'와 흡사 닮았다. 외모뿐만 아니라 내면까지 훌륭한 인품과 뛰어난 공감 능력, 불의를 보면 저항하고 강한 추진력으로 바른 길을 걸어가시는 분, 한없이 부드러운 덕장… 〈서일노〉에 행운을 가져다준 분이다. 나에겐 훌륭한 멘토이고, 〈서일노〉엔 든든한 버팀목이자 어마어마한 큰 산이다.

　2018년도 겨울이었다. 서울시교육청이 발표한 조직 개편이 7천 지방공무원 조직 자체를 와해시킬 정도의 내용을 담고 있었다. 언론을 통해 내용을 접한 우리 노조는 지방공무원 조직의 근간을 흔드는 일이라 적극 방어에 나섰다. 지방공무원 전체가 분노로 들끓었고, 우리 노조는 이를 막아 내고자 사활을 건 싸움을 시작하였다. 교육청과 시의회 앞에서의 집회는 우리 노조 창립 이래 집회 군중 1천 명을 모으는 기염을 토했고, 집회 성금만 4천만 원을 훌쩍 뛰어넘는 기록을 세웠으니, 사측과의 싸움이 얼마나 치열하였겠는가?

11월 말에 시작된 싸움은 이듬해 1월, S 의장님의 적극적인 측면 지원과 중재로 겨우 막아 낼 수 있었다. 당시 사측과 우리 노조가 주고받은 공격과 방어는 상상을 초월할 정도였다. 그해 겨울 한국노총 산별노조연맹 위원장들과 함께 교육청 정문 앞 차가운 아스팔트 바닥에서 함께해 주시지 않았더라면, 우리는 지금쯤 상당한 후유증을 겪고 있을 것이다.

S 의장님의 협상 능력은, 올해 하반기 많은 논란이 있었던 교육청 소속 8, 9급 5년 미만 하위직 공무원들의 맞춤형 복지비 추경예산 확보와 집행 과정을 성공으로 이끌며 정점을 찍었다.

당초 하위직 공무원들의 사기진작책으로 추진되었던 예산이 무슨 이유에서인지 갑자기 미지급으로 선회하면서 또다시 뜨겁게 쟁점화하였는데, 이 사안을 끝까지 힘써 마무리한 분도 S 의장님이시다. 〈서일노〉 조합원 모두 이분에 대한 은혜는 결코 잊어서는 안 될 일이다.

사태의 문제점을 단숨에 읽어 내는 혜안과 상대방과의 싸움에서 결코 물러서지 않는 집요함을 갖춘 돌파력과 추진력, 노동계에서 보기 드물게 인품을 갖추신 분…. S 의장님은 진정한 휴머니스트이자 노동 현장의 살아 있는 전설이다.

100년에 한 번 나올까 말까 한 K 행정실장

온 세상 다 나를 버려 마음이 외로울 때도
"저 맘이야" 하고 믿어지는 그런 사람을 그댄 가졌는가

　몇 년 전, 연수 중 있었던 일이다. 강사께서 친구에 대한 주제를 던져 주며 작문을 써내라고 한 적이 있었다. 그때 불현듯 함석헌 옹의 「그대 그런 사람을 가졌는가」라는 시가 생각나 두 번째 단락에 나오는 시구를 인용해 K 사무관에 대해 짧은 글을 써서 발표한 적이 있는데, 수강생들의 반응이 꽤 괜찮았다.

　인연(因緣)에 대해 많은 사람들은, 본인에게 도움이 되는 좋은 인연과 그 반대인 경우의 인연에 대해 한두 가지 기억들을 갖고 있을 것이다. 특히 나의 경우에는 공직 생활 40년 동안 노동조합 활동 14년을 했고, 더구나 노조위원장직을 10여 년 맡았으니, 수없이 많은 사람들을 만났고 또 각기 다른 성향의 사람들과 교류했다.

좋은 인연을 맺은 사람들이 훨씬 더 많았겠으나, 법정 스님의 「함부로 인연을 맺지 마라」의 글에 나오는 것처럼 '어설픈 인연으로 그들에 의해 삶이 침해되고 고통을 받았던, 진실 없는 사람에게 진실을 쏟아부은 대가로 엄청나게 큰 벌'을 받았던 기억이 있다. 이런 다양한 인연들 속에서 친구이자 동지였으며, 동료였고 멘토였던 K는 너무도 좋은 기억으로 영원히 기억할 것이다.

K 사무관과 나의 인연은 보통은 아닌 것 같다. 내가 글을 쓸 기회가 있다면 1순위에 넣고 싶은 사람이 바로 K 사무관이었으니 말이다. 그녀와의 인연은 K교육지원청 초등학교 행정실장으로 있을 때부터이니, 지금으로부터 15년 전으로 거슬러 올라간다. 행정실장 모임에서 만나 얘기를 하다 보니 일곱 살이나 아래였음에도 나와 통하는 것이 많았다. 키가 큰 편이라 처음부터 눈에 띄었고, 성격이 활달하면서 학교 업무에 대해 아주 자신감 있고 조리 있게 말을 잘했다.

K교육지원청은 행정구역상 K구청과 S구청을 동시에 관할하는 지원청으로서 초·중학교만 100여 개나 되고, 60여 개 가까운 초등학교는 당시 대부분 전교생의 숫자가 1천 명이 넘었다. 그런데도 초등학교 행정실장협의회가 조직이 안 되어 있어 행정실장들 간 정보 교환이 매우 어려웠다. 지방에서 올라온 지 1년 6개월밖에 안 된, 지방 전입 행정실장이었던 내 눈에는 지방에 비해 행정실장들의 배짱이나 기개가 약해 보였다. 아무래도 서울 지역이라 여성 공무원들이 70%를 차지하다 보니 그랬던 것 같다.

'이렇게 큰 학교가 많은데, 어떻게 이제까지 행정실장협의회도 없이 지내왔을까?' 싶어 확인해 봤더니, 여성 행정실장 모임이 있어서 협의회를 조직하지 않았다는 것이다. 그럼 남자 행정실장들은 어디 가서 업무 정보를 얻었단 말인가?

나와 K는 초등학교 행정실장협의회 조직에 착수했다. 초등학교 행정실장협의회를 필요로 하는지에 대한 설문조사도 실시하고, 회칙도 만들어서 초고속으로 조직을 완성했다. 기존의 여성 행정실장 모임에서는 약간 회의적이었으나, 60여 개 초등학교에서는 업무에 대한 정보 교환이 필수인데 머뭇거릴 여유가 없었다.

드디어 내가 K교육지원청 초대 초등학교 행정실장협의회장을 맡고, K 실장이 총무를 맡아 운영을 시작했다. K는 아이디어도 많았고, 일 처리도 명쾌하면서 아주 빠르게 잘했다. 사고와 행동도 나랑 너무 잘 맞아 모든 일이 일사천리로 진행되었고, 교육지원청과의 협조도 잘 이뤄져서 K교육지원청 초등학교 행정실장협의회 전성기 시대를 열었다.

조직 완성 후 협의회가 활성화되기 시작하자 장족의 발전을 거듭했다. 다양한 자체 연수를 실시하여 행정실장들의 편익을 크게 증진시키다 보니, 협의회 집행부에 대한 신뢰가 쌓여 가기 시작했다. 나중엔 교육청과 초등행정실장협의회가 함께 1박 2일 연수까지 다녀오는 등, 있는지 없는지 모를 정도였던 행정실장으로서의 자리가 인정받기 시작했다. 또한 경험하지 못했던 것들을 새롭게 인식하게 되자, 서울시교육청 11개 교육지원청 중에서 운영이 제일 잘 되는 초등학교 행정실장협의회로 소문이 나서 타 교육지원청 행정실장들조차 부러워했다.

K와 나는 교육지원청과의 협력을 강조했다. 당시 해당 교육지원청이 전국 377개 공공기관 청렴도 평가에서 뒤에서 두 번째인 376등이라는

최악의 최하위 점수를 받자, 협의회가 나서서 급식 공동구매 연수를 자체적으로 실시하여 교육장의 적극 협조까지 얻어내었다. 그 후 지원청이 청렴도 평가에서 2위까지 오르는 쾌거를 기록했다.

협의회는 아주 긍정적인 방향으로 흘러갔다. 학교 간 업무 정보 교환도 쉽게 하여 각종 계획서 수립 및 서식 공유도 실시간으로 진행, 학교 업무 표준화에 상당한 영향을 주었다. 행정실장들에게 물품 구매 시 최저가 구매를 유도하여 업무 경감은 물론 예산 절감에도 기여했다. 이를 계기로 K교육지원청 행정사무 감사에서 마이크를 잡은 서울시의회 시의원은, 모범 사례를 들어 K를 공개석상에서 칭찬까지 했다. 학교 행정실장들의 호응이 대단했던 것은 말할 나위 없다.

같은 직장 동료도 아니고 근무 기관은 달랐으나, K 실장과 나는 학교 업무 처리와 사안 공유에 그렇게 쿵짝이 잘 맞았다. 우리 둘은 정말 신명 나게 일을 후딱후딱 잘 처리해 나갔다. 오죽하면 내가 K 실장에 대해서 '100년에 한 번 나올까 말까 한 행정실장'이라고 말하곤 했을까. K 실장은 모든 면에서 탁월한 학교 일꾼이었던 것이다.

K가 근무하던 학교에 노조 가입을 권유하는 노조 단체가 찾아오자, 급식실 조리종사원들이 그들을 내보내면서 "우리 학교는 행정실에서 너무 잘해 주기 때문에 노조가 필요 없다"라고 할 정도였다고 한다. 다른 학교로 정기이동하자 당시 비정규직원들이 너무 아쉬워하며 옮긴 학교로 인사를 왔다고 했다.

당연히 상사인 학교장과의 유대 관계는 물어보나마나였고, 교사들과의 업무 협의도 막힘이 없어 근무지 학교마다 행정실장과 업무 협의를 많이 해야 하는 부장교사들의 칭찬이 많았다고 한다. M 여자고등학교 행정실장으로 근무 시, 전교조 출신 학년부장이 K 사무관의 업무 처리 방식에 감동해서 "내가 30년째 교사 생활 해오면서 K 행정실장님 같은 분은 처음 봅니다"라고 하더란다.

K 사무관은 학생들이나 학교에 대한 애정도 사뭇 남달랐다.

학교를 옮긴 지 얼마 되지 않아 토요일 오전에 K의 근무 학교로 찾아간 적이 있다. "주말에 학교에 왜 나왔냐"고 했더니 "개학이 낼모레인데 공사 마무리 점검과 교내에 먼지가 너무 많이 쌓여 있어서 주말을 이용해 복도와 교실 등 학교 전체를 대청소한다"는 것이다. 직원들은 토요일이라 나오지 못하게 하고, 본인은 집이 학교와 가까우니 주말에 나와서 청소 감독을 한다는 것이다. 그런 쾌적한 학교에서 근무하는 교직원이나 학생들은 얼마나 행복했겠는가?

본청 주관으로 학교 관련 연구를 진행할 때 T/F 구성원으로 학교 업무에 대한 해박한 지식을 가진 K 사무관을 몇 번 추천한 적이 있는데, 본청 담당자들이 이구동성으로 "좋은 분 추천해 주셔서 정말 고맙습니다"라고 나에게 고마움을 표시하곤 했다.

문제 해결에도 뛰어난 능력을 발휘하고, 행동과 말이 거의 동시에 이뤄지는 K는 내가 봐온 공무원 중 최상급의 공무원이었다. 그러다 보니 나의 노조 활동 기간에도 업무 협의나 인간관계에 대한 고민 등을 제일 많이 나눈 동료가 되어주었다.

K는 초등학교 행정실장협의회장과 K교육지원청의 노조 지부장도 겸했는데, 14개 노조지부 중 조합원 가입률 90%를 넘겨 타 지부장들의 부러움을 사기도 했다. 지금도 노조 고문으로 활동하며 후배들의 권익 향상을 위해서 큰 도움을 주고 있다.

K는 설득력도 남달랐다. 학교조직 법제화 사안을 국회에서 입법으로 다뤄 교육문화위원회 법제심의를 앞두고 〈전일련〉 노조 간부와 국회의원 지역구 조합원들이 국회 교육·문화위원회와 면담회를 가졌는데, K의 논리적이고 체계적인 말솜씨에 국회의원조차 K를 칭찬하면서 학교 행정실 현황과 문제점에 대해 많은 관심을 보였다. 다른 국회의원과의 면담 중에도 그 의원은 K에게 "참 말을 이해하기 쉽게 잘하네요"라고 덕담을 건넨 적도 있다.

K는 강의 실력도 뛰어나서 서울시교육청 연수원에서 인기 있는 강사로도 널리 알려졌다. 직원들과의 관계 유지에 대해서 강의하면 강의 도중 많은 박수를 받곤 했다고, 강의를 지켜본 어떤 사무관이 내게 귀띔을 해 주기도 했다. 나와 함께 타 시·도교육청을 방문하여 '행정실장의 역할'에 대해 사례 발표 형식의 특강을 한 적이 있는데, 행정실장들의 호응이 대단했다. 훌륭한 품성과 뛰어난 업무 분석 능력은 K의 사무관 동료들도 인정하는 바여서, 초임 사무관으로 임관되어 고등학교 발령을 받는 동료들은 K에게 조언을 구하기도 한다.

모든 면에서 모범을 보인 공무원이었으니 여기저기서 '대단한 행정실장'이라는 소문이 났고, 함께 근무하는 행정실 직원들 모두가 "우리 실장님 최고"라는 찬사를 듣는 K였기에 모범 공무원으로도 선정이 되었다. 또한 〈서일노〉 주관으로 서울시교육청 일반직 공무원 중 '칭찬받는 인재 선정'에서 '최고의 동료'에 선정되기도 하였다.

행정실장으로서의 업무 외에도 교육지원청에서 주관하는 어려움에 처한 학생들을 돕는 장학사업 총무를 6년간 맡아 활동하는 등 업무 외의 일에도 아주 적극적이어서인지, 3년 전에 드디어 사무관으로도 승진하는 쾌거도 이루었다. 사무관 심사 승진 시험장에서 일어났던 일을 얘기하는데 한참을 웃은 적이 있다.

실적심사가 엄격하고 까다로워 수험생 모두 진땀을 흘리기 십상이다. 그런데 K가 심사를 마치고 나올 때 심사위원 중 꽤 연세가 있으신 교수님 한 분이 "업무에 대한 열정이 넘치네, 참 말도 잘하네" 하더란다. 당연히 그해에 사무관 합격의 영광을 안았다. 상사와 동료, 하위직 공무원들이 참여하는 다면평가 점수 또한 매우 높아서 사무관 승진에도 크게 영향을 끼쳤다고 한다.

뛰어난 품성과 업무 능력을 조화롭게 갖춘 K 사무관의 앞날에 큰 영광이 있기를… 지금도 크게 응원하는 마음에는 변함이 없다.

이쯤 되면 많은 사람들이 '아마 집안일에는 소홀하지 않았을까' 생각할 수도 있겠지만, 그녀는 가정에도 충실했다. 남편이 막내아들임에도 신혼 때부터 18년간 시어머니를 모시고 살았고, 분가한 이후에도 5년째 주말마다 찾아뵙고 있다. 남의 집안 사정을 어떻게 그리 잘 알까 궁금해 할 수도 있겠다. 사실 K는 시어머니가 홀로 계신 양평에서 주말마다 농사일을 거드는데, 큰 텃밭에서 따온 농산물을 가끔 나에게 전해 주기 때문에 그 실체를 아는 것이다.

이렇게 멋진 동료가 내 옆에 있다는 것은 행운이다. 나는 이렇게 아름다운 인연을 15년 동안 이어오고 있다. 주변에서는 나와 K를 실과 바늘 같다고들 한다. 100년에 한 번 나올까 말까 할 정도의 행정실장인 K는 서울 교육의 큰 인재이다. 한국의 자랑이다.

위원장님. 이제 제가 마음의 짐을 벗었습니다

동상을 세워드리고 싶다고 했다. 진심이었다.

17개 시 · 도 교육청 소속 6만 3천의 지방공무원들이 모두 기억해야 할 분, 바로 행정안전부의 Y 과장님이시다. 내가 언급할 네 번째 이야기의 주인공은, 나의 14년 노조 활동 중 '지방공무원 수당' 하면 먼저 제일 먼저 떠오르는 행정안전부의 Y 과장님이다. 수당 쟁취에 대한 공(功)을 적으려는 것이 아니라, 수당을 이끈 분의 노고(勞苦)를 잊어서는 안 된다는 의미에서 '그분'에 대한 기록을 남기고자 한다.

위의 제목은 행정안전부에서 수당 업무를 담당한 Y 과장님께서 학교 근무 행정직원들에게 지급하는 '특수직무수당' 법령이 국무회의를 통과한 지 30여 분쯤 지난 시각에 전화로 내게 한 첫마디다. 이어지는 말이 더 감동이었다.

"수당 금액이 적어서 아쉬움이 있지만, 일단 법령을 이끈 건 다행이고… 앞으로 수당을 인상하는 것은 아무래도 법령 만드는 것보다는 쉬울 테니 노조 활동을 통해 이어가면 될 겁니다. 이번 수당 지급의 큰 의미는, 학교 행정실에 근무하는 공무원들이 민원 업무를 비롯한 각종 종합행정을 하고 있음에도 불구하고 그동안 인정받지 못했는데, 수당을 통해 그 공을 인정받은 것이라고 생각합니다."

교육부도 아닌 타 부처 간부님의 기쁨에 찬 목소리를 전해 듣는 순간, 울컥하는 마음에 눈물이 났다.

행정안전부 Y 과장님을 통해서 『인간적인 너무나 인간적인』이라는 니체의 책 제목을 떠올린다. 언젠가 기회가 되면 Y 과장님께 감사했던 마음을 세상에 알리고 싶었다. 이런 기회가 주어져서 정말 다행이다. Y 과장님은 지난해(2019년) 국장님으로 승진하여 공직자로서 소임을 다하신 후 올해(2020년) 6월 말 정년퇴직을 하셨다. Y 과장님은 누가 뭐래도 행안부에 근무하는 공무원 중 최고의 '진또배기'임에 틀림 없다.

Y 과장님은 2016년도에 우리 노조가 심혈을 기울여 쟁취하고자 했던 '특수직무수당'의 초석을 놓았던 분이다. 15년이란 긴 세월 동안 행안부의 '인사통'으로 통하며 공무원 보수와 각종 수당을 제·개정하는 데 힘 쓰셨다. '교육청 소속 학교 행정실에 근무하는 직원들에게 지급하는 특수직무수당' 제정을 이끈 후, 그해 11월에 다른 부서로 전출해 가셨다.

행안부 업무 담당 과장으로서 타 부처 공무원들의 의견에 귀 기울이며, 소수 직렬의 소외된 마음을 위로하고 사기를 올려주고자 무던히도 노력하셨다. 그러나 인사혁신처의 어처구니 없는 판단(?)인지 모 단체의 입김에 의한 것인지 원인은 불분명하나, 학교 행정실 특수직무수당 지급에 관한 법률 제정이 첫해에 물거품이 되었다. 이듬해 다시 법령 개정을 추진하게 되자 많은 관심을 가지고 이를 지켜보셨던 것 같다.

어쩌면 노조위원장이 행안부를 내 집 문지방 넘나들 듯이 수시로 방문하며 소속 공무원의 권익을 위해 애쓰는 모습을 지켜보셨기에 더 애착을 가지셨던 것은 아닌가 싶다. Y 과장님은 교육부 공무원들보다 더 교육행정직의 처우 개선에 적극적이었던 분이시다.

21세기로 접어들어 '수요자 중심의 교육'이라는 패러다임의 변화와 함께 학교 현장으로 다양하고 복잡한 정책들이 폭탄처럼 쏟아지고 있다. 요즘의 학교 행정실은 3, 40년 전의 학교 행정실과는 판이하다. 교육부에서는 학생과 교원 중심의 교육을 위해, 교원 수를 늘리고 급당 학생 수를 반 이상으로 줄여 나가면서 상대적으로 교원 우대 정책을 펼쳐 왔다. 반면에, 지방공무원들은 정원을 감축하여 해를 거듭할수록 우리들의 업무 환경이 열악해져 갔다.

이러한 변화된 학교 현장의 사정을 Y 과장님은 우리 노조를 통해 어느 정도 이해하셨고, 일한 노고에 상응하는 수당을 지급하는 것이 조금이나마 사기진작책이라고 생각하셨던 것 같다. 따라서 Y 과장님은 우리 노조와의 면담 이후 수당 관련 업무를 추진하는 데 상당히 적극적이셨다.

업무 담당 과장으로서의 소명의식을 가지고 도와주신 Y 과장님의 마음을 나로선 짐작만 할 따름이다. 그분은 심지어 부서를 옮긴 뒤에도 옮긴 부서의 업무 경험을 바탕으로 노조 간부 중 행정실장이 다수인 우리 멘티들에게 열심히 귀를 기울여주셨다. 또한, 어려운 문제를 어떻게 처리할지 고민된다는 질문에는 명쾌한 답변을 내놓아 유능한 멘토가 되어주시기도 했다.

Y 과장과의 첫 면담은 2015년도 9월, '특수직무수당 검토의견서'를 전달하는 시간으로 거슬러 올라간다.

Y과장은 행안부 지방인사제도과 방문 시 담당 과장님이셨다. 수당 지급의 타당성 관련 논의를 진행 중 관찰한 바로는, 여느 중앙부처 공무원들처럼 고압적이지 않았고, 건성으로 답하지도 않았다. 상대방의 말에 진심으로 귀를 기울이는 모습이 역력했다. 상대방에 대한 배려가 몸에 밴 것 같았다.

노조와의 첫 면담임에도 무려 2시간에 가까운 시간을 할애해 주셨다. 행안부 소속이다 보니, 학교 현장에서 근무하는 지방공무원의 실태에 대한 현황이 궁금했던 이유도 있었을 것이다. 공무원 인사 관련 업무를 오랫동안 맡아서인지, 타 부처 다른 직종의 공무원 인사에 대해 업무는 물론, 공무원 수당 업무 전반에 걸쳐 해박한 지식을 가지고 있었다. 그럼에도 보기 드물게 노조를 잘 이해하고 소통하고자 노력하는 간부님이었다.

우리 노조가 심혈을 기울이며 노력한 '특수직무수당' 쟁취 과정은 지난(至難)하고도 복잡한 과정을 거쳤다. 억울함과 분노, 아쉬움과 안타까움, 환희와 기쁨 등 인간이 지닌 모든 감정을 특수직무수당을 쟁취하는 과정에서 나만큼 경험한 이는 아마 없을 것이라고 장담한다. 병설유치원 겸임수당 쟁취와 더불어 말이다.

Y 과장님과 관련된 특수직무수당 및 병설유치원 겸임수당 쟁취 과정은 다른 곳에서 상세하게 다루기로 하겠다.

Y 과장님은 17개 시·도교육청 소속의 유치원과 초·중학교에 근무하는 행정직 공무원들에게 지급하는 '특수직무수당(겸임수당)' 개정에 큰 공로를 세웠다. (※고등학교는 학교운영지원비를 학부모로부터 징수하

여 관리 수당 명목의 수당을 받고 있다는 이유로 아예 제외시켰다. 특수직무수당은 관리수당과 전혀 상관이 없음에도 불구하고 말이다.)

Y 과장님이 아니었다면 '특수직무수당과 병설유치원 겸임수당'을 쟁취할 수 있었을까?

추측컨대 '아니'라고 생각한다. 교육부와 행안부를 수십 차례 방문하여 담당자들을 면담한 결과, 그들의 태도를 접하면서 내린 나의 판단 기준에선 그렇다. 병설유치원 겸임수당과 특수직무수당 지급에 대한 법률을 Y 과장 재직 시에 제정하지 못했다면, 내가 퇴직하는 시점인 2020년에도 아마 제 노조 단체들은 행안부와 교육부를 상대로 줄다리기하며 왈가왈부하고 있을 것이다. 법률적 근거가 있다, 없다 실랑이를 하면서 말이다.

물론 특수직무수당 지급을 이끄는 데 T/F를 만들어 「수당 지급 검토 보고서」를 만든 전국일반직공무원노동조합연맹(※나는 전일련 노조를 창립하여 초대 위원장을 맡아 4년간 활동했다) 집행부의 숨은 노고가 많더라도, 지방공무원 법령을 관장하고 있는 행안부를 설득하지 못했다면 결코 성사될 수 없는 사안이기 때문이다.

노조 단체들이 행안부 장관을 만나 사진 몇 번 찍으면 수당을 쟁취할 수 있다? 글쎄… 어느 정도 가능성은 있을지 몰라도, 나의 판단으로는 "해당 부서를 설득하지 못하면 성사시킬 수 없다"고 단연코 말할 수 있다. 그동안 수도 없이 교육부, 행안부, 인사혁신처 등 중앙부처를 드나들면서 부처의 협력적 태도가 없으면 법률적 토대 마련이 불가능하다고 생각했기 때문이다.

교육부장관이나 행안부장관이 실무를 어떻게 알겠는가. 해당 부서에서 수당 지급의 타당성을 검토한 후 장·차관에게 필요성을 보고하고 설득해야 하는데, 그게 그리 쉬운 일이 아니다. 수당을 지급해야 하는 근거와 논거가 명확해야 한다. 해당 부서에 장·차관의 지시가 내려져도 해당 부서에서 이건 이래서 안 되고 저건 저래서 안 된다고 실무 부서에서 의견을 내면, 수당 지급 건이 성사될 리 만무하다. 노조가 아무리 애를 써도 말이다.

지난 5월 7일, 〈서일노〉 위원장으로서 마지막 행사가 될 제16차 정기 대의원대회를 열었다.

회의가 시작되기 전, 70여 명이 넘게 참석한 대의원들과 함께 동영상을 시청했다. 4월 말 노조 간부들이 Y 과장님을 방문하여 공로패를 전달했던 영상과 〈서일노〉 대의원들에게 Y 과장님이 전하는 당부 메시지를 담은 동영상을 시청하는 내내 마음이 울컥해져 왔다.

공로패 전달 후 Y과장님과 함께

Y 과장님은 본인이 소속된 행안부 소속도 아닌 타 부처인 교육부 소속 공무원의 겸임수당과 특수직무수당이라는 두 개 항목의 수당을 지급하기 위해 최선을 다하셨다. Y 과장님이 교육부 산하 지방공무원의 수당 지급에 관한 법률 제정을 성사시키려고 노력하시는 모습을 보면서, '대민 서비스'도 중요하지만 공무원이 공무원을 위한 '대공 서비스'도 중요함을 일깨워준 분이라 생각했다.

사기가 북돋워진 공무원들이야말로 대민 서비스에도 조금 더 친절하게 대할 것이고, 대한민국의 미래를 위한 일에도 긍정적인 생각으로 다가가지 않겠는가? 끝까지 책임을 다하는 '참다운 공직자의 모습'을 보면서 '공직자로서의 사명감이란 저런 것이구나'라는 마음이 나를 숙연케 했다. 퇴직을 앞둔 나에게 큰 울림이 되었다.

내가 만나 왔던 공무원 중 '엄지 척'의 주인공을 위해 공로패를 전달하고, 그분의 '공직자로서의 가치'를 세상에 알려 도움받은 이들이 고맙고 감사하게 생각하고 오래도록 기억해 주는 것…. 내가 '그분'을 위해 할 수 있는 마지막 선물이기도 하다.

"Y 국장님, 진심으로 감사합니다."

노조위원장이 된 중학교 행정실장

중학교 행정실장은 공무원노조 조합원이 될 수 없다는 원칙을 뛰어넘은 남자, 그래서 그가 더 값져 보였던 멋진 사나이… 그는 수도권의 C교육청 노조위원장 K다. K 위원장은 정말 삽시간에 노조위원장이 된 분이다. 아무리 생각해도 그렇게 노조위원장이 탄생한다는 게 쉬운 일이 아닌데, K 위원장을 통해 '위원장 할 사람은 따로 있는가 보다'라는 생각을 새삼 하게 되었다.

K 위원장과의 인연은 정말 뜻하지 않은 곳에서 연결되었다. 수도권에 위치한 C교육청은 일반직 노조가 결성이 안 되어 있어 줄곧 아쉬워했던 교육청이다. 2017년 10월 어느 날, C교육청 초·중·고 행정실장협의회장이었던 L 사무관으로부터 연락이 왔다. C교육청 초·중·고 행정실장 대상의 연수에 이 위원장이 와서 특강을 해줬으면 좋겠다고 했다.

L 사무관은 나와 얼마 전에 행정실장협의회와 관련하여 인연이 닿아 이런저런 의견들을 가끔 주고받은 적이 있다. 협의회장을 맡았던 L 사무관은,

협의회를 운영해 보니 일반직 공무원들의 권익을 보호할 필요가 있다는 것을 실감하게 되었고, 그것을 '노조'라는 조직을 통해 도와주고 싶어 했다.

2017년 11월 8일 오후, 사무총장, 수석부위원장과 함께 협의회가 열리는 연수 장소를 향해 출발했다. 서울에서 승용차로 편도 2시간이 걸리는 거리였다. 연수 장소가 도서관이었는데 제법 넓었다. 행정실장협의회가 주관하는 연수였음에도 강당엔 많은 인원이 앉아 있었다. 특강 제목은 '바보는 늘 생각만 한다'였다.

내용은 〈서일노〉의 노조 활동이 주를 이루었으나, 노동조합이 존재해야 일반직 공무원들의 권익을 보호받을 수 있다는 데에 초점을 맞췄다. 서일노의 노조 활동 대부분이 일반직 공무원들의 권익 보호에 관한 것이고, 나아가 업무 개선에 관한 것들이 많았기 때문에 행정실장들의 호응도 꽤 괜찮았다.

나는 사투리가 심하고 말이 빨라 특강을 해 달라는 요청이 오면 '혹시나 전달이 잘 안 되면 어쩌나' 하는 이유에서 약간 긴장하는 편이다. 그러나 마이크를 잡고 진행하다 보면 금세 잊어버린다. 행정실장협의회장과 노조위원장을 오래 해서인지, 경험이 많아 사례 중심으로 얘기하다 보면 청중들이 너무 재미있어 하기에 나도 모르게 신명이 나서 시간을 초과하는 경우가 더러 있다.

특강이 끝난 후 연단을 내려오는데, 어떤 행정실장이 다가와서 명함을 건넸다. "오늘 위원장님 강의가 정말 감동이었다"며 칭찬을 하는 게 아닌가! 평소 자기가 생각하고 있던 것들을 실천에 옮기는 모습을 보고 인사를 드려야겠다는 생각이 들었다면서 다시 악수를 청했다. 그가 바로 K 위원장이다.

회의가 끝나고 우리 노조 간부와 C교육청 행정실장 임원들이 저녁식사를 함께하게 되었는데, 명함을 건네준 K 행정실장도 참석하게 되었다. 평소 행정실장협의회 임원들과 K가 친분이 있었던지라 동석해도 어색하지 않은 자리였던 것이다. 식사를 하면서 K 행정실장의 이야기를 듣다 보니, 교육에 대한 가치관도 뚜렷했고 공무원 조직에 대한 애정도 남달랐다. 또한, 일반직 공무원의 열악한 처우에 대해서도 안타까운 생각을 가지고 있었다.

긴 시간은 아니었으나 대화 내내 아주 겸손했고, 품성 또한 남보다 뛰어나다는 것을 느꼈다. 분위기를 보다가 내가 먼저 말을 꺼냈다.

"C교육청에 일반직 노조를 설립해서 노조위원장을 맡아 보면 어떻겠습니까?"

K는 말도 안 되는 소리라면서 펄쩍 뛰었다. 내가 의견을 내놓은 뒤 다른 참석자들도 이구동성으로 K를 설득하기 시작했다. K의 고집도 여간 센 게 아니었다. 이런 얘기 저런 얘기 등 내가 알고 있는 모든 것을 동원해 일반직 노조의 장점을 들어가며 설득하고 또 설득했다. 참석자들도 나한테 힘을 보태 초대 위원장을 맡았으면 좋겠다고 줄기차게 회유(?)했지만, K는 움직이지 않았다.

벽에 걸린 시계는 밤 11시가 다 되어 가고 있는데 마음이 조마조마했다. 나도 물러서지 않았다. "오늘 수락을 안 하시면 이곳에서 자고 내일 다시 얘기하겠다"고 배수진을 쳤더니, 한참을 아무 말이 없더니 11시가 넘어서야 드디어 수락을 했다. 단, 조건이 있다고 했다. "서일노가 많이 도와줘야 한다"는 조건이었다.

그 뒤 C교육청 일반직공무원노동조합 노조 설립은 급물살을 탔고,

2017년 11월 30일 노동조합이 탄생했다. C교육청에 일반직 노조가 설립되었으면 좋겠다고 평소에 노래를 부르고 다닐 정도였으니, 감회가 얼마나 컸겠는가? 더구나 노조 설립 신청서를 고용노동부 C지청에 접수하러 갔을 땐 K 위원장과 동행까지 했으니 당연한 일이었다.

그러나 짧은 시간 안에 설립된 노조는 우여곡절을 많이 겪었다. 제일 큰 걸림돌은 K가 "중학교 행정실장이기 때문에 조합원 자격이 안 된다"면서 고용노동부 C지청에서 좀체로 승인해 주지 않은 것이었다. 그동안은 전국 시·도교육청 소속 노조 단체 대부분이, 중학교 행정실장들을 후원회원으로는 인정했으나 조합원 범주에는 넣지 않았다. 왜냐하면 중학교 행정실장이면서 일반직 공무원들이 직원으로 있을 경우에는, 인사 업무에 해당하는 근무 평정을 하는 위치에 있었기 때문이다.

그러나 2013년 12월 12일 직종 개편이 되면서 기능직 공무원과 일반직 공무원들의 근무 평정 업무가 초·중학교에서 교육지원청으로 이관되었고, 행정실장에게 주어졌던 인사 권한이 없어졌다. 행정실장들의 인사 권한이 소멸되자 당시 전국일반직공무원 노조위원장을 겸하고 있던 나는 경기도가 지역구였던 국회 환경노동위원회 소속의 국회의원을 만나 설득하고, 고용노동부에는 유권 해석을 요구하는 공문을 〈서일노〉 위원장 명의로 발송했다. 2015년 4월 13일의 일이었다.

고용노동부 공무원 노사과에서는 마침내 2015년 5월 12일 "인사·보수·예산 등의 단순 집행 업무를 수행하는 6급 이하 행정실장은 행정기관의 입장에서 업무를 수행하는 것으로 보기 어려운 바"라는 유권 해석 공문을 전국 시·도교육감에게 내려 보내 각급 학교에 배포하도록 했다. 단, 단서가 붙었다. 업무분장표에서 행정실장이 실제 일을 맡아 해야 할 경우에만 조합원 자격이 주어지도록 한 것이다.

그러나 무슨 이유에서인지, 고용노동부가 각급 학교로 배포하라고 공문에 명시했음에도, 몇 개 시·도교육청을 제외하고는 대부분의 시·도교육청에서 학교로 공문을 배포하지 않았다. 기존 노조 단체의 압박이 있었는지, 아니면 일찌감치 기존 노조 단체의 눈치를 봤던 것인지는 모를 일이다. 심지어 내가 있는 서울시교육청에서조차 공문을 재이첩하지 않았다가, 내가 항의하자 그제야 공문을 내보냈으니 말이다.

요즘 초·중학교 행정실은 정원을 대폭 감축하여, 행정실장이 실무를 맡지 않으면 직원들이 고생을 많이 한다. 10여 년 전부터 학교 현장이 수요자 중심 교육으로 바뀌면서 업무량이 폭주했기 때문이다. 요즘 들어 부쩍 일반직 공무원 조합원 가입자가 급증하는 이유는, 역설적이게도 우리들의 권익이 바닥을 치고 있고, 처우 개선이 나아지지 않는다는 반증은 아닐까 짐작해 본다.

10년 전부터 일반직 노조가 있어야 된다고 강조했으나 다들 남의 일처럼 생각하다가, 갈수록 근무 여건이 열악해지자 이제야 노조의 필요성을 일반직 공무원들이 체득하는 것 같아 무척 안타까운 마음이다.

K 위원장도 많은 고민을 했던 것 같다. 힘들게 수락해서 노조 설립을 하려는데 승인이 미뤄지자 안타까웠는지 C지청 담당자를 설득하기 위해 15쪽에 이르는 '중학교 행정실장도 조합원이 될 수 있다'라는 내용의 검토보고서를 써서 제출한 것이다.

노조 설립 승인이 시간을 끌자 나는 수시로 K 행정실장에게 물어보곤 했는데, 지청에서 답변을 안 준다는 것이다. 어느 날 하도 답답해서 C지청에 전화를 했는데, 노사과 업무 담당자가 내게 이렇게 말했다.

"노조 설립을 승인해 주기로 했습니다. K 위원장님 검토보고서를 보고 감동 받았습니다."

이게 무슨 소린가 자초지종을 들어보니, C지청에서는 전국 시·도교육청 노조 단체 중에 중학교 행정실장이 노조위원장을 한 사례가 없어서, 설사 승인을 해준다 해도 나중에 책임 문제로 피해가 돌아올 것 같아 심사숙고하느라 시간이 지체되었다고 한다.

그런데 K 위원장이 제출한 15쪽짜리 검토보고서를 보고 승인하게 되었다는 것이다. K 위원장에게 축하 전화를 하면서 도대체 어떤 내용이 담겨 있길래 노사 담당자까지 감동시켰냐며 보고서를 보내 달라고 해서 읽어 보니, 승인해 줄 수밖에 없는 내용의 수작(秀作)이었다. 내가 봐도 완벽하게 '중학교 행정실장도 조합원이 될 수 있다'는 내용이었기 때문이다.

K가 노조위원장에 당선되고 난 후 신생 노조인 C교육청 노조에 대한 여론을 들어보니, 업무 능력이나 품성이 아주 훌륭한 분이라서 위원장을 보고 노조에 가입하는 조합원이 많다는 것이다. '아하, 성공했구나'라며 쾌재를 불렀다.

K 위원장의 진가는 다른 곳에서도 발견되었는데, 그것도 우연한 기회였다. 전교조 해직 교사 출신의 S교육청 교육감을 면담한 적이 있었다. C교육청 노조의 임원 한 분이 마당발이라서 교원 단체의 간부와 친하게 지냈다. 그가 S교육청 교육감과의 면담이 예정되어 있으니 같이 가자고 해서 함께 지방으로 내려가게 되었다.

교육감을 면담해 보니 상당히 소탈했다. 교육감과의 면담에서 나는 거의 얘기를 하지 않았고 K 위원장이 주로 얘기했는데, 일반직 공무원들의 권익뿐만 아니라 교육에 대한 전반적인 부분에 대해 깊이 있는 업무를 꿰고 있어서인지 교육감과의 대화가 아주 진지했다. 동석한 우리 모두 K 위원장을 다시 보는 계기가 되었다. K 위원장은 교육청에서 오는 모든 공문서를 꼼꼼히 읽어 본다고 했다. 교무실 쪽 업무라고 해서 소홀해서도 안 된다는 것이다. 조직 구성원들을 이해하고, 학생들의 학업과 관련되는 모든 교육 정책 전반에 대해 훤하게 꿰뚫고 있어야 교육행정을 처리하는 데 도움이 된다는 게 K 위원장의 소신이었다.

교육청 공무원 노조위원장 중에 K 위원장처럼 생각하는 리더가 과연 몇 명이나 될까? 교육은 어느 한쪽이 잘한다고 되는 게 아님은 분명하다. 교육행정도 중요한 이유다.

K 위원장과의 인연은 조만간 있을 나의 퇴직으로 말미암아 뜸해지고 있다. 밝고 맑은 목소리, 조리 있는 말솜씨, 확고한 교육철학과 가치관, 조합원들에게 모범을 보이는 리더가 거기 있었다. 새내기 위원장인데도 10년 정도 위원장을 한 것처럼 야무졌다. 전국 시·도교육청마다 K 위원장과 같은 리더가 많이 배출되었으면 하는 게 나의 바람이다.

내가 만난 전국교육청공무원 노조위원장 중 최고로 꼽아도 손색이 없을 K 위원장의 희망 찬 미래가 기대된다. 나 또한 열심히 응원할 것이다. K 위원장의 성공이 우리 모두의 성공으로 이어질 수 있도록 말이다.

부록

퇴임사
후배들의 메시지
서일노가 걸어온 길

서일노 위원장직을 내려놓으며… 당부드립니다

가야 할 때가 언제인가를

분명히 알고 가는 이의

뒷모습은 얼마나 아름다운가.

⋮

결별이 이룩하는 축복에 싸여

지금은 가야 할 때

－ 이형기 님의 詩 「낙화(洛花)」 중에서

서울특별시교육청일반직공무원노동조합 조합원 그리고 후원회원 여러분, 안녕하십니까?

서울특별시교육청일반직공무원 노조위원장 이점희입니다.

10여 년을 저와 함께해 주신 여러분께 진심을 담아 감사의 인사를 드립니다.

저는 당초 위원장 임기 종료일보다 6개월 앞당긴 2020년 6월 30일 '서일노 호' 선장직을 내려놓게 됩니다. 이형기 시인의 「낙화」 한 구절을 첫머리에서 언급한 이유입니다.

2011년 10월 초 〈서울특별시교육청일반직공무원노동조합〉이라는 간판을 내걸며 '노조 기초를 닦은 후 2년의 임기를 채우면 위원장을 내려놓겠다'는 다짐을 2020년 정년 6개월을 앞에 두고서야 지키게 되었습니다.

2011년 11월 11일 101명을 태우고 항해를 시작했던 '서일노 호'는 2020년 6월 현재 3천 명을 실은 거대 선단(船團)이 되어 대한민국 교육 행정의 중심을 향해 나아가고 있습니다.

10여 년에 걸친 저의 노조 활동은 서일노 조합원 여러분들의 뜨거운 관심과 응원이 없었다면 힘든 길이었을 것입니다.

미숙함도 때론 따뜻하게 감싸주시고, 미덥지 못했지만 '괜찮아' 하면서 손잡아 주셨고, 속상함이 하늘을 찌를 땐 함께 모여 울분을 토해 주시고, 우리들의 권익이 보호받고 인정받았을 땐 함께 박수치며 함성을 지르셨던 여러분이 〈서일노〉 역사의 주인공들이었습니다. 우린 우리 스스로를 장하다 여기게 되었고, 조금씩 더 나은 세상으로 나아갔습니다.

슬픔과 기쁨을 함께해 주신 서일노 3천 회원 여러분께 다시 한 번 진심으로 고개 숙여 감사를 드립니다.

10년 전, '노조위원장이란 직책을 과연 내가 잘 이끌어 나갈 수 있을까' 고민하고 또 고민하다가 '아무도 가지 않은 길을 내가 한 번 걸어가 보자'고 용기를 내자, 그동안 보이지 않았던 것들이 보였고, 세상이 조금씩 바뀌어 간다는 걸 온몸으로 깨닫기 시작했습니다.

공무원 조직을 이해하지 못한 선출직 교육감의 지나친 인사 전횡이 잘못되었다고 강하게 이의를 제기하여 독선적인 인사를 막을 수 있었고, 10여 년 전엔 노조를 탈퇴해야 본청 전입이 가능하다고 했던 고위직 간부는 2020년 새내기 공무원들을 향해 "노조에 가입해야 우리들의 권익이 보호된다"고 강조하게 되었습니다.

중앙부처와 지자체 기관 중 공무원 수당 명목이 없는 유일한 우리 조직의 비애를 〈서일노〉가 직접 해결해 보자며 결정한 후, 노조 자체 T/F팀을 운영하여 교육부가 감탄할 정도의 보고서로 특수직무수당을 쟁취하였고, 지방공무원 임용령 개정을 이끌어 병설유치원 겸임수당 지급 근거를 마련하여 겸임수당을 이끌어 내기도 하였으며, 최근 8, 9급 저경력 공무원의 맞춤형 복지비 상향까지 얻어내는 성과를 내기도 했습니다.

2018년 11월 일반직 공무원들로 구성된 중요 부서가 조직 개편으로 해체될 위기에 처하자, 1천 명이 넘는 조합원들이 교육청과 시의회 앞에서 추위와 눈바람을 맞아 가며 막아 내었던 일이 제게는 잊지 못할 사건이었습니다.

행정실 상위직급자 명칭이 2013년 7월 훈령으로 '행정직원'에서 '행정실장'으로 바뀌었으며, 상급 단체인 한국노총 가입과 함께 정치의 중심 여의도 한국노총 본부로 사무실을 이전하였습니다. 대한민국을 대표하는 제1 노조와 함께함으로써 조합원 자녀 장학금 수혜와 워크숍 행사비 지원 등, 큰 힘을 얻는 계기가 마련되기도 하였습니다.

아무리 능력이 뛰어나도 학교 근무자의 사무관 승진은 꿈꾸기 어려운 일이었으나 이제는 해마다 두세 명씩 사무관 승진자를 배출하게 되었고, 정책 노조를 지향하는 노조답게 새내기 대상의 업무 역량 실무 연수는 8년째 이어오면서 타 시·도교육청 노조가 벤치마킹하게 되었습니다.

지방공무원 복무 규정 중 자기계발 휴가를 2일에서 4일로 늘리는 조례 개정 통과를 위해 동참 서명자 2천500명을 참여시켜 사기충천했던 감동의 순간들도 있었고, 지난해에는 타 노조와 공동으로 공무원 노사문화 우수행정기관으로 선정되어 국무총리 표창을 받기도 하였습니다.

한편, 마음의 짐을 내려놓지 못하는 일들도 있습니다.

퇴임사에서 거론하고 싶진 않지만… 서울시교육청 별관 뜰에서 400여명의 동료와 선후배들과 함께 순직한 후배를 보내야 했던 촛불 추모제, 공무원들의 꽃이라 일컫는 사무관 승진을 준비하는 조합원 대상 5급사무관 역량 강화 연수반을 4년간 운영하며 폭발적인 반향을 불러일으켰으나 안타깝게 중지된 사건 등이 있습니다.

위원장직을 내려놓으며 여러분들에게 당부드리고 싶은 것이 있습니다.

아직도 많은 분들은 〈서일노〉에 대한 관심이 낮습니다.

서울시교육청에서 일반직 공무원 7천 명은 샌드위치 조직의 중간을 차지하고 있습니다. 교원은 4개 교원 단체에, 교육공무직은 5개 노조 단체에 대부분 가입하여 그들 나름의 권익 보호와 권익 향상을 위해 처절하게 싸우고 있습니다. 그들의 처우 개선이 우리 일반직 공무원들을 능가하고 있는 이유 중 하나이기도 합니다.

지금의 우린 어떤 모습일까요?

자신을 뒤돌아보십시오.

소수이기에 더욱더 힘을 모아야 하는 우리가 모래알처럼 보일 때가 있습니다. 모래알 같은 우리를 누가 보호해 주겠습니까?

뭉치지 못하고 흩어지는 우리가 무엇을 얻을 수 있겠습니까?

없습니다. 아무것도 없습니다.

노조위원장 10년, 노조 활동 14년이 제게 던진 화두는 단 하나입니다.

'뭉쳐야 살아남는다'라는 진리입니다.

노조는 나와 상관이 없다고 생각하십니까?

상관이 있습니다. 그것도 아주 많이 있습니다.

소수 인원에게는 아무도 귀 기울이지 않습니다.

조합원 숫자가 3천 명보다는 5천 명, 5천 명보다는 7천 명이 되어야 교육감도 시의원들도 관심을 보입니다. 그리고 고민합니다.

'저들의 권익 향상을 위해 무엇을 해줄 것인가?'라고 말입니다.

나의 권익이 보호받으려면 〈서일노〉라는 큰 둥지 안에서 뭉쳐야 합니다. 더불어 함께할 때 힘이 되고, 더 나아가 추구하고자 하는 가치와 행복을 누릴 수 있습니다.

마지막으로, 저에 대한 섭섭함과 원망을 가졌던 분들이 계셨다면 이 지면을 빌어 진심으로 사과의 말씀을 전합니다.

'서일노 호' 선장을 자처해 항해하는 날들은 때론 고통스럽고 때론 축복이었습니다. 그 길엔 탄식과 환호, 격려도 있었으나 실망과 더불어 상처 입고 힘들어했을 분들 또한 계셨으리라 짐작합니다. 위원장으로서 수천 명을 이끌어 가야 할 책무와 조합원 권익을 우선으로 선택할 수밖에 없었던 어쩔 수 없는 과정이었다 해도, 상처받은 분들에게 그 생채기는 오래 남아 있게 마련입니다.

7월부터 시작되는 공로연수 기간에는 저와의 좋은 인연을 맺었던 분,

좋지 못한 감정들을 풀어 내지 못한 채 몇 년째 묵혀두고 있는 분들을 찾아가 마음을 열고 차 한 잔 나누려 합니다. 올해 연말 정년퇴직 후엔 그동안 공직자로서 누렸던 혜택을 세상에 다시 돌려주는 보람 있는 일들을 찾아 가슴 설레는 일들을 해보려 합니다.

저의 生이 마감되는 그날까지, 함께해 주신 〈서일노〉 조합원과 후원회원 여러분 모두는 위대한 역사로 남을 것입니다. 다만, 미제 사안으로 남은 사업들을 해결하지 못하고 떠나게 된 것이 못내 아쉽고 또 아쉽습니다.

저는 여기까지이고, 제6대 집행부 전형준 위원장님과 이철웅 사무총장님은 지금부터입니다. 저보다 더 열화와 같은 성원으로 밀어주십시오. 차기 집행부는 더 나은 조직으로 거듭나며 여러분들의 권익을 보호하고자 최선을 다할 것입니다.

"삶에서 가장 위대한 영예는 결코 쓰러지지 않는 데 있는 것이 아니라 쓰러질 때마다 다시 일어나는 것이다"라고 했던 남아공화국 넬슨 만델라 대통령이 남긴 글이, 어쩌면 저와 〈서일노〉를 향해 던진 화두가 아니었을까 생각해 봅니다.

저는 결코 쓰러지지 않았고, 저를 일으켜 세워주신 분도 〈서일노〉 조합원과 후원회원 여러분들이었습니다. 저의 공직 생활과 노조 활동이 아무 탈 없이 마무리되기까지 저를 도와주신 〈서일노〉 임원 여러분들께도 다시 한 번 감사의 인사를 드립니다.

〈서일노〉 조합원 그리고 후원회원 여러분!

앞으로도 〈서일노〉는 여러분들의 든든한 버팀목이자 울타리가 되어 줄 것입니다. 이번에 탄생한 제6기 집행부에도 변치 않는 지지와 관심과 격려를 부탁드립니다.

〈서일노〉는 늘 당신과 함께할 것입니다

감사합니다.

2020년 6월 21일

서울특별시교육청일반직공무원노동조합 위원장 이점희 올림

추신 : 저의 노조 활동을 마감하는 퇴임식은 어린 시절과 청춘 시절, 행정실 장으로 근무하던 때의 일상, 제 삶에서 가장 많은 영향을 끼친 노조 활동에 대한 발자취와 아쉬움을 남긴 일들의 숨겨진 이야기, 그리고 서투르지만 직접 겪었던 우리들의 위상, 우리들의 권익이 어떻게 보호되고 어떻게 위로받았는지에 대해 공감하는 어울림의 장이 되도록 11월 중 '이점희의 북 콘서트'로 대신하겠습니다.

굿바이 위원장님, 저도 많이 감사합니다

※ 6월 말 퇴임을 앞두고 보낸 퇴임사에 후배들이 보내온 글이다.
조합원도 있고 비조합원도 있다.

1

12년도 더 넘은 일입니다.

그때 인근 학교와 함께 공동으로 급식 계약을 진행하는 일이

서서히 유행하기 시작하던 때였습니다.

지금은 잘 기억이 나지 않지만,

어떤 연결고리로 제가 이점희 실장님께 전화하게 되었고

실장님께서는 급식 공동계약 진행 자료를

전부 저에게 보내주셨습니다.

처음부터 끝까지 업무 노하우를 아낌없이 전해 주면서

잘 쓰라고 말씀해 주시길래, 초임 행정실장인 저는

'뭐 이리 고마운 사람이 다 있는가' 한참 어벙벙 했었습니다.

그리고 그 이름 석 자를 잊지 않게 되었지요.

한두 해 지났을까요.

그분이 노조위원장이 되었다는 소식이 전해지기 시작했습니다.

'되실 분이 되셨구나!'

저는 비조합원이었지만 늘 관심을 가지고 응원했습니다.

그리고 노조 가입을 병적으로 싫어하시던 아버지께서 돌아가시고

저는 위원장님을 흠모하는 마음에 노조 가입을 했습니다.

위원장님이 떠나실 때가 가까이 오고 있는 줄은 알았지만…

이제 정말 정년을 하시는군요.

감사하고, 또 감사했습니다.

그동안 보여주셨던 열정에 저도 덩달아 가끔은 울컥하기도,

가끔은 불끈해지기도 했습니다.

위원장님 특유의 따뜻한 감성, 뜨거운 열정,

같이하고 있다는 안도감…

그런 것들을 항상 느낄 수 있었습니다.

앞으로 위원장님이 계시지 않는다는 생각을 하니 힘이 빠지네요.

하지만 서일노가 더욱 단결하고 번창해 나가길 기원하고,

작은 힘이나마 끝까지 보태겠습니다.

항상 건강하세요. 건강만 챙기면 뭐든지 다 해내실 위원장님…

그동안 감사했습니다. 안녕히 가십시오.

– K중학교 행정실장 K 드립니다

2

미스터트롯 김호중의 인생곡 '은사님께 드리는 노래',

조항조의 '고맙소'가 떠오릅니다.

~ 이 나이 되어 그래도 당신을 만나

고맙소 고맙소 늘 사랑하오~

언제나 저희들의 든든한 버팀목으로, 울타리가 되어 주셔서

"고맙습니다."

위원장님~ 수고 많으셨습니다.

늘 건강하시고 행복하세요 ^~^

– U초등학교 P 행정실장

3

이점희 위원장님!

그동안 세월이 많이 흘렀군요.

세상에, 그 어려운 노조 활동을 10여 년씩이나 하시다니요?

그것도 7천여 지방공무원을 대표하는 서일노 위원장을요.

얼마나 힘드셨을까요? 얼마나 외로우셨을까요?

또 때때로 두렵기도 하셨을테고요.

정말정말 수고 많으셨습니다.

노조 활동에 대한 인식에서부터

매 사안 사안마다 얼마나 많은 비장함으로 지내셨을까요?

때때로 몸도 마음도 파김치 상태가 되셨을 법도 한데

참 오랫동안 강단 있게 활동해 주셨습니다.

세월이 흘러흘러 위원장님도 벌써

6월 말에 공로연수에 들어가시는군요.

참 많이 아쉽습니다. 참 많이 감사합니다.

아무도 선뜻 나서지 않으려는 노동조합단체 수장의 자리…

그러나 요구와 기대는 참 많았던 현실…

돌이켜 보면, 쓸쓸하기도 하고 보람도 있고 그러셨겠군요.

그동안 개인적으로 감내하신 노고와 희생이 많으셨는데,

이제는 좀 편안하게 일상을 누려 보시기 바랍니다.

가족들에게도 잘해 드리고,

위원장님 자신을 위한 시간도 많이 가지면서

행복한 시간, 평안한 나날 되시기 바라요.

많이 많이 아쉽지만, 공로연수 축하드립니다.

– 아쉬운 마음으로 D도서관에서 K 드림

(K는 타직렬 노조위원장으로서 나와 함께 활동한 적이 있다.)

4

감히 저는 엄두도 못낼 일들을 앞장서서 해내시는 모습에

늘 감사와 존경의 마음이었습니다.

조용히 내 자리에서 내 할 일만 열심히 하면 된다 생각한 저였는데

위원장님의 외침에 이끌려

처음으로 교육감에게 부당하다 외쳐 보았습니다.

퇴직 후에도 건강하시고, 늘 행복하시길 진심으로 바랍니다.

감사했습니다, 위원장님.

앞으로는 꽃길만 걸으시길 바랍니다.

– S중학교 행정실장 K

5

이점희 위원장님!

그동안 우리 서울시교육청 노조 대표 위원장으로

우리의 권익을 수호하고 새로운 길을 여시느라 고생 많으셨습니다.

그 덕에 우리 교직원들의 안위가 유지될 수 있었던 데 대해

감사 인사드립니다.

함께 몸으로 같이한 시간은 없었지만

마음으로는 항상 위원장님의 지도력과 통솔력에

갈채를 보내고 응원했었습니다.

부디 사회에 나가시더라도

갖고 계신 사회 정의에 대한 열정과 위원장 경륜을 살려

보다 큰 빛으로 길을 비춰주는 의미 있는 곳에

우뚝 서 계시길 진심으로 바랍니다.

위원장님의 서울교육노조 사랑과 그동안의 노고에

다시 한 번 성원 드리며 떠나는 길에 크게 박수쳐 드립니다.

언젠가~ 함께 볼 수 있기를 바라면서

– K도서관장 Y 배상

6

위원장님 덕분에 시교육청 앞에서의 시위도 참가해 보고…

(태어나서 첨 나가봤습니다 ^^;)

그게 '이, 점, 희'라는 이름의 힘이었던 거 같습니다.

감사함을 꼭 전하고 싶어서 이렇게 짧은 글이라도 올립니다.

고생하셨습니다. 그리고 감사했습니다. ㅠ.ㅠ

가슴 울컥한 지금이 아니면

또 이런 메시지는 전하지 못할 거 같아서 용기 내어 봅니다.

이제 행복하십시오. 편히 가시길 기원합니다. ^^

— S초 J 행정실장

7

이점희 위원장님

지난 10여 년간 서일노 위원장으로서

서울 교육과 노조의 발전을 위하여

진정으로 고생 많으셨고, 애쓰셨습니다.

이제 수많은 일들을 편히 내려놓으시고

후배들을 격려해 주시면서

그간 하지 못했던 쉼도 누리고 여행도 하시면서

인생 제2막을 멋지게 준비하시길 기원합니다.

늘 건강하시고 행복하세요^^

— 본청 H 사무관

※ 저는 2016년 노조 역량 강의(강서도서관) 덕분에 사무관 시험에
합격할 수 있었습니다. 이 지면을 빌어 다시금 깊이 감사드립니다.

8

그동안 너무너무 수고 많으셨습니다.

기능직이 일반직으로 전환될 때 반대의 목소리를 내고 싶었지만

아직은 너무 어리고 모르는 신규 때라 두려움만 있었을 때
선배들은 외면하고 어린 8, 9급들만 동동거릴 때
몸소 앞에 나서 주시는 걸 보고
'우리 조직에도 저런 분이 있구나'라는 생각을 했었더랬습니다.
그 이후로 먼발치에서 바라보면서도
늘 고마운 마음을 전하지 못했는데…
그동안 너무 감사했습니다.

– N고등학교 K 주무관

9

이점희 위원장님
10여 년 동안 정말 수고가 많으셨습니다.
'수고가 많으셨다'는 말로 다 할 수 없는데
이렇게밖에 표현이 안 되어 송구합니다.
긴 시간 우리 서울시교육청 행정직을 위하여 몸이 부서져라 달려오신
그 긴 여정에 존경과 감사의 말씀 드립니다.
2018년 11월 시의회 앞에서 눈을 맞으며
목이 터져라 외치던 기억이 납니다.
우리의 권익 향상을 위해 뛰어주시어 많은 변화가 있었습니다.
위원장님 당부대로 조금 더 함께 나아가도록 하겠습니다.
그동안 돌보시지 못한 건강 챙기시고, 뒤에서 항상 지켜봐 주십시오.
정말 감사합니다. 존경합니다!

– S초등학교 N 주무관

10

너무너무 고생많으셨어요.

걸어오신 그 길… 후배로서 그리고 노조원으로서

너무 감사하다는 말씀밖에 달리 드릴 말이 없습니다.

어쩜 그 말로는 너무나 부족하고 부족할 따름입니다.

늘 위원장이 아프신게 걱정이었는데…

쉬시면서 건강에 신경 좀 쓰세요.

나중 나중에 기회가 된다면,

제가 고생하신 위원장님께 따끈한 밥 한그릇 대접하고 싶습니다.

－ 후배 S초 K 행정실장

11

K도서관에 근무하는 L 주무관이라고 합니다.

그동안 우리 일반직을 대표해서 궂은일 마다 않고 애써 주심에도

제대로 인사 한 번 드리지 못했습니다만

오늘은 꼭 인사를 드리고 싶어 글을 남길까 합니다.

사실 저는 12기인데, 주변 지인들 중 혹자는

‘우리 노조가 해주는 게 뭐가 있어?’란 얘기들을 듣기도 했습니다.

하지만 저는 그렇게는 생각하지 않습니다.

눈에 띄는 변화는 아닐지언정

그동안 노조원들의 얘기에 귀 기울여주시고

진정으로 우리들에 대한 부당한 처우를 개선하고자

점진적으로 노력한 결과들이

지금에 와서 성과가 나타나는 것이라고 믿어 의심치 않습니다.

서일노를 위한 위원장님의 그동안의 노고에

진심으로 감사하다는 말씀을 꼭 드리고 싶었습니다.

너무너무 감사합니다.

그리고 퇴직 후의 시간들도

늘 행복하게 보내시기를 진심으로 기원하겠습니다.

- K도서관 L 주무관

12

한 번도 뵙지는 못했지만

멀리서나마 위원장님의 인생 2막을 응원합니다.

그동안 가장 최전선에서 후배들을 위해서 애써주신 점 감사드립니다.

한편으로는, 행동으로 함께하지 못해 죄송하네요.

재작년, 작년 병설유치원 있는 초등학교 행정실장으로 근무하며

여러 가지 느낀 점이 많았습니다.

그래도 안타까운 일이 발생하면… 그 후에 노조에서 의견 내어주시고

어떻게 행동하라고 메시지 주셔서… 참 든든하고 감사했습니다.

병설유치원 겸임수당, 특수업무수당 등 혜택 본 것도 있지만

요번에 8~9급 새내기 공무원들

맞춤형복지 50만 원 혜택 주어지는 것이 가장 기쁩니다.

(제가 혜택 받지는 못하지만, 그래도 그게 제일 기쁩니다.)

- D교육지원청 K 주무관

13

고마움과 아쉬움, 여러 가지 맘이 오가네요.

위원장님 말씀처럼, 서일노가 그간 많은 도약이 있었고

그에 이르기까지 위원장님을 비롯해 많은 분들의

노고가 있었으리라 짐작됩니다.

위원장님!

항상 멋지셨어요~

일반직의 당당한 기상이 든든했습니다.

위원장님 같은 분을 알게 되어서,

저 개인적으로는 영광이었고요.

직을 내려놓으시지만, 항상 저희들 곁에 있을 거라 믿습니다.

– A초 U 주무관

14

우리 일반직의 가려움을 거대한 조직에 알려주시고 긁어주셔서

넘넘 감사했습니다.

그동안 누구를 위한 단체인지 모르게 활동하던 타 노조와 다르게

위원장님께서는 간절한 일반직의 아픔과 고통을 위해

수고해 주심을 잘 알고 있었기에

위원장님을 보내드리는 저는 매우 아�섭습니다.

그동안 수고 많으셨고, 그에 감사드립니다.

공로연수 잘 받으시고

제2의 인생도 누군가를 위해 살아가신다니 존경스럽습니다.

항상 건강하시고 행복한 웃음이 함께하시기를 기도 드립니다.

- O 중학교 N 행정실장

15

그동안 수고 많으셨습니다.

10년이면 강산이 변한다는 말이 있는데

위원장님의 일반직에 대한 헌신은

정말 일반직들의 강산을 변하게 한 것 같습니다.

거의 불모지였던, 아무도 가지 않았던 길을

선각자로서 10여 년을 우리 일반직들을 위하여 도전하고 투쟁하여,

권익 증대와 복지 향상을 쟁취한 부분은

정말 너무 대단하고 훌륭합니다.

저도 혼란과 변혁의 시대

우리 일반직이 정말 뭉쳐야 한다는 것에 깊이 동감합니다.

수적으로도 열세인 데다 우리 일반직은 몇 개의 노조로 나눠져 있어

더욱 안타까운 일입니다.

저의 생각엔 일반직 노조는 통합되어야 하고

비회원에게는 개별적인 가입 홍보를 해주시면 좋을 것 같습니다.

공로연수 기간 잘 보내시고

퇴직 후 현직에서처럼 보람된 시간들 보내시길 바랍니다.

늘 건강하시고, 행운과 행복이 넘치시기를 기원합니다.

- S초 S 행정실장

16

마포에 있는·S초등학교에 근무하는 K 주무관입니다.

위원장님을 뵌 게 엊그제 같은데 벌써 6월이 되었네요.

나이 많은 늦깎이 신규 공무원으로 학교 행정실로 발령을 받고,

열심히 잘하겠다는 열정은 충만했으나

낯선 업무와 환경에 1년여 너무나 힘들고 괴로워만 하다가

지난 3월 용기 내어 위원장님을 찾아갔었습니다.

갑작스럽게 문자를 드렸는데도

그날 당장 시간을 내주셔서 참으로 감사했습니다.

어디에 제대로 된 하소연도 못하고 많이 힘들어했었는데,

제 이야기에 귀 기울여주시고 같이 아파해 주시고

안타까워 해주시던 모습이 저에게는 큰 위안이 되었습니다.

지금도 일하면서 힘들 때가 많지만

그때마다 위원장님의 진심 어린,

그 공감의 따뜻한 눈빛이 저를 버티게 합니다.

여전히 업무나 근무 환경으로 인해

스트레스를 받고 고통스러울 때도 있지만

제 이야기에 깊이 공감해 주시고 격려해 주셨던

위원장님의 그 모습이 큰 위로가 됩니다.

그러기에 위원장님께서 퇴임을 앞두셨다는 것이 많이 아쉽습니다.

저에게 시간내 주시면 퇴임 전에 다시 한 번 만나 뵙고

따뜻한 차 한 잔 같이 하고 싶습니다.

위원장님의 응원이 오늘도 저를 버티게 합니다.

꿋꿋하게 잘 견뎌 나가겠습니다.

- S초 K 주무관

17

아…

아름다운 청년 같은

이점희 위원장님!

참으로 애 많이 쓰셨습니다.

장하십니다.

덕분입니다.

감사드립니다.

건강과 행복을 기원합니다, 위원장님!

 ** 이 글을 쓰시면서 얼마나 눈물을 흘리셨을지…

　　참으로 감사드립니다, 위원장님.

　　멋지십니다^^

- S중학교 K 행정실장

18

이점희 위원장님과 저의 첫 만남은 교육청 주관의 연수 버스 안이었습니다. 그때 위원장님은 노조 가입신청서를 들고 〈서일노〉를 홍보하고 있었습니다. 우리랑 같은 교육지원청도 아닌데 강서지구 연수 모임에 오셔서 신청서를 나눠주시던 그 열정 때문에 저 또한 〈서일노〉에 가입하게 되었습니다. 9년 전 일인데, 아직도 그 모습이 저의 머릿속에 고스란히 남아 있습니다.

위원장님의 그런 열정은 10년 동안 식을 줄 모르는 용광로처럼 불타오르고 있었습니다.

가로수가 색동옷을 갈아입는 10월에 편지글을 쓰니, 위원장님과 함께한 활동이 가을 단풍만큼 다양한 색깔로 저의 머릿속을 스쳐 지나갑니다. 서울시교육청을 항의 방문하던 일, 병설유치원 겸임수당을 받기 위해 허겁지겁 학교 업무를 접고 서초동 법원으로 달려가던 일, 조직 개편 반대를 위하여 서울시교육청 정문 앞 1천여 명이 모인 집회행사장에서 절규하던 모습, 사랑의 밥퍼 봉사 활동 하던 모습 등등.

이런 위원장님의 열정을 우리 후배들이 닮는다면 앞으로 우리 교행직들의 앞날이 좀 더 나아지지 않을까 하는 생각이 듭니다.

저는 조합원으로 있을 때는 몰랐던 일을 〈서일노〉 지부장을 하면서 많은 것을 알게 되었습니다. 우리 교육행정인들은 대부분 학교 행정실에서 근무하고 있습니다. 교원에 비해 1~3명 소수 인원의 근무로 인하여 우리 후배들이, 우리 동료들이, 많이 당하고 힘들어하고 있음을 알게 되었습니다. 지부장을 맡으면서 조합원의 하소연 전화를 받았을 땐 위원장님과 같이 흥분하고 서로에게 힘이 되어주었습니다. 민원이 생길 때 어떻게 대응해야 하는지 위원장님이 방법을 알려주셨습니다. 그리고 그렇게 대응할 때마다 '노조가 정말로 있어야겠구나' 하고 깨달았습니다.

아직도 현장에서 우리 후배들이 교육지원청과 학교에서 얼마나 힘들어하고 있으며, 하루에도 몇 번이나 참고 인내하며 근무하고 있는지 저 역시 잘 알고 있습니다.

위원장님! 이제 공직 생활도 마무리하시고 〈서일노〉도 내려놓으셔서 맘이 자유로우신지, 아니면 아직도 후배들 생각에 가슴이 답답한지 궁금합니다. 하지만 이제는 옆에 있는 가족도 챙기시길 바랍니다. 위원장님 열정의 뒷받침은 가족의 힘도 작용했으리라 봅니다. 같이 여행도 다니시고 맛있는 것도 함께 드시며 행복한 시간을 보냈으면 합니다.

지난 6월에 위원장님을 보내려니 아쉬움과 서운함 마음으로 가슴이 답답하였습니다. 위원장님 또한 덜하지는 않았으리라 봅니다.

위원장님이 일궈 논 〈서일노〉는 이제 조합원이 3천 명에 이르렀고, 교육행정인이면 이제 당연히 〈서일노〉에 가입해야 함을 알게 된 우리의 위상 또한 높아졌습니다. 10년의 노조 활동과 위원장님의 열정은 헛되지 않았습니다.

〈서일노〉의 10년 활동은 위원장님 가슴에 고스란히 남아 있으리라 봅니다. 우리 또한 기억하겠습니다. 우리는 직장 생활을 잘 참고 견뎌 내는 것이 최선이라 생각했고, '앞으로는 좋아지겠지' 하고 생각만 하고 있었습니다. 위원장님이 말씀하셨죠? '바보는 늘 생각만 하고 행동하지 않는다'고요.

이제는 행동하겠습니다.

앞으로는 생각만 하지 않고 행동으로 옮기는 후배가 되겠습니다.

이점희 위원장님!

인생은 60부터라죠.

이제 이곳을 떠나지만 또 다른 삶이 기다리고 있으리라 봅니다.

더 멋진 생의 삶을 사시려면 건강 잘 챙기시고 웃음 잃지 마세요.

웃음은 웃을수록 우리에게 더 많은 행운을 가져다준다죠.

그리고 옆에 계시는 분도 챙겨주시고요.

영원한 친구는 부부라고 하네요.

행복하시기 바랍니다.

감사합니다.

– 강서양천 지부장 김채란 올림

19

이점희 위원장님을 처음 만난 것은 2005년이었다.

회의에서 처음 뵈었는데, 유독 친근감 있게 여러 실장님들과 골고루 담소를 나누어 인상이 깊었다. 당시 학교에 근무하는 행정실장들은 육아 등 가정사가 많아 몇몇 친한 사람들끼리만 업무 정보를 교류하는 정도였다.

이 위원장님은 "서울시교육청 행정실장들은 지방보다 예산과 학생이 많아 일은 많이 하는데 왜 존재감 없이 근무하고 있나요? 각급 학교에서 행정실이 담당하는 업무가 대부분 비슷하기 때문에 학교 업무를 공유하고 교류한다면 도움이 되지 않을까요?"라며 안타깝다는 듯 질문을 던지고 나서, 공무원 생활을 즐겁고 존재감 있게 하려면 소속 교육청의 초등학교 행정실장협의회를 만들어야 한다며 제안하였다. 그동안 아무도 생각하지 않았던 행정실장협의회 조직 결성에 불을 지핀 것이다.

이후 협의회 결성은 일사천리로 진행되었고, 업무 정보 등을 수시로 교류하는 등 서로 도우며 일하는 분위기가 형성되어 갔다.

초등과 중등 행정실장들의 업무 교류가 활발해졌고, 업무를 표준화하여 업무를 효율적으로 처리하여 행정실장들의 업무 환경이 활기차게 바뀌어 갔다. 조직에 대한 애정이 생기자, 행정실장 간에 선·후배를 넘어 언니, 동생으로 칭할 정도로 인간관계도 개선되었다. 힘들고 어려운 업무들도 힘을 합쳐 해결해 나가면서 동료애가 높아졌다.

위원장님과의 인연은 그렇게 시작되었고, 이후 교육청과 학교 근무 환경은 조금씩 긍정적으로 바뀌기 시작했다.

2011년에는 서울시교육청 공립학교 초·중·고 행정실장협의회를 구성하여 교육감과 서울시교육청 간부들에게 학교 현장의 어려움을 알렸고, 일반직들의 자존심을 세우는 계기가 되었다. 17개 시·도교육청 중 가장 업무 교류가 잘 되는 행정실장협의회를 만들었다고 자부한다.

2007년부터 위원장님은 노조 활동을 시작하였다. 주변의 어려운 일들이 조금씩 개선되는 것이 눈에 보이기 시작했고, 불합리한 일들이 개선되어 나가자 교육청에서도 그동안 소홀했던 학교 근무자들의 어려움을 해소해 주고자 노력하는 분위기로 바뀌었다.

나는 불합리한 것에 즉각 대응하는 정의로운 성격을 지녔다고 여긴다. 그러나 노동조합에는 별 관심이 없었다. 공무원인 내게 '노조'라는 단어와 노조 활동은 그리 긍정적으로 들리지 않았기 때문이다.

그런데 공무원 경력과 연령이 나와는 비교도 되지 않을 정도로 한참이나 선배인 위원장님은, 후배와 동료들을 위해 끊임없이 노력하는 모습을 보였다. 옆에서 지켜보다 보니, 어느 날 나도 거기에 동화되어 가고 있었다. 처음에는 '조금만 도와드리자, 나이 드신 분도 우리를 위하여 저렇게 뛰는데, 젊은 내가 가만 있으면 되겠는가?' 하는 마음이었는데, 뒤돌아보니 노조 활동을 같이한 시간이 어느덧 10여 년에 이르렀다.

위원장님은 불의를 보면 물불을 가리지 않고 강하게 반응하곤 했는데, 의외로 한없이 여성스러운 면이 있다. 옷차림을 보면 여성성이 물씬 풍긴다. 멋스러운 정장을 잘 입고, 원피스도 잘 어울리는 멋진 분이다. 위원장님은, 노조 로고가 새겨진 조끼를 자주 입고 거의 매일 같은 옷을 입고 다니는 일부 노조 간부들과는 달랐다. '공무원 노조활동가는 옷차림부터 달라야 한다'는 것이 평소 소신인가 싶기도 하다. 그래서 그것을 지켜봤던 나는 더욱 아쉽다. 노조 활동으로 인해 많은 것들을 포기하셨으니 말이다. 유유자적한 삶과 혼자 떠나는 여행을 좋아하는 자유로움도 포기하셨기에… "내겐 역마살이 있어" 하고 웃으시던 모습이 떠오른다.

위원장님이 10여 년에 걸쳐 노조 활동을 할수 있었던 것은 영·호남 커플로 만난 남편 분의 소리 없는 지원이 있었기 때문일 것이다. 사석에서 몇 번 만나 뵌 적이 있는데, 노조 활동에 대한 부정적인 인식보다는 공기업 감사과장을 해서인지 '부당함에 대해 할 말을 해야 한다'는 소신을 가지고 계셨다.

공개해도 될 사안인지 모르겠지만, 대부분의 사람들이 "위원장님을 이길 남자는 없을 것"이라고들 하는데, 위원장님을 이길 수 있는 남자가 한 분 계신다. 바로 남편 분이다. 평소 노조 활동을 하느라 저녁식사도 잘 챙기지 못하고 여행도 같이 갈 수 없다 보니, 위원장님이 남편 분 의견에 거의 동조를 해주시는 것 같다. 언제였던가, 후배들과 농담을 나누며 "서일노 조합원들은 이점희 위원장님의 남편에게 감사해야 한다"고 했더니, 다들 고개를 끄덕였다.

위원장님은 50대 여성 공무원으로 편하게 근무할 수 있는 삶을 포기하고 고단한 노조 활동을 선택하였다. 위원장님과 비슷한 연령의 공직자, 특히 여성 공무원들은 업무와 공직에 대한 연륜과 노하우가 많아 대부분

개인적으로 워라벨을 적절하게 즐기며 생활하고 있다. 내가 10여 년을 지켜본 위원장님은, 항상 노조에 대한 생각으로 잠 못 이루거나 고민이 많은 분이었다. 덕분에 나도 위원장님과 업무 협의를 하느라 밤낮을 가리지 않고 한 시간 이상 통화하는 경우도 많았다. 이처럼 조직에 대한 애정과 조합원들을 위한 사랑을 조합원들이 알아주지 못한다면 얼마나 섭섭해 하실까 싶은 생각을 해본 적도 있었다.

위원장을 외적으로 판단하는 사람 중에는 그분이 매우 강하고 거칠다고 생각하시기도 했는데, 약자들의 아픔에 잠 못 이루고 누구보다도 애잔해 하는 분이다. 강자에겐 강하고 약자에겐 한없이 약한 분이다.

공직자로서도 청렴하고 누구보다도 서울시교육청 동료와 후배들을 사랑하고 아끼는 사람으로 가장 존경하는 분이다. 사심이 없고 업무 추진에 있어서도 거침이 없었다. 사심없이 일하면서 강인함과 추진력을 갖추셨으니, 10여 년 넘게 옆에서 지켜본 나로서는 '최고의 노조 위원장감'이라고 어디에고 자랑하고 싶을 정도다.

위원장님의 강인함은 교육청 간부들과 소통에서도 찾아볼 수 있었다. 평소에는 간부님들과 업무적으로 잘 소통하고 지내며 존중해 주셨지만, 사용자와 노조위원장으로 마주 앉아 조합원들의 권익과 근로 조건에 대한 대화가 오가면, 완전 다른 사람으로 바뀌어 거침 없이 대응하셔서 무척이나 놀랐다. 나는 마음속으로 '저 간부님과는 평소 친하게 지내시고 잘 아시는 분인데 어쩜 저럴 수 있지?' 했는데, 그만큼 〈서일노〉 조합원에 대한 애정이 깊어서 그랬을 것이라 짐작했다.

이점희 위원장님!

그동안 서울시교육청 선 · 후배와 동료를 위해

열정적으로 활동하신 위원장님이 계셔서 진정 행복했습니다.

저의 공직 생활 동안에 노조 활동과 행정실장을 함께하며

울고 웃었던 날들을 오래오래 기억하겠습니다.

당신은 서울시교육청 일반직 모두의 너무 멋진 선배님이었습니다.

우리 모두 당신의 노고에 감사드립니다.

멋진 당신, 새로운 출발을 축하드립니다.

2020년 10월

– 방산고등학교 행정실장 구보영 올림

서일노가 걸어온 길

노조사무실 개소식과 10년간의 노조 활동

2011년 11월 11일, 〈서일노〉의 역사가 시작되었다. 햇수로 10년차인 우리 노조가 걸어온 길을 기록해 본다. 노조 10년사에 노조사무실 개소식만 세 번을 가졌다. 〈서일노〉가 걸어온 역사와 〈서일노〉 노조사무실은 궤를 같이한다고 할 수 있을 것이다.

〈서일노〉가 걸어온 길을 되돌아봤다.

서대문형무소 옆 독립문을 바라보며 처음 노조사무실을 열던 날

안녕하십니까?

서울시교육청일반직공무원노조위원장 이점희입니다.

1여 년 전 101명의 작은 힘이 1,300명의 큰 힘으로 바뀌어 역사의 물꼬를 트는 일에 〈서일노〉가 새로운 장을 열었습니다.

서울시교육청일반직공무원 3,600명 모든 분들의 축복과 격려와 사랑을 받으며 노조사무실 개소식을 갖고자 하오니 바쁘시더라도 뜻깊은 자리에 참석하시어 많은 격려와 응원 부탁드립니다. 감사합니다.

일시 : 2012년 10월 17일 (수) 오후 6시 30분
장소 : 서울시 종로구 교북동 11-1번지 부귀빌딩 303호

노조 창립 후 처음으로 노조사무실이 생겼다.

뿌듯했다. 그리고 신이 났다.

실평수가 20여 평이었지만 독립된 공간을 갖추게 되었다는 것은 〈서일노〉에 어마어마한 힘이 되었으니, 신명 또한 넘쳐났다.

노조사무실 3층에서 창문을 통해 북서쪽으로 시선을 돌리면 아주 가깝게 독립문이 눈에 들어왔다. 게다가 몇 걸음 올라가면 서대문형무소까지 있어서 〈서일노〉 사무실 첫 개원의 의미가 독립성과 투쟁성과도 맞닿아 있다고 생각했다.

노조사무실 첫 번째 개소식 안내장 문구를 쓰던 날의 감흥은 아직도 생생하다.

노조사무실 첫 개소식 후
서일노 임원들과 함께

※ 노조사무실 운영기간 : 2012. 9. 12. ~ 2014. 12. 10. (2년 3개월)

1. 2012.03.09 : 곽노현 교육감 비서실 부당인사 철회 및 노조 탄압 규탄 기자회견

1. 2012.10.01 : 이점희 위원장 노조전임 휴직

2. 2012.10.17 : 노조사무실 첫 개소식

3. 2013.01.14 : 신규 공무원 대상 첫 번째 연수반 개설

4. 2013.05.03 : 전일련 노조 설립(초대위원장 : 이점희)

5. 2013.07.01 : 행정실장 보직발령 이끌다

6. 2013.08.13 : 기능직 공무원 일반직 공무원 전직 반대 집회 250명 참석

7. 2013.10.24 : 학교시설 개방 철회 이끌다

8. 2013.12.02 : 서일노 제3대 이점희 위원장, 송민근 사무총장 당선

총유권자 1,200명, 총투표자 796명(투표 참여율 69.33%)

찬성 760명(95.48%), 반대 4명(0.5%), 무효 32명(4.02%)

9. 2014.01.15 : 중학교 관리수당 미지급 반대 투쟁 국민신문고 서명

전국 4,600명 동참 이끌다

10. 2014.03.10 : 5급 사무관역량연수반 첫 개강

- 초 · 중 · 고급반 87명 참여

11. 2014.04.23 : 새내기 임용 전 연수비 747,860원 지급 / 200명 혜택 / 이후 관련 규정 개정 계속 지급 근거 마련

12. 2014.06.29 : 학교조직 법제화 연구보고서 발간

* 노조홈페이지 69쪽 참조

성북동 동소문에서 두 번째 둥지를 틀다

안녕하십니까?

서울특별시교육청일반직공무원노조위원장 이점희입니다.

2011년 11월 〈서일노〉의 역사가 시작되었고,

2012년 10월 〈독립문 노조사무실〉을 열었으며

2015년 3월 더 나은 미래를 향한 꿈을 이루고자

〈동소문 노조사무실〉을 확장 이전하게 되었습니다.

2천여 명의 조합원과 후원회원이 함께하는 서울시교육청 대표 노조로 자리매김한 〈서일노〉가 각종 연수와 동아리 활동 활성화를 위해 노조 사무실을 종로에서 성북으로 확장 이전하였기에, 그동안 물심양면으로 도와주신 분들을 초대하여 감사의 자리를 마련하고자 합니다.

뜻깊은 자리에 참석하시어 많은 격려와 응원 부탁드립니다.

감사합니다.

일시 : 2015년 3월 11일 (수) 오후 6시 30분

장소 : 서울특별시 성북구 보문로 38길 11(동소문동 5가 120)

　　　 돈암동일하이빌 3층 303호

　두 번째 노조사무실에서의 업무가 시작되었다.

　사무실도 풍수지리가 있다 했던가! 청계천 지류인 성북천이 남쪽 창을 통해 눈앞에 펼쳐지는 멋진 풍경의 노조사무실은 넓고 쾌적했다. 회의실과 연수실이 넓어 새내기와 5급사무관 역량 연수 및 스터디그룹 공부

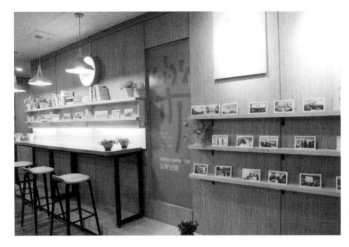

성북동 노조사무실
들락날락 카페

방 기능까지 할 수 있는 면적이었고, 사무실 또한 최상급으로 갖춰서 오래도록 근무하고픈 사무실로 리모델링을 했다.

실제 노조사무실 3곳을 거쳤는데, 그중에서 성북동 노조사무실에서의 성과가 제일 많았다. 어려움이 예상되던 각종 문제점도 쉽게 해결되었고, 2건의 수당 쟁취 또한 성북동 노조사무실에서 이루었다. 애정이 제일 많이 갔던 노조사무실이어서 두고 두고 마음에 담아둔 노조사무실이 되었다.

※ 노조사무실 운영기간 : 2014. 12. 11. ~ 2019. 1. 24. (4년 10개월)

2014년 12월 11일 성북동으로 노조사무실 이사

1. 2015.02.12 : 혁신학교 행정실 직원 배치 반대 투쟁
　　　　　　　　1인시위 10일간 실시

2. 2015.02.23 : 혁신학교 행정실 직원 배치 철회

3. 2015.03.11 : 노조 사무실 이전 개소식

4. 2015.04.29 : 신성범 교육문화위원회 국회의원
　　　　　　　　학교조직법제화 입법화 긴급 면담

5. 2015.05.06 : 잠실야구장에서 서일노조합원 야구경기 단체 관람

                  - 두산 vs LG

6. 2015.05.12 ~ 07.30 : 제2기 5급사무관 역량연수 실시

7. 2015.06.18 : 이원욱 의원 외10명 초.중등교육법 제19조 3

                  교무실 행정직원배치 등 입법철회 이끌다

8. 2015.07.24 : 품절남 품절녀 솔로대첩 행사

                  - 서울시교육청 8, 9급 공무원 / 서울시 농수산식품공사

9. 2015.08.10 : 서울시교육청 K 감사관 869명 서명받아

               감사원 감사 청구

10. 2015.11.25 : 제4대 노조 출범(이점희 위원장,전형준 사무총장)

                  투표참여율 71.5%, 찬성 92.8%, 반대 4.4%, 무효 2.8%

11. 2015.12.17 : 5급사무관 승진 시험 위법사항

                  특혜의혹 감사원 감사 공익감사 청구

12. 2016.01.13 : 특수직무수당(지자체 읍면동 수당과 동일한 월 7만 원)

                  입법화 추진 T/F 1차 구성

13. 2016.02.29 : 칭찬인재 발굴 제1회 시상식

14. 2016.05.25 : 특수직무수당 정책 보고서 행자부 전달

15. 2016.05.30 : 특수직수수당 정책 보고서 교육부 전달

16. 2016.09.22 : 특수직무수당 T/F 2차 구성 운영

17. 2016.10.05 : 특수직무수당 정책보고서 수정 내용 교육부 전달

18. 2016.10.18 : 학교시설 개방 및 이용에 관한 조례 반대 시위 참여

19. 2016.11.28 / 12.17 : 교육부 시설관리직 일반직 전직 관련 토론회

                        개최, 인사혁신처 시설관리직 일반직 전직반대

정기협의회 구성 요청

20. 2016.12.26 : 인사혁신처 특수직무수당

국립학교 54명 공무원 미포함 이유로 국무회의 미상정

21. 2016.12.30 : 병설유치원 겸임수당 지급 근거 마련

지방공무원임용령 개정 국무회의 통과 이끌다

22. 2017.01.10 : 특수직무수당 분발에 따른 인사혁신처 항의 방문

23. 2017.04.12 : 학습휴가 2일을 4일로 하는 지방공무원 복무 조례

2,500명 서명받아 총무과에 전달,

입법조례 개정 촉구 요구

24. 2017.05.02 : 총무과, 학습휴가 2일을 4일로 하는

수정입법 확정 시의회 제출

25. 2017.06.23 : 서울시의회(교육위) 학습휴가 2일을 4일로 결정

지방공무원 복무 조례 통과

26. 2017.09.15 : 서일노, 한국노총 서울지역본부 상급단체 가입

27. 2017.10.27 : 전국일반직공무원노동조합(위원장 이점희)을 대한민국

교육청노동조합(위원장 이관우)으로 명칭 변경 및 위원

장 대승적 차원 위원장직 인계

28. 2017.11.13 : 대한민국교육청노동조합연맹 한국노총 본부 가입

29. 2017.12.07 : 제5대 이점희 위원장, 전형준 사무총장 당선

투표참여 81.75%, 찬성 93.7%, 반대 4.83%, 무효 1.2%

30. 2017.12.26 : 제5대 노조 출범식 (광화문 더 베네치아 파티)

31. 2018.01.05 : 특수직무수당 입법예고(행안부 제2018-16호)

32. 2018.01.17 : 특수직무수당 월 3만원 지급 시작

          - 유 · 초 · 중 행정실 근무자 대상

33. 2018.06.01 ~ 06.13 : 서울시교육감후보자 대상 정책질의서 전달

                  - 조희연, 박선영, 조영달, 고승덕 후보

34. 2018.06.25 : 병설유치원 겸임수당 임금소송 청구

            소송인단 구성(182명)

35. 2018.06.29 : 학교운영위원 정당인 자격 부여 반대 집회.

       서울시의회본관 앞 "서울시의회는 교육의 중립성을 훼손 말라"

36. 2018.07.14 : 교육연맹 수석부위원장 당선

37. 2018.10.10 : 교육공무직 호봉제노조에 이점희 위원장 명예훼손죄로

            피소되어 1,598명 서명받아 감사원 공익감사 청구

38. 2018.11.28 : 서울시교육청 조직 개편 반대 1천명 조합원 운집 반대

            집회 개최- 12.20까지 1인 시위 등 겸해 서울시의회 앞

            에서 조례개정 반대 집회 23일간 실시-교육재정과, 예

            산담당관, 교육정보화과 폐지 및 11개 교육지원청 산하

            학교통합지원센터 신설 강력 반대

39. 2018.12.20 : 서울시의회 교육위 조직 개편 내용 중 교육정보화과만

            폐지하는 것으로 조례 개정(안) 통과

40. 2019.01.04 : 행안부 교육부로 병설유치원 근무 행정실직원 겸임발

            령 및 겸임수당 지급 근거 공문 발송

41. 2019.01.14 : 조직개편 화해 노사간담회 개최

           - 조희연 교육감, 한국노총서울지역본부 서종수의장, 서

            일노 이점희위원장 참석

정치와 금융의 중심지 여의도에 세 번째 노조사무실 둥지 틀다

안녕하십니까?

서울시교육청일반직공무원노조위원장 이점희입니다.

〈서일노〉가 대한민국의 정치와 금융의 중심지인 여의도, 그중에서도 우리나라 노동계를 대표하는 한국노동조합총연맹 빌딩 9층으로 노조 사무실을 이전하였습니다.

2011년 11월 101명의 조합원으로 출범한 〈서일노〉가 조합원 3천 명을 눈앞에 두고 내일의 더 큰 도약을 준비하고 있습니다.

정책 노조를 지향하며 공무원노조의 새로운 역사를 만들어 가고 있는 〈서일노〉사무실 개소식에 여러분을 초대합니다.

한국노총·교육연맹과 더불어 함께할 개소식 행사가 축제의 장이 될 수 있도록 따뜻한 봄날 여러분들의 신나는 발걸음과 환한 웃음으로 만나 뵙기를 청합니다.

일시 : 2019년 3월 15일 (금) 오후 4시

장소 : 서울특별시 영등포구 국제금융로6길 26 한국노총 빌딩 903호

세 번째 노조사무실은 여의도에서 이어 갔다.

여의도 사무실은 한국노총 본부 건물 9층으로 입주하는 것이라 상당한 의미가 있었다. 연맹노조만 입주할 수 있는 조건이었는데, 단위노조인 〈서일노〉의 한국노총 본부 입주는 교육연맹위원장의 힘이 컸다. 여의도 사무실이 본부 건물에 있다 보니 외부인들의 방문도 많았고, 노조 관련 정보를

여의도 노조사무실 개소식
(왼쪽부터) 김주영 한국노총위원장
김기철 서울본부상임부의장
이관우 교육연맹위원장
김생환 前 서울시의회 교육위원장
이점희 위원장, 조희연 서울시교육감
장인흥 서울시의회 교육위원장

얻는 데 매우 유리했다.

　그러나 여의도 사무실은 지기가 셌던 탓인지, 위원장직이 끝나 가는 시점이어서인지 몰라도 마음 편히 근무한 일이 별로 없었던 것 같다. 여의도 사무실 환경 개선 공사부터 완공 후에도 크고 작은 문제점들을 만들어 내면서 여러 가지 이슈가 많았다. 그래도 한국노총 본부에 둥지를 튼 것은 매우 잘한 일 중 하나다. 후배들에게 도움 줄 수 있는 일이니….

※ 노조사무실 운영기간 : 2019. 1. 25. ~ 2020. 11. 11. (1년 9개월)

1. 2019.01.25 : 서일노 사무실 여의도 한국노총본부 906호로 이사

2. 2019.02.25 ~ 02.26 : 학교통합지원센터 업무분장 관련 1인 시위

3. 2019.03.05 : 병설유치원 겸임수당 부당이득금 반환 청구소송 1차 변론

4. 2019.03.11 : 병설유치원 겸임수당 관련 전국시도교육감협의회 사무국과 교육청 제노조단체 겸임수당 1인 지급결정액 관련 간담회 개최(교육연맹, 전공노, 공노총, 한공노 간부 참석)

5. 2019.03.28 : 전국 시도교육감협의회 병설유치원 겸임수당 지급 결정

6. 2019.03.15 : 서일노 사무실 3번째 개소식

7. 2019.04.23 : 겸임수당 2차 변론(서울중앙지법)

8. 2019.05.28 : 겸임수당 3차 변론

9. 2019.06.21 / 06.24 : 교무실 행정직원 배치 관련 항의 방문

10. 2019.07.04 : 병설유치원 겸임수당 청구소송 기각

11. 2019.09.17 : 노사 간 화합과 상생 위한 정책간담회 개최

　　　　　　서일노/서공호/한국노총 공공노련/노사협력담당관

12. 2019.09.28 : 서울시교육청 교행주무관 순직관련 서일노 주도로

　　　　　　11개 지원청 정문 현수막 개시("지켜주지 못해 미안합니다")

　　　　　　본청 및 11개 지원청 전 직원 검정리본 달기

13. 2019.10.07 : 순직주무관 향후 대책 관련 긴급 임시 대의원대회 개최

14. 2019.10.07 : 순직 주무관 추모제 – 교육청 후관마당 400명 동참

15. 2019.10.27 : 서울~평양 시민 마라톤대회 – 서일노 단체상 2위 입상

16. 2019.12.17 : 공무원 노사문화우수행정기관 인증 및 국무총리 표창

　　　　　　(타 노조와 공동 수상 /상금 초록우산재단 기부)

17. 2020.06.12 : 제7대 전형준 위원장, 이철웅 사무총장 당선

　　　　　　전 조합원 대상 모바일 투표 – 투표참여율 80.14%,

　　　　　　찬성 97.76%, 반대 1.65%, 무효 0.47%

18. 2020.06.29 : 조희연 교육감과 이점희 위원장 간담회

　　　　　　(8, 9급 맞춤형복지비 추경 편성 반영 감사 전달)

19. 2020.07.01 : 이점희 위원장 공로연수

20. 2020.07.01 : 제6대 서일노 집행부 출범